娑萨朗

V

刑天的宝藏

雪漠 ———

著

作家出版社

娑萨朗，娑萨朗，我生命的娑萨朗。

——作者题记

目 录

第四十五乐章

　　尘嚣暂时落定，空行石被封印，流浪汉
与寂天仙翁同去修行，幻化郎决意深入红尘，
做事利众。他想要寻找到第三方力量，打破
欢喜与威德两国的对峙之势。令他万万没想
到的是，在令人毛骨悚然的兽人边界城，竟
然遇到了一个故人，她的美艳更胜从前，几
乎令他把持不住。

第 117 曲　乌云

幻化郎扶着威德郎，
寂天仙翁扶着流浪汉。
他们左提右挈相互扶持，
一边喘息一边赶路，
终于出了阴阳城与威德军会合。

威德军将领看见国王受伤，
虽然手忙脚乱却并不意外。
国王向来喜欢冲锋陷阵，
他久历沙场身经百战，
流血负伤已司空见惯。

即刻请来随行御医为国王疗伤，
威德郎却摆摆手连说无碍，
示意御医先诊治那流浪汉。
幻化郎闻言提高了警惕，
他知道威德郎心中的打算。
威德郎仍在觊觎那空行石之力，
更何况此刻空行人也在眼前。

他对政治家总抱有成见，
觉得他们功利而实际，
为达目的不择手段，

所以他一直反感威德郎，
也怪他给自己招来了很多麻烦。
这一路的波折皆因他而生，
好几次差点断送自家性命。
于是他虽然救出威德郎，
却始终和他保持着距离。
内心还时时产生防御，
一见威德郎便生起戒心。

但威德郎态度却非常友好，
一直悉心照顾受伤的三人。
他察觉到幻化郎的情绪，
尽量不去见面以免尴尬。
他时时派人送来甘露，
据说取之于百草精华。

这可是无上的疗伤圣药，
幻化郎却信不过他的好心。
他先取出一点给自己服下，
然后在明空中体会药力。
确认对伤势大有改善，
才给寂天和流浪汉服用。

四人暂且在威德军营休养，
回想这一段日子里，
凶险的征战接二连三，
幻化郎总算能休息片刻。

绷紧的神经忽然松弛，
他感觉骨架都要坍塌。
但他却仍然如履薄冰，
生怕威德郎打流浪汉的主意。

可浑身的倦意如同蚁群，
在肌肉骨骼上密密地噬咬。
它们喷出浓稠的酸液，
每一个细胞都被消融。

他的呵欠连连不断，
他的眼皮重如千钧，
他的身体软成稀泥，
他的精神萎靡不堪。

于是他再也顾不上警惕，
索性抱住流浪汉沉沉睡去。
这一觉真是昏了天黑了地，
大梦里哪管他日月和东西。

幻化郎先是毫无意识地昏睡，
不知何时开始感到一片混沌。
他仿佛浸泡在无形的磁场之中，
从身到心都被反复冲刷。
身体空如气泡轻如鸿毛，
在无尽的黑里随性旋转。
这种感觉好个惬意，
那种能量看不见也摸不着，

但幻化郎确信它的存在。

轻柔的能量绵绵渗入，
所有的郁结都被融解。
那贪嗔痴的污垢，
原本是能量凝结而成，
如今浸泡在能量之海中，
似乎也自然消解，
就像一块浮冰在沸水中融化。
他感到身心皆被磁化，
他的棱角没了，
他的顽固没了，
他的郁结没了，
他有形有相的躯体没了，
当他没有了"我"，
智慧的光明便开始显发，
他对万事万物有了新的认知。
这既是觉受也是见地，
幻化郎已分不清今夕何夕。

忽然间有一点灵光闪过，
幻化郎猛然睁开双眼。
他才想起是南柯一梦，
只是那流浪的人已不见了踪影。
霎时他心跳加快头皮发麻，
他像弹簧一样从床上跳起，
一个箭步，已蹿至屋外。
只是屋外等他的，

不是流浪汉那张憨笑的脸，
而是无数支已在弦上的光箭，
它们来自太阳星球，
它们默不作声就等他的出现，
然后利利地扎进他的瞳孔。
幻化郎顿时感到天地颠倒般的晕眩，
当那"箭"生生地扎入他血肉的眼，
他不得不关闭了他世界的窗。
他以颤抖的手包裹了那里，
直到严严实实密不透风。

忽然他黑暗的世界里，
响起寂天沧桑的声音：
"酣睡如泥幻化郎，
鼻息如雷欲震天。"
幻化郎却不接这打趣的话茬，
只连问流浪汉。
寂天又说——
"高枕无忧流浪汉，
安然入睡列国忙。"

这一来幻化郎三魂归位，
他长舒一口气身心皆安。
慢慢适应了阳光睁开眼，
见自己依旧在威德军营。
只感到身心已十分轻松，
每个细胞都是春天的小草，
它们蓬勃向上充满活力，

那恼怒之火也烟消云散，
只有清凉之风在体内回荡。

他让寂天带他去看流浪汉，
却见那汉子依旧昏迷。
他躺在床上时时呓语，
仍在承受那失控大力的冲击。

幻化郎见状皱起眉头，
他发现他的状况越发恶化。
若是再得不到有效治疗，
恐怕会被大力冲散命气。

寂天也是一脸愁容，
他叹了口气对幻化郎说：
"你看他现在的样子，
诸多的空行之力左冲右撞，
全身的经脉也鼓荡不已。
此外还有诛法的毒蛇，
不断啃噬他的生命能量。
双重危险同时在逼近，
他此番真是命悬一线啊。"

寂天说罢两人不再作声，
各自沉浸在自己的思绪之中。
幻化郎心中充满了悲凉，
他忆起了流浪汉过去的样子——
那时流浪汉多么无忧无虑，

他的双眼就像纯净的湖泊；
他们多次肩并肩出生入死，
危难时他对自己如亲人般关怀；
还有那把他置于矛盾焦点的空行身份；
还有他四海为家萍飘蓬转的人生……
诸多画面一一浮现，
勾拉出幻化郎无尽的辛酸。

幻化郎回顾流浪汉一生，
觉得自从他跟自己结缘，
无穷的灾难就扑面而至。
包括夜叉女从他那儿骗走的爱情。
若不是跟自己相遇，
他如何会有那样痛彻心扉的经历？
他只是一个单纯的大孩子，
却遭受了世上最危恶的凶险。
而这一切的源头，就是与自己相遇。
想到这幻化郎宁愿从未认识过他，
也好过让他经历那些不幸。

看着昏迷中的流浪汉，
幻化郎忽然又产生另一种感慨：
人们总认为受难者不幸，
其实这也是最大的谬论，
真正不幸的是牵挂的人。

眼前的流浪汉昏迷不醒，
他感受不到绝望和痛苦，

也不知道担忧和悲伤，
清醒着的自己却把诸种苦味尝遍，
又化成泪珠一颗颗坠下。
那么不幸的到底是流浪汉，
还是牵挂着他的自己？
幻化郎问寂天还有没有办法，
但他心中已做好最坏的打算。
到时带上流浪汉的遗体，
把他埋到迷魂村的所在。

迷魂村就是他的灵魂家园，
那里有他的梦想和幸福，
还有他最爱的夜叉姑娘，
就让他在美梦里长眠吧。

寂天摇摇头说很是困难，
为此他也绞尽脑汁千思万虑，
或许诅咒的恶能可以解除，
但根本危险在于空行之力。
只要那空行石依旧传送着能量，
流浪汉就会被冲得七零八落。
他们都不会封印这法宝，
只能眼睁睁看着流浪汉命赴黄泉。

幻化郎闻言也黯然低头，
但他愿意全力以赴倾其所有。
他说，能不能救回是流浪汉的命数，
救不救，却是自己的心力和态度。

于是他和寂天商定了方案，
两人安住于明空开始行功。
幻化郎看到有一股黑气，
从流浪汉头上汩汩而出。
他凝聚了心力进行导引，
尝试把咒力引向空行石。
希望借空行石的巨能，
将那诛法之力彻底消解。

只听那空行石发出脆响，
裂开了一条微小的缝隙。
黑能量一丝不留全被吸入，
很快流浪汉的气色出现好转。

幻化郎见状精神一振，
然而还没来得及高兴突变又生。
那空行大力忽然间喷涌，
像地震像海啸又像飓风。
巨大的能量瞬间袭来，
就要扑灭流浪汉的命灯。

更恐怖的是那大力失控，
沿着幻化郎意念迎面扑来。
幻化郎只感到泰山压顶，
浑身不断地抽搐痉挛，
仿佛在大海中抽筋溺水，
眼前一黑就要人事不省。

危急时寂天发出咒力，
对那空行力量进行调整，
让诸种力量达成平衡，
才算护住两人的根本命气。

这一场行法后大汗淋漓，
幻化郎和寂天面面相觑。
刚才的变故十分可怕，
稍有差池就会同归于尽。

幻化郎长长舒了一口气，
他已不是第一次游离于生死之间。
这种惊险刺激似乎成了习惯，
增强了他的心理素质。

再看流浪汉已有好转，
总算解除了诅咒之力。
只是空行能量仍在涌入，
需要时时加以导引疏通。

然而他的身体已虚弱至极，
经不住这能量持续冲击。
那导引只能治标无法治本，
几天之后他仍会油尽灯枯。

幻化郎明知道这个结果，
但内心还是不愿意放弃。

他日夜陪伴着流浪汉，
说着一些共同的往事。
他期待着会有奇迹发生，
至少也能送他最后一程。

这一日威德郎忽然前来造访，
当他得知流浪汉的病根在于空行之力，
立刻自告奋勇愿意一试，
说他可以封印空行石。

幻化郎闻言十分疑惑，
他知道威德郎的能为。
连自己都不能封印法宝，
他哪来的神奇能力？
莫不是眼见流浪汉垂危，
想乘机将空行石据为己有？

威德郎智慧超拔，
能察其颜而知其心，
他当然明白幻化郎的心思。
但他只能长叹一声，
金刚兄弟都如此相疑，
人与人之间还有没有信任？

他想不通自己是哪里疏忽，
得罪了幻化郎对他如此戒备。
但此时情况十分危急，
容不得梳理个人情绪。

于是他向幻化郎解释，
说出了封印空行石的原委。
以前他能强制打开空行石，
也必须懂得如何封印空行之力，
否则他早已走火入魔，
经脉尽断葬送了性命。

幻化郎虽然没全信威德郎，
但总算生起了一线希望。
眼见这流浪汉命气衰微，
无奈之下也只能让威德郎一试。

同时他保持高度戒备，
以防威德郎投机耍滑，
心中又是紧张又是期盼，
生怕这场救治再次失败。

本来他已经做好了准备，
接受了流浪汉离他而去。
忽然漂来了救命稻草，
让他心中闪出希望的火光。
因此他更怕这希望会落空，
让绝望变得更加沉重。
他的心跳声响彻天空，
他的双眼圆睁不敢放松，
他的心中一半是警惕一半是忐忑，
他的精神真是受尽了折磨。

威德郎一边准备封印空行石，
一边留意着幻化郎的状态，
幻化郎的警惕让他明白了矛盾的原委——
原来幻化郎怕自己做什么手脚，
乘机窃取那空行宝石的大力。

他不由得心中一阵好笑，
觉得幻化郎也有小人之心。
虽然他不是什么君子，
但也绝不会乘人之危。

威德郎对敌人不择手段，
但对朋友却十分仗义。
他从不谋害他认可的人，
更何况幻化郎是同门师兄。
他觉得幻化郎对他有误会，
但此时也没工夫解释。
他想赶紧救下流浪汉，
好让他助自己一臂之力。

于是他顾不上伤势未愈，
还是调动了生命的能量。
幻化郎在一旁轻声提醒，
说小心那反冲的空行大力。

这提醒让威德郎心生暖意，
觉得哪怕再有矛盾和误会，

当面临真正的危险之时，
幻化郎对他，
还是存有同门兄弟的情义。

威德郎点点头神色凝重，
按步骤先施以强制之法开启，
再用封印术将其封印。
启动那大力时他险些魔化，
虽然没感到空行力的反冲，
但浑身欲望激荡一脸赤红。

原来那空行石是法界重宝，
能根据心性进行差别攻击。
每次都会针对每个人心性的弱点，
使用者把持不住就会堕入魔境。

威德郎的贪欲空前强烈，
他想一手掌控整个宇宙，
拥有无数的财富与美女，
还有无数的赞美与光环，
以及能遮天蔽日的权力，
更要如日月之恒的寿命……
这些欲望化作熊熊火焰，
在他的心中撩起巨大的焦渴。
他像一个水尽粮绝的旅人，
在烈日曝晒的沙漠里穿行。
而那空行石就是一汪清泉，
在眼前晃出致命的诱惑。

他忽然生起强占之心，
想杀掉幻化郎和流浪汉。
那魔性的声音在心底回荡，
说："杀了他们啊杀了他们啊，
杀了他们你就是千古一帝。"

威德郎的眼神已经迷乱，
他的心里像有火苗舐舔。
每个细胞都融进了岩浆，
手上的动作也变得缓慢。

还是寂天发现了异常，
他观到威德郎的魔心，
于是生起了大悲念力，
猛然朝威德郎心间打去。

威德郎正在心魔中徘徊，
忽然感到悲心四溢。
犹如漫天的乌云被撕开缝隙，
一缕金光从云层后射穿。
那短暂的瞬间他清明无比，
立刻完成了封印的流程。
原来那封印虽需要流程，
更需要帝王的威德之力，
有点像人间的封神，
须借帝王之大力才有名分。

事后威德郎暗暗心惊，

那空行之力果然凶险。
从前只知道它力大无穷，
没想到还有这诡异的魔性。

他明白经过流浪汉的启动，
自己再也无法驾驭空行宝石。
稍一启动立刻就会着魔，
还未伤人先毁了自己。

想到这里他恋恋不舍，
不由自主偷瞥空行石。
却发现那石忽然破裂，
像一朵花开成了五叶，
澎湃的大力也戛然而止。

这突如其来的变故，
不仅吓坏了威德郎，
也让幻化郎惊诧万分。
他安住于明空仔细观察，
发现空行石需要慎用。
它其实也是一种能量，
若是不加限制随意使用，
就会粉碎成块不再完整。
看清了原理他放下心来，
心想空行石被毁是件好事。

而流浪汉终于停止了抽搐，
他打了一个呵欠恍若梦醒。

他两眼呆滞望着虚空——
但瞳孔里终究有了影像，
眼球里也终究有了光芒，
还有情感——
他的眼角有一片泪海，
是的，他还在思念新娘。

看见流浪汉苏醒，
幻化郎忍不住喜极而泣。
终于从死神手里拉回了兄弟，
仿佛得救的是他自己。

他想拉起流浪汉的手，
又觉得太过于肉麻。
他想拍一下流浪汉的肩，
又怕把他的身体拍垮。
他感到胸腔中充满了喜悦，
却不知该如何表达。

在流浪汉睁眼的瞬间，
幻化郎已经原谅了威德郎。
所有的不快都烟消云散，
现在他把威德郎看成真正的恩人。
他甚至觉得，只要救回了流浪汉的性命，
就算让威德郎拿走空行石又如何？

那情绪的游戏实在可笑，
讨厌时恨不得千刀万剐，

一旦因缘出现了改变，
又对讨厌的对象感恩戴德。

他甚至为自己感到羞愧，
觉得那防范是小人之心。
于是他看威德郎时眼神躲闪，
想要示好又觉得难为情。

威德郎却哈哈大笑，
仿佛心中毫无芥蒂。
不料肌肉的牵动扯到了伤处，
又引出一连串的咳嗽。
这让幻化郎更加愧疚，
甚至感到无地自容。
他觉得威德郎坦坦荡荡，
而自己却是那么纠纠戚戚。

于是他开口打破了僵局，
叫一声师兄大恩在上。
本来还想说若有效劳之处，
你尽管招呼不必客气，
话到嘴边却硬生生刹住，
他实在不想再被奴役。
又因为这种欲言又止，
他更厌恶自己的不爽利。
威德郎似乎毫无察觉，
他说举手之劳何足挂齿，
能救回朋友的性命，

我威德郎也高兴无比。
回头再命人送来甘露，
给这位壮士好好养伤。

威德郎告辞了幻化郎，
二人已冰释前嫌握手言欢。
虽然双方没有诉诸言语，
但那气场已明显改变。
威德郎抬起脚步又看到空行石，
他下意识偷藏了一小块碎片。
这也是心中的贪欲作祟，
他完全控不住自己的行为。

幻化郎当然看到了这一幕，
却马上把头扭向别处，
假装自己没有看到。
本来是万分警惕的事情，
此时却觉得无伤大雅。
恨他的时候觉得他毫无是处，
认可的时候又将他的缺点一并接纳。
他感恩威德郎的相救，
已忽略了他的讨厌之处。
甚至还想着他施以滴水之恩，
自己理应报以涌泉，
那空行石权当他的谢意。

他又想世上人好生奇怪，
为何总是心外求法？

心外之宝物虽然强大，
其实也是魔的一种。
它总能增加欲望的力量，
这其实并无益于一生。
也罢也罢由他去吧，
权且将那宝石作个纪念的礼物。

第 118 曲　入红尘

夜间幻化郎听到鸟鸣，
那是他和胜乐郎约好的暗号。
胜乐郎给他传来音讯，
于是，他循声而去，
在一个僻静处找到了胜乐郎。

月光很亮，月儿丰腴。
它照瘦了胜乐郎单薄的影子，
也照出了他的黯然。
朦胧的月光下他形影孤独，
不知他在想着什么心事。

幻化郎谢过胜乐郎
在阴阳城中的相救之恩，
也表达了自己对他的担忧。
他说，为了救他们，
胜乐郎得罪了欢喜郎会引火烧身。

胜乐郎摇摇头说万事随缘，
任何选择都要付出代价。
他又说这次传讯给幻化郎，
是因为奶格玛师尊有新的指示。

听到师尊传来的消息，
幻化郎顿时来了精神。
胜乐郎说师尊正在闭关，
就藏在阴阳城的某处。

他还说，目前师尊正在修炼虹光之身，
不想过多问询红尘之事。
叫他们把红尘当成戏场，
把世界当成调心的道具，
在逆境中学习成长，
逐渐学会与世界沟通。
胜乐郎说那虹身并非天身，
可以不入轮回不住涅槃。
修成后便能无处不在处处在，
万事万物皆成为她的载体。
但这需要隔绝万缘，
集中全部心念一门深入。

幻化郎闻言先是生起向往，
觉得师尊的境界自己望尘莫及。
忽而又生起了嫉妒和失落——
师尊把消息告诉胜乐郎，
却没有告诉其他人，
说明胜乐郎最受师尊器重。
想到这他心生不平五味杂陈。

他一向都觉得自己能干，
无论是出入造化系统，

还是最近的几次大战，
论能力和功劳他都自认为是翘楚，
可师尊还是独宠胜乐郎，
将重要的信息让他传达。

胜乐郎察觉到幻化郎的想法，
但他面色平静并未显露半点。
每个人都有自己的秘密，
没人希望隐私被别人洞悉。
尤其是那些阴暗的人性，
只能让他们自己去对治。

胜乐郎只说欢喜郎正在谋划，
他会大举进攻威德国。
他看到空行人与空行石合一，
又随着你们走出阴阳城，
他又是愤怒又是恐惧，
决定趁流浪汉伤重未愈，
先发制人速战速决。

幻化郎闻言眉头紧皱，
这真是树欲静而风不止。
自己最不愿蹚这种浑水，
可这浑水偏偏往身上猛泼。

难道当国王就要无事生非，
四处征伐唯恐天下不乱？
难道就不能消停个片刻，

让百姓安安生生过上几年？

幻化郎忽然又想骂爹骂娘，
但在胜乐郎面前却不敢放肆。
这师兄是德高望重的大成就者，
有一种五岳之尊的庄严。

幻化郎把脏话憋回肚里，
说这种好战之人必招灾殃。
师兄你还是尽早出离专修，
切勿沦为战争机器的托儿。

胜乐郎露出坦然又坚决的神色，
他平静如水地说：
"我不入地狱谁入地狱。
他与我们有同样的因缘，
就算为师尊我也要度他。"

幻化郎脸色一变又要规劝，
胜乐郎摆摆手制止了他，
说这次找他有要事托付，
并恳请幻化郎保护阴阳城，
护持师尊杜绝一切干扰。
说那虹身修炼需要出离，
要中之要是隔绝外缘屏息干扰。
如今世上兵荒马乱，
说不准有人会丧心病狂，
中立的阴阳城也不肯放过。

他希望幻化郎能在必要时修改程序，
直接干预世事的运行。
幻化郎下意识想要逃避，
经过连番的惊险战斗，
他已是身心俱疲不想再劳心，
他只想找个地方出离静修，
但因为事关师尊，他便硬着头皮应允。

幻化郎说他久不入网络，
只想静观那世间万事。
有过诸多经历后他发现，
人为干预太多毫无意义，
每个人每件事都自有其必然轨迹。
除非是事关大是大非极其紧迫，
他才赤膊上阵用以救急。
但救来救去也不见改变，
大的改变还是要从心做起。
心不变命不变扬汤止沸，
心变了命才变釜底抽薪。

胜乐郎叹口气说我理解你，
但师尊闭关之事非同小可。
并非要你改变大事因果，
只是为师尊隔离一些违缘。

对于那天下大势的洪流，
我们不能改变只能尽心而已。
明知道这世界都会消失，

我们又能从根本上改变什么？
也只好静观其变一笑而过。

幻化郎答应了胜乐郎的托付，
必要时改动程序保护师尊。
又想劝胜乐郎明哲保身，
却忽然惊觉自己的狭小。

他发现自己和胜乐郎的差距，
根本不在于修为证境的高低，
本质上在于利众的慈悲之心，
以及完全舍弃自我的大行。

他一直以自了汉的心量，
劝说一位度众的大菩萨。
犹如萤虫之光想照射太阳，
到头来才发现自己的滑稽。

于是幻化郎收起了劝说，
胜乐郎也不再言语。
他们于夜色中相逢，
又于星光下别离。
今日完成一次生命的交集，
不知下次相逢又是何时。

第二日威德郎班师回朝，
他想带上流浪汉和幻化郎。
一个是可以帮助自己的空行大士，

一个是血浓于水的同门兄弟。
他希望这两人可以留在自己身边，
跟自己一起创造一个新的帝国。

威德郎与生俱来的担当心，
使他有一种天生的责任感，
他总喜欢把认可的人聚在自己身边，
为他们创造一个很好的环境，
看着他们在他创造的环境里，
安居乐业实现梦想。

尤其对那些富有才干的人，
他更愿意无私地帮助，
他不在乎有没有回报，
能成就别人本身就很快乐。

但是幻化郎婉拒了好意，
他坚决不愿再接近政治。
那些麻烦事让他心有余悸，
只想独自清修一段时间。

威德郎再三诚恳相邀，
甚至带了强迫的味道。
幻化郎却始终不改初衷，
给威德郎来了个软硬不吃。

这一下威德郎无计可施，
然而又很感激幻化郎相救。

于是他许诺答应幻化郎三个要求，
只要自己能办到无不尽力。

幻化郎一听立即两眼放光，
当即提出第一个要求：
请他尽全力保护阴阳城，
这里虽是中立之地，
但城门失火必殃及池鱼。
他说这里有许多高僧大德，
还有无数珍贵的传承法脉。
做国王不能只攻城略地，
还要有精神上的责任和担当。
要想让自己流芳百世，
必须给世界一个理由。
然而他并没有告诉威德郎，
师尊便是那高僧大德之一。

威德郎闻言慨然应允，
当即安排分派了兵马，
让他们像阴阳城的卫士一样，
驻扎在城池的周围。
他还吩咐守城将领，
任何势力若想图谋不轨，
不问缘由立刻反击。

一切都安排妥当之后，
威德郎又直直地望向流浪汉。
这转世空行有神威大力，

若能带回去必是重宝，
会助他战无不胜所向披靡。

他的心思被幻化郎察觉，
幻化郎满心的感恩，
瞬间又变成了厌恶——
你看他觊觎流浪汉的眼神，
是那么贪婪毫不遮掩，
真是让人无法不讨厌。

于是还未等威德郎开口，
幻化郎便说出告辞二字，
并且催促着寂天扶起流浪汉上路。
他只想远离眼前人的视野。

威德郎见幻化郎的反应这么激烈，
心中苦笑一声叹道何至于此。
他虽然喜欢那空行大力，
但并不会强迫自家兄弟。
于是他不再多言，
只是安排了车马和随从，
跟随幻化郎三人小心侍奉。
安顿完之后他起身回国，
在叹息声中一步步远去。

寂天为了恢复流浪汉心性，
想带他前往圣地修炼。
问幻化郎有何打算，

是否与他们继续同行。

幻化郎内心充满纠结，
一方面想避世清修养大能，
另一方面又想入世做事利众生——
他昨晚见过胜乐郎后，
被那舍生取义的精神所感染，
也想做些有意义的事情，
不想仅仅当一个自了汉。
于是他左右摇摆没个主见，
甚至想抛一枚铜钱来决定。
忽然胜乐郎的声音在心中响起，
不知是千里传音还是回忆。

昨晚胜乐郎提到师尊开示：
叫他们将红尘当作戏场，
将世界当成调心的道具。
让他们在逆境中学习成长，
逐渐学会和世界沟通。

幻化郎顿时有些悔悟：
胜乐郎纵是刀山火海也欣然前往，
而自己却是躲避麻烦一味逃避。
想明白这关键所在，
立时，他心中发起大愿，
一定要组建自己的队伍，
只有建立组织生起大力，
才能制止欢喜郎的疯狂。

于是他告别了寂天仙翁，
说自己要深入红尘做事。
做事本身也是一种修行，
成就需要积累资粮。
自己之所以屡屡退转，
本质就因为资粮不够。

只是流浪汉听到要分离，
恍惚的眼神中露出不舍。
他身体虚弱躺在马车上，
颤巍巍向幻化郎伸出了手。

幻化郎看到这一情景，
内心酸楚很不是滋味。
他快步上前握住了那手，
说一声："好兄弟好好修炼。
我们的分离是为了团聚，
我们的磨难是为了自由，
我们的痛苦是为了喜悦，
我们的觉悟是为了众生。"

流浪汉看起来似懂非懂，
他只是抓住幻化郎的手不放。
他气息虚弱翕动着嘴唇，
他想说话却发不出声音。

幻化郎的鼻子一阵酸楚，

他紧握着流浪汉的手说：
"兄弟的情义我都清楚，
眼下要分离我也心如刀割。
你天生是大材的根器，
不要被花草障碍了前程。
只盼你早日康复好好修行，
切莫浪费了这人身之宝。

"保重啊，保重啊，
若是记得兄弟情，
大步向前莫回头。
前方自有圆满路，
前方自有大光明。
抛却心中纷纷雨，
只留一片真性灵。
若是今后有大缘，
你我重聚阴阳城。"

说罢幻化郎放开了手，
拍了拍流浪汉的肩膀。
流浪汉也微微点头，
一滴泪珠从眼角滑出。
他闭上眼睛又挥挥手，
算是和幻化郎告别。

第 119 曲　兽人

幻化郎一路上心头郁郁，
与流浪汉告别惆怅纷纷。
好在有寂天在旁照应，
自己才不至于过分担忧。
眼下他想建立自己的队伍，
阻止欢喜郎的战争之心。
可人道已分为两个阵营，
欢喜郎威德郎各有其势。
很难再有第三方力量，
只有非人还有争取的可能。

于是他前往边界之城。
这里是人与兽人的边界，
这一边是文明世界，
那一方是野蛮族群。
那野蛮族群只知道屠杀，
他们天生就是一种武器。
他们呱呱坠地就与弓箭为伴，
长大后更以杀生为乐事。
他们四肢发达头脑简单，
谁只要出大钱他们就卖力。

幻化郎来到了边界城，

只见这里俨然原始丛林。
那围墙都是尖尖的木棍，
房屋由石头堆砌而成。
人们都是茹毛饮血，
地上铺满血迹斑斑的兽皮。
他们的长矛十分奇特，
一块尖石绑在木棍顶端。
男人们以树叶遮羞，
女人们赤裸着上身。
在这里无论男女，
身上都挂满了人骨饰品，
院子里也堆满骷髅。
据说谁家的头颅骨多，
谁就是族群的富翁。
这里的孩子也赤裸着身体，
皮肤显得黝黑又粗糙。
但他们的眼中还有些灵气，
不像大人已成为野兽。

幻化郎在路上走着，
他的周围投来无数的目光，
目光中有敌意和警惕，
也有发自心底的好奇。
那一双双兽性的眼睛，
把幻化郎盯得好生拘谨。
他觉得自己像是一只猎物，
随时可能有箭矢飞来，
想拿走他的生命。

他快步走到边界城中心，
那里是城主的住处。
虽然名字也叫王宫，
看起来却是粗糙而简陋。

到处是凌乱的石头，
到处是尖尖的木头，
一堆堆篝火黑烟冲天，
无数的头颅骨堆成小山。
人们跳啊，唱啊，
那一种原始的舞蹈充满了
来自远古生命的野性力量。

幻化郎向守卫说明来意，
却互相听不懂彼此的言语。
那守卫嘴里一阵叽里呱啦，
态度十分蛮横像是在驱赶他。

幻化郎急中生智，
拿出一片金叶子指着自己。
又双手捧着举过了头顶，
做出进贡朝拜的姿势。

那守卫顿时变得态度和蔼，
带着幻化郎进入了王宫。
这边界王宫竟复杂而庞大，
他跟着那守卫七弯八绕，

好半天都没有到达正殿。
一路上他目不暇接，
一幅幅蛮荒画面闯入眼帘。

有巫师正给宫人治病，
举着火把口里念念有词。
有士兵正在惩罚敌人，
将对方绑在木桩上开膛破肚。
有孩子正在练习杀戮，
拿着石刀石斧追逐野兽。

幻化郎看得汗毛直竖，
心想这样的野蛮之地，
又会有怎样的城主？
这里语言不通又没翻译，
见了城主该如何沟通？
他不由得埋怨自己考虑不周，
竟让自己陷于如此境地。
但事到如今没有退路，
只能硬着头皮见机行事。

跟着那守卫七弯八绕，
他们终于来到了正殿，
那守卫进去向城主汇报。
过了片刻折返回来，
让幻化郎进去面见城主。

幻化郎刚要抬脚进入，

忽见一个汉子被押了出来。
还没走几步守卫就举起石斧，
雷霆闪电般向他的后脑砸去。
他来不及呼喊也来不及逃跑，
脑壳顿时碎裂脑浆四溢。
一群野孩子闻声而来，
他们趴在地上，呃巴着嘴，
像饿狼扑食般舔舐地上的脑浆。

这一幕让幻化郎大为惊骇，
胃里更是一阵阵翻腾。
饶是他早已身经百战，
也感到腿脚不由得发颤。

他更加提起了百倍警惕，
想着应付袭击时的对策。
他发现那些兽人虽然勇猛，
却武力不足智商不高，
想全身而退其实并非难事，
这让幻化郎略略心安。

他一边想着应对的方法，
一边进入了王宫正殿。
忽然他瞪圆了眼睛，
满心惊讶难以置信——
只见大殿的龙椅上，
端坐着一位女子。
她着长裙挽高髻貌如天人，

与周围的野蛮格格不入。

他一步步挪移，小心翼翼。
距离越近，幻化郎越是吃惊——
多么熟悉的面容！
原来，原来她是欢喜郎的妹妹，
那个名叫绿晶的公主，
幻化郎还曾救过她！
她依旧有绝世的容颜，
还是那样地美丽，
但那眼神多了狠辣威严。
她还是那样地妩媚，
但那面庞多了阴毒冷漠。
还是那样一个人，
但她俨然熟透的苹果，
给人一种致命的诱惑。
娇滴滴赫然是人间尤物，
毒辣辣好一个蛇蝎美人。

幻化郎此时却失了神志，
只感到头晕目眩心跳加速，
身上喷涌着炽热的岩浆，
每一个细胞都快要炸裂。
他甚至觉得若能一亲芳泽，
便是死在她手里也甘愿。

他不知不觉往前走着，
如同中了魔障失去意识。

忽然听到了一声暴喝，
两支长矛挡在自己胸前。

幻化郎被那暴喝震醒，
恢复了理智浑身发软。
再看周围虽都是野蛮大汉，
但他们对绿晶却十分畏惧。
目光中并没有丝毫的猥亵，
神色间满是毕恭毕敬。

绿晶却不介意他的失态，
反而还发出咯咯的娇笑。
她做出烟视媚行的姿态，
慵懒地将身体斜靠在椅上。
那身段凹凸有致柔若无骨，
还飘来一阵阵异香。
香味带着魅惑的魔钩，
丝丝缕缕沁入幻化郎体内。
幻化郎又感到欲火升腾，
赶紧用幻观稳住了心神。

只见那绿晶轻启朱唇，
媚眼如丝声音绵软：
"我还以为是何方贵客，
原来是奶格玛的高徒。"

这分明是对幻化郎的奚落，
却有一种勾魂摄魄的娇柔。

幻化郎一时间乱了方寸，
呆在了原地神色尴尬。

片刻之后他三魂归位，
也发出了一种奚落的声音：
"我还以为是何方豪杰，
竟然是欢喜国的公主。"

那绿晶闻言怒色一闪，
随即又恢复了娇媚：
"阁下风尘仆仆远道而来，
只为跟小女子斗几句嘴？"

幻化郎已经恢复了理智，
他飞快衡量眼下的局面。
绿晶与欢喜郎有深仇大恨，
好好利用也是一大契机。

于是他告知了自己的来意，
说希望与边界城结盟，
联合起来抗击暴虐的欢喜郎，
为天下百姓开万世太平。

绿晶忽然眼神凌厉，
显然被触到了心结。
瞬间美人变成了夜叉，
令人感到不寒而栗。

她冷笑一声连说："好啊，
你拿什么跟我结盟？
你是有如山的金银财宝，
还是有雄壮的粮草兵马？
或者我看你也算英俊，
能供奉我枕席之乐也算功劳。"

这一下幻化郎面红耳赤，
他没想过结盟的筹码。
更因那调戏心神荡漾，
只感到正念难以集中。
他从未碰触过女人，
更没有调情的经验。
此时遇到这蛇蝎美人，
他心中掀起阵阵波浪。

于是他有些笨嘴拙舌，
说一声上天有好生之德。
若是你推翻了暴君统治，
既救了百姓也报了大仇。

绿晶闻言哈哈大笑，
仿佛戏看小儿在骗人。
她说："你光凭空口一张，
就想让我去替你卖命送死？
天下哪有这样的好事，
你也未免太侮辱我的智商。
我眼中已没有仇人恩人，

谁有利益我就和谁结盟。
你还是收起那小聪明，
回到深山老林里修行。
滚吧滚吧别再啰嗦，
看在你救过我的分上，
我不让他们吃你的脑浆。"

幻化郎经历过无数恶战，
此时却感到方寸大乱。
那女人不过是三言两语，
就让他心神不安丢盔弃甲。

幻化郎从未感到如此狼狈，
尴尬中还有一丝羞涩。
他心中再无联盟之意，
只想赶快离开此地。
但心中却暗暗奇怪，
不知那绿晶怎么会成了边界城的主人。

他想再说些什么挽回颜面，
一时间却找不到可说的话。
于是他僵了一下然后转过身子，
拱手说声告辞，
走出这边界城的宫殿。
他仍记得那个被砸开脑壳的汉子，
那巨大的石斧，那刺耳的惨叫，
那红的鲜血，那白的脑浆，
还有那群疯狂的野孩子，

此刻都让他心有余悸。
他一路上都在暗暗提防，
生怕背后有人偷袭。
虽然那绿晶已做出放他一马的姿态，
但谁知道她会不会食言而肥？

要知道女人大多善变，
更何况那种蛇蝎美人。
他怕绿晶复又反悔，
于是加快了脚步速速离去，
离开边界城已经很远，
他心中还在回味美人。
魅惑的面孔使他炽热，
每一个眼神都千回百转。

他觉得从未如此狼狈，
在一个女子面前落荒而逃，
事后心中还一阵阵心旌摇荡。
直到这时，
他才真正理解了流浪汉，
男人在情欲面前真是身不由己。
只是那流浪汉还有爱情，
这绿晶却纯属欲望的魔女。
她似乎带有天然的气场，
能勾出男人的三魂七魄。

幻化郎用了很长时间去净心，
才开始想下一步该去何处。

既然边界城的因缘还不成熟，
不如去阴阳城观察情况。
好，那就去阴阳城捣龙潭虎穴。
他下定决心后忽然发现，
自己左思右想还是回到了原地，
不知师尊选择在阴阳城闭关，
是否早已观到这诸多的因缘。

幻化郎到达阴阳城后，
便开始在酒馆中打探相关消息。
他听说胜乐郎已被囚禁，
受尽虐待受尽屈辱，
国师的尊严已荡然无存，
只缘他不想当一枚棋子。
胜乐郎明知这个结局，
却坦然归去承受报复。
除了因为他想救度欢喜郎，
也是因为华曼还在欢喜国。
华曼也甘心陪他一起承受——
他承受着酷刑之痛，
她承受着牵心之苦。

幻化郎闻言叹一口气，
心中涌起无限的惆怅。
他明白了那个重逢的夜晚，
胜乐郎的黯然所为何故。

幻化郎被这种情怀感动，
只觉得到处都是胜乐郎。
那是一种精神的气息，
远远超越了肉体的局限。

这种气息一直在他周围，
鼓励他守护慈悲大心不生退转。
于是他抹掉心中的情绪，
遵照对胜乐郎的承诺，
打开了造化系统观察当前局面。

这一看果然是非同小可，
人间的黑暗力量迅速蔓延，
已开始入侵非人国界，
边界城的森林被乌云笼罩。

他又想到绿晶的变化，
便在系统里查询她的档案。
她身体恢复后便离开了幻化郎的零磁空间，
四处寻找继续报仇的机缘。
他看到她在一次战争中，
被野人强行掳到边界城，
在那里经历了非人的折磨，
后来她通过心狠手辣的诡计，
谋害了上一任边界城主，
收服了那些蛮荒之人。
这是一个曲折且充满悬念的故事，

幻化郎却看得沉重不堪。
于是他关上了造化系统,
思考眼下的危险和机会。

第四十六乐章

胜乐郎因在阴阳城一战中违抗旨意，被欢喜郎投入死牢，施以残暴的酷刑。他放心不下的是他的女人，比翼鸟怎会单飞？华曼想尽一切办法为夫鸣冤，终至无果。这个柔弱又坚强的女子，将悬赏的大旗竖起，不知那草莽江湖中，可有勇敢的热血男儿？

第 120 曲　受难

是皇宫？还是刑场？
在那欢喜国巍峨的宫殿一角，
胜乐郎已被折磨得不成人形。
那皮鞭发出的声音，
像塞北的风在呼啸，
刑具碰撞的响声也震如惊雷。
在那血腥味四溢的所在，
连空气都生出了尖利的刚刺，
让人毛骨悚然不寒而栗。

胜乐郎被迫跪在地上，
他正在不停地抽搐。
他脸上的汗水如同瀑布，
他身上的伤口就像罗网。
带着倒刺的鞭子如雨般下落，
一接触到他的皮肤，
就会撕出一道骇人的血口，
隐藏在肌肉之下的白骨若隐若现。
而且他再痛也不能闪躲，
他的肩胛骨被一条铁链穿过。
只要他的头微微前倾，
那铁链就会拉动肩胛骨，
扯出钻入骨髓的剧痛。

他的双手被拽向两边，
他的小腿被铁钉刺穿，
那铁钉钉在了巨石之上，
鲜血顺流而下染红了那块石头。
石头的心肠不硬，
所以它一直在无声地哭泣。
它的眼泪便是那斑斑的血迹，
从胜乐郎出现那天起一直未干。
为保住胜乐郎微弱的那口气，
欢喜郎派了最好的医生，
时时再灌以最好的药物。

想当初欢喜郎是那么器重胜乐郎，
他那么喜欢胜乐郎带给他的清凉。
然而一遇到利益之争，
他就忘记了胜乐郎圣者的重量。
对于胜乐郎，他其实早已恨得牙痒痒——
这个大成就者明明有着大能，
而且又是欢喜国的国师，
自己如此器重如此礼遇，
他却不识抬举始终不为自己所用。
他一路上咬牙切齿，
想象着各种酷刑
——在胜乐郎身上跳舞。
他要让胜乐郎生不如死，
更要让胜乐郎跪地求饶。
他的心中没有慈悲的圣者，
只有打碎了他如意算盘的叛徒。

非如此他难泄心头之恨，
唯如此才能惩戒胜乐郎的背叛。

这一日终于回到了国内，
欢喜郎像抓小鸡的老鹰一样，
迫不及待地拎起瘦弱的胜乐郎。
不需要理由也不需要借口，
在欢喜国的地盘上，
他是不可违逆的王。
他一声令下，贵为国师的胜乐郎，
便成为囚徒入了禁室。

这便是人间的政治勾当——
用你时可将你捧到天上，
把你当成那日月星辰。
一旦你冲撞他的权威，
你立刻就成了妖魔鬼怪。
他立刻把你打翻在地，
更踩上一只脚，
叫你斯文扫地生不如死。
你于是成了人人喊打的老鼠，
成了气若游丝朝不保夕的罪犯。

欢喜郎已被他的魔心奴役，
他感到五脏如烈火炙烤。
阴阳城的遭遇令他暴怒，
除了事情的性质和影响，
最关键的便是权威受到挑战，

他要用酷刑来证明自己的权威。

他当国王已有十几年，
早已习惯了别人的言听计从。
百官对他皆是谦卑恭顺，
从没人敢这样无法无天。
胜乐郎的行为是一种挑衅，
更是他作为国王的耻辱。
于是他找来最凶狠的恶棍，
充当胜乐郎的行刑官。

然而欢喜郎并不知道，
无论那刑罚多么残酷，
他也得不到自己想要的结果。
胜乐郎虽然肉体疼痛，
但他的心依然清明安详。
他的脸上没有一点儿仇恨，
他顺从命运的所有安排，
他接受世界给予他的全部馈赠。
这便是圣者的所为，
他不会因世界的态度而失去自己。

胜乐郎双眼依旧满含着慈悲，
表情依旧平静如同湖水。
虽然因剧痛他也会抽搐，
轻柔的气场却未曾消减。
他静静看着欢喜郎，
仿佛受刑的只是一具皮囊。

他还看着那个行刑官，
还有那个灌药的御医。
每个人的命运都像画卷，
在胜乐郎心中徐徐展开——

他们曾经是天真的孩童，
一点点长成强壮的青年，
再从青年到中年力衰，
从中年再到人生暮年。
曾经的爱恨情仇，
曾经的喜怒哀乐，
曾经的酸甜苦辣，
曾经的春夏秋冬，
都渐渐成了落定的尘埃。
直到最后，
躺进土馒头里了结了所有。
他们生不知道从何处生，
去也不知道向何处去。
即使是在当下的这一刻，
他们也不知道做着什么。

他们都是大海上的水泡，
忽而泛起又忽而破灭。
在那短暂的存在里，
他们拼命地彼此挤压。
他们都想变得更大存留更久，
于是就挣扎啊，碰撞啊，

随着那风浪左冲右突。
但无论他们怎样地折腾，
都逃不出命运的大手。

有的水泡挤破了别人，
有的水泡胀破了自己。
有的水泡因饱满而欢庆，
有的水泡因干瘪而低沉。
然而，一个大浪劈来，
所有的喧嚣顿时寂静。
寂静之后是另一轮喧嚣，
一批新的水泡又会在闪亮中登场，
也会在猝不及防中销声匿迹，
然后又开启新一轮的喧嚣。
世界就是这样，
永远轮回永无止息……

胜乐郎感到巨大的沧桑，
他知道自己也是水泡。
只是他把心融入了大海，
人生才有了另一种视野。

他知道这肉身迟早损坏，
即使不被酷刑摧残也会这样。
所有的一切皆是无常。
因为这缘故，
此刻那凶狠残暴的折磨，
才影响不了他的明白。

他用大海之心体会着众生，
如同母亲疼爱着每一个孩子。
他只感到巨大的悲悯生起，
一心想把孩子们拉出苦海。

行刑官像极了凶神恶煞，
他的胸毛浓密肌肉虬结。
然而几鞭下去之后，
他的神情变得犹豫纠结。
他也被慈悲的气场感染，
残忍的内心变得柔和。
他真不想再抬起手中的鞭子，
他的体内正涌出一波波冲动，
他只想跪在胜乐郎的面前，
痛哭流涕，向圣者忏悔。

然而欢喜国王就在身后，
他下令要对胜乐郎严刑拷打。
行刑官绝不敢违抗王命，
他就像被巨浪推向高山的水泡，
明知会粉身碎骨也得硬着头皮向前冲。

欢喜郎看出了行刑官的犹豫，
他当然也感受到了那种气场。
其实他也有同样的纠结，
两种力量也在他的心中激烈地对撞——
那柔和的慈悲之波几乎调伏了他，
他时不时就会受到良心的谴责。

他老想喝退行刑官向圣者忏悔，
但一想到胜乐郎的背叛，
他就觉得胜乐郎罪无可赦死有余辜，
那点悔意也被怒火烧成了焦炭。
尤其是看到连行刑官都被胜乐郎摄受，
这更加触及了欢喜郎底线。

胜乐郎的背叛已不可容忍，
若是他还能带动他人背叛，
绝对是欢喜国的巨大灾难。
于是他咬紧牙关狰狞了脸，
甚至亲手挥舞那条血鞭子，
并且声色俱厉地高声责骂，
还说若再留情就把行刑官也斩首。

行刑官闻言脸色骤变，
看着胜乐郎左右为难。
胜乐郎却用柔和的目光，
对着他轻轻点了点头。
这是一种理解和原谅，
更是一种许可和救赎。
行刑官只感到心头一松，
犹豫和愧疚都被消解。
他手上的力道猛然加强，
抽出胜乐郎满身的绽裂。

这让欢喜郎心满意足，
毕竟还是王命重过悲心。

他冷眼看着胜乐郎的惨状，
一种复仇的快意油然生起。
听着那鞭头的呼哨，
看着胜乐郎绽裂的伤口，
他感到一阵奇怪的酥麻，
迅速传递到每一根神经。
很快那酥麻变成了心虚，
心虚又抽空了力气。

胜乐郎被打得皮开肉绽，
身上一片血肉模糊。
但他的心里仍然没一点恨意，
他在剧痛中依旧安住明空。
他当然清楚欢喜郎的心态，
那是故作凶狠的心虚。
欢喜郎纵然贵为欢喜国君，
也不过是欲望的奴隶，
因此他对欢喜郎只有悲悯。
那悲心覆盖了所有伤口，
又化作了泪水汩汩流出。
他在心中时时祈请奶格玛师尊，
为可怜的欢喜郎消业驱魔。

欢喜郎看到了那一滴泪，
他知道那不是痛苦的泪，
而是一种对自己的悲悯，
这让他愈加火冒三丈。
尤其是胜乐郎脸上的淡然，

更是对他威严的挑衅。
他的情绪更加摇摆不定。
看到胜乐郎受苦他会同情，
看到胜乐郎平静他又忍不住怒气飙升。

他像捕到了老鼠的大猫，
总想看到对方惊慌失措。
他更希望对方能向自己忏悔，
他也好顺坡下驴将其释放。
哪怕对方只有一点求饶的神情，
他便能让行刑官减轻刑罚。

谁知胜乐郎却能坦然受报，
无嗔无怒也无怨无争。
尽管已是遍体鳞伤，
可那眯缝的眼睛里，
却还是充满平静和淡然，
更有一种大慈悲的俯视。
这让欢喜郎发现了自己的渺小，
因此，欢喜郎更不愿放过他。

然而欢喜郎还是不想在这里久留，
不想继续承受那良心的巨大煎熬。
于是望一眼带血的鞭子，
铁青着脸色准备离开。
他想，就让行刑官继续动刑吧，
也算是杀鸡儆猴以儆效尤。

离开前他告诉胜乐郎，
卢伊巴大师因为伤重，
已经在三天前圆寂。
听说大师没留下遗训，
只是笑笑便杳然而去。
他的弟子们正在内讧，
分出了帮派互相攻击，
都想成为继任的法主，
都想攫取信众的供养。
有的已行起了诛法，
有的正哄抢舍利，
还有的动起了拳脚，
各种乱象如虫蝇纷飞。

他还说胜乐郎何时想通，
何时就不用再受这酷刑。
良心促使他说出这暗示，
这已经是他最大的让步。
胜乐郎只说了一声感谢，
便低下头再没有别的言语。
但他终于感到了一丝欣慰，
他知道仅凭这点良知，
欢喜郎就有救赎的希望。

看着欢喜郎走出了宫门，
胜乐郎请医师先离开片刻。
他一想到卢伊巴的遭遇，
眼中的泪水便喷涌而出。

他不愿被人看到圣者失态，
这是一种对尊严的守护。
自己无论是如何淡定，
此刻也不由得发出哭声。
一阵阵悲伤从心中荡起，
一阵阵哀痛将灵魂炸裂。
那身上的伤口虽然疼痛，
却不及这心痛的万分之一。

卢伊巴的面容闪过脑海，
一幕幕影像就在眼前。
他回忆着恩师的种种教导，
以及相处时的点滴温情，
还有师门目前的乱象，
心中悲痛就如泉水般不断涌出。

还记得那个初见的夜晚，
空气中飘着檀香树的芬芳。
高大的身影矗立在月光下，
牵过了少年胜乐郎的手，
为他点亮生命的烛光。

后来又有诸多的教导，
一句句话儿此刻都浮上心头。
那些或和蔼或严厉的开示，
都饱含着慈爱的光明。

更有阴阳城的师徒联手，

所有的心意融为一片。
他们既是师徒也是知音，
既是父子还是同道。
他们就像大江与大海的交融，
那关系超越了一切形式。

他恨自己晚到了一步，
让卢伊巴受到致命重伤。
虽然也知道因缘注定，
还是不由得悲痛欲绝。

胜乐郎向来稳如泰山，
平静的内心无波无纹。
此时却止不住泪如泉涌，
他一声声呼唤卢伊巴师尊：
"孩儿忘不了您的大恩。
虽然奶格玛是我的根本师尊，
您却是我出世间的父亲。
我总是想到幼小时您的照顾，
还有那一次次的叮咛。
明知道天下无不散的筵席，
我还是疼彻心肺痛不欲生。
恩师呀，
天大地大没您的恩情大，
爹亲娘亲没有您亲，
便是我借来西江之水，
也难洗我此刻的心头之悲。"

那悲声传出了宫门，
所有的宫人都默哀；
那悲声越过了城墙，
所有的花草都干枯；
那悲声传向了高山，
荡出念念不忘的回响；
那悲声洒向了大海，
每一朵浪花都是思念；
那悲声融入了法界，
所有的神祇闻声落泪；
那悲声渗进了人心，
唤醒一个个麻木的灵魂。
胜乐郎正在痛哭之时，
那巫师忽然微笑着显身。
原来他并没被流浪汉杀死，
代替他死的只是个傀儡。
他深谙狡兔三窟之理，
也精通所有的世间机心。
他总是操纵着他人去冒险，
将自己藏于安全之境。

巫师呵呵呵干笑几声，
说原来成就师也会哭泣。
他还得意洋洋地说：
"你不是远离了二元对立吗？
你难道不知那生呀死呀本来是梦，
生即是死死即是生，
那卢伊巴本是大成就者，

他的死也是融入法界。
你何必如此痛哭流涕，
你难道不怕他人看了生起疑心？
我看你虽然号称大师，
其实并没有离欲。
不然你怎会如此痛苦，
你定是欺世盗名之人。"

巫师完全没有掩饰他的得意，
他终于抓住了胜乐郎的把柄。
他一边把玩冰冷的刑具，
一边用眼角瞥向胜乐郎。
像是逗弄落入陷阱的猎物，
很想看胜乐郎如何回应。
胜乐郎看到巫师却并不意外：
"成就者并非木石，
成就者也会心痛，
但他还有个不痛的根本。
他会安住于不痛的根本观察那痛，
于心境光明中发出哭声。
哭声是一种礼仪，
遵循世上的诸多人情；
这哭声是法界之梵乐，
悲声中充满大悲之心；
哭声能唤醒良知，
让众生找回自己的灵魂；
这哭声还是弟子的本分，
我又不是那土木之人。

你虽然也算是阿修罗王，
但心性阴狠又狡诈贪婪，
那慈悲的光明很难入心，
还不及人间的凡夫众生。"

原来胜乐郎慧眼大开，
他知道这巫师是修罗所化。
仅仅是这一点洞悉的智慧，
就让那巫师顿然一震。

他见自己的真实面目已被识破，
索性也不再遮遮掩掩。
他放下刑具直视胜乐郎，
他的目光咄咄逼人。
他说："好一个胜乐郎竟有如此慧眼，
能于现象中窥破虚幻。
这世上没人知我的底细，
你又如何能发现真情？"

胜乐郎抹去泪微微一笑，
说："你无论有着怎样的外形，
身上的戾气都不能隐形。
你所到之处皆是杀气，
嗔心淹没了良知之心。
那欢喜郎只是你的傀儡，
这酷刑其实也出自你心。
他不过是你仇恨的载体，
总有一天他会重做他主人。

虽然那乌云能遮住太阳，
但它挡不住岁月的大风。
天空总有风吹云散的一天，
那昏睡之人也终究能觉醒。

"你修罗王虽然有大恶势力，
但难以降伏你自己的嗔心。
你仇恨的受力者总是自己，
你自作自受莫恨他人。
虽然我胜乐郎落入你手，
但你根本伤不了我的慈悲。
在我眼中你无异于父母，
也仍然是我生病的儿孙。
纵然你此刻给我以酷刑，
我依然会为你消除业障。
我不管何为成就，
我只是像赤子对待母亲那样对待众生。"

胜乐郎不卑不亢善恶交锋，
巫师的脸色忽白忽红变化无穷。
他忽然变得穷凶极恶，
说："我倒要看看所谓的成就者，
是真慈悲还是假慈悲。"
说着便拿起了鞭子和烙铁，
十八般酷刑轮番上阵。
胜乐郎顿时被抽筋挫骨，
一阵阵抽搐一阵阵痉挛。

只是那眼神依旧平静，
没有半点畏惧与嗔恨。
肿胀的眼皮下目光柔和，
始终淡淡地看着巫师。

巫师被看得很不自在，
一阵阵愤怒由心而生。
他加重了酷刑的残忍，
将那皮鞭蘸上了盐水，
又将胜乐郎小腿的铁钉拔去，
再把他拖到老虎凳上，
将那老虎凳垫到最高。
胜乐郎身上发出了爆裂之声，
巨大的疼痛使他陷入昏迷。

见此状巫师发一声冷笑，
又将一盆凉水兜头浇下。
那个瞬间他双眼放光，
虐待圣者令他无比兴奋。
他不像欢喜郎善恶交战，
成就者是他永远的死敌，
正是因为这些圣贤的存在，
法界中才少了他的子孙。
他恨不得杀光所有圣者，
让这世界到处充满欲望。
那暴戾之气是他的命根，
为他源源不断输送大能。

胜乐郎打个激灵勉强睁眼，
他已气息奄奄命悬一线，
但他抬头的刹那仍是平静，
他的慈悲已经无处不在。

巫师明白了他的证境，
他早已与慈悲融为一体。
他内心忽然暗暗地佩服，
以至于有种挫败和心虚。
他知道这种精神的伟大，
必然会超越自己的魔性。
他还知道自己穷尽一生，
也无法达到这种觉悟。
他像一只蚍蜉仰望着大树，
忽然发现了自己的弱小。
他恶狠狠地盯着胜乐郎，
像是发泄又像给自己打气——
"无论你有怎样的慈悲，
也救不了贪婪的众生。
黑暗总是会笼罩世界，
阿修罗总能控制政局。
你不见那诸多的政治家，
哪一个不是欲望的傀儡。
我只要植入欲望的程序，
他们便会成为我的眷属。
你那点光明注定微弱，
人性的本质是不可救赎。
你或许能点亮少数几个，

但我的势力如滔天汪洋。
看看你此刻的模样吧，
这就是做圣者的下场。
你虽然号称大成就者，
此刻也只是刀俎上的鱼肉！”

说完巫师气呼呼离去，
那种愤怒掩不住心虚。
他怕再待下去会露怯，
更怕对自己产生怀疑。

嗔恨和欲望是他的命根，
一旦发现它们被消解，
他就会陷入无尽的恐慌。
就像人类发现身患绝症，
眼睁睁看自己走向死亡。

为此他一直躲在黑暗里，
避免被光明刺痛内心。
他知道光明是一种救赎，
却不愿打破自我的污垢。

他总是不断地选择逃避，
不断地给自己寻找理由。
他施展起神通耀武扬威，
以此来慰藉弱小的灵魂。

然而一旦面对胜乐郎，

就像幽灵面对着太阳。
他骤然产生一种绝望,
甚至还有他从未察觉,
但一直下意识回避的——向往。

胜乐郎再一次陷入昏迷,
看守的卫兵火速禀报。
御医急匆匆奔进刑房,
对胜乐郎展开悉心救治。
他心中涌动着阵阵善波,
他浑身汗毛一根根竖起,
没有缘由他只想大哭。
他也被那慈悲的精神感染,
想竭尽全力保全圣人。
那急切之情如儿女救母,
灌药的手臂也不停抖动。
昏迷消解了胜乐郎的疼痛,
他仿佛来到了梦幻的世界。
他变成天真烂漫的孩童,
到处都是母亲敞开了怀抱。
一声声呢喃一次次爱抚,
他的心中开出温暖之花。
他感到自己泡进了温泉,
每一个毛孔都荡漾着舒适。
还有美丽的姑娘捧来甘露,
向他的口中缓缓灌下。
顿时彩光从他身上散出,
无数的圣尊都来庆贺。

他们说他是真正的行者，
纷纷为他加持和授记。

胜乐郎感到能量的流入，
忽然眼前又一片漆黑。
他缓缓睁眼，渐渐清醒，
他看到了一张焦急的面孔。

那御医正用温水擦拭伤口，
再抹上百草精华的药膏。
他动作轻柔又全神贯注，
像在修复绝世的珍品。

旁边的行刑官视而不见，
只顾着把刑具打磨圆滑。
这样能减少受刑者痛苦，
也算是一点无奈的善良。

就是这些小人物的行为，
让胜乐郎感到一阵阵暖意。
他明白那巫师的虚张声势，
人性永远有救赎的可能。

"平凡的众生啊，
你们比富贵者更有善根。
那权势的泥土总是太厚，
轻易就埋没了智慧光明。
反倒是一颗颗平凡之心，

变成了夜空闪烁的明星。"

胜乐郎缓缓翕动着嘴唇，
用沙哑的声音告诉御医，
说："你们没有任何罪业，
以此因缘能得究竟救赎。"

那御医闻言泪如雨下，
行刑官也扑通跪倒在胜乐郎面前。
他们再也忍不住巨大冲动，
痛哭流涕地向胜乐郎忏悔。

胜乐郎轻轻地点点头，
又用脚尖碰了碰他们，
为他们种下解脱的种子，
消除了业障并加持祝福。

第 121 曲　救夫

尽管胜乐郎已遍体鳞伤，
但他还牵挂着另一个人。
他让御医给华曼带话，
让她马上离开欢喜国。
因为她不懂政治的凶险，
冲动下很容易引火烧身。
华曼虽然是公主出身，
但她长于深宫不明复杂。
她的外表看似端庄温婉，
内心却藏着坚忍和刚强。
胜乐郎担心她倔强一起，
偏要以卵击石伤害自己。

胜乐郎对华曼的认知，
也经过了几多波折与起伏。
少年的他眼中她是女神，
轻飘飘明艳艳仿佛没有实体。
修行后走到一起日日相见，
他才发现女神也有女人的情绪，
他甚至有一点点的失落，
但也让他有了真实的了解，
因为了解，所以接纳；
因为懂得，所以包容。

华曼也和胜乐郎一样，
经过了希望到失望，
再到无条件接纳的过程。
她对他一片赤诚，
他对她全心付出。
这并非寻常的男女之情，
虽然华曼仍未完全去除执念，
但她知道爱的方向，
是通往智慧和光明的解脱，
他们不是为了彼此占有，
而是为了一起点亮他人。

自从胜乐郎离家赶赴阴阳城，
便一直毫无音信。
她焦急万分，牵肠挂肚。
欢喜国王都已回宫，
为何独独不见她的胜乐郎？
她的心中浮起不祥的预感，
她试图打探却一无所得。

这时御医忽然来到告知了消息，
华曼听闻如惊雷乍起，
她脚下一软顿觉天旋地转，
止不住的泪水汹涌而出。
她一想到胜乐郎遭受折磨，
便觉得无法忍受，
那痛从心尖一路刺向小腹，
啸卷出悲伤与愤怒的狂潮。

她愤怒欢喜郎的残暴不义，
她悲伤胜乐郎的慈悲固执。
他本可以远走高飞躲过劫难，
却偏偏留在泥潭想要救赎。
可也正是他的这一点，
让她深深感佩和敬爱。
可眼下，他却连命都快没了，
还谈什么救赎不救赎？
他甚至还想叫她独自去逃命，
这是他的爱可未免叫人心伤！
华曼岂是那样的人？

哭一阵渐渐平复下来，
她心中又涌出刚强之气。
仿佛爱的火焰铸成利剑，
为救夫君不惜粉身碎骨。
她蓬头乱发中目光坚定——
"就算我被千刀万剐，
也要把你救出牢笼。"

她收起了柔弱的女人之心，
从此成为一名坚强的斗士，
一个名副其实的铁娘子，
她做好了战斗的准备，
一心只想撕开那个权势的铁笼。

洗净那最后的一抹铅华吧，
从此女儿无颜色。

决绝穿上孝服吧，
她的世界除了哀伤的白，
再无其他的色彩。
她要以她柔弱的双肩担起，
拯救夫君的使命。

华曼家族原本也有诸多权贵，
但倾巢之下焉有完卵。
随着国破家亡惨剧的发生，
他们已成了欢喜郎的俘虏，
父王和母后下落不明，
其余的亲人已充作官奴。
如今他们自身难保，
没有力量帮助华曼公主。

华曼决定先去找上层门径，
一些个权贵也曾结交于胜乐郎，
不管他们出于何种目的，
十个人里面总有一个，
能有点真性情真义气吧。
她一家家地去登门求见，
一听说是为胜乐郎之事，
权贵们立即变了脸色推三阻四，
有的甚至连门都没让她踏入。
华曼知道他们的恐惧，
这时节谁还敢去为胜乐郎求情？
那不是明摆着朝枪口上撞吗！
那一扇扇沉重的朱漆豪门紧锁，

门上的铜环闪着冰冷的光，
恰如华曼坠入冰窖般的心。

她写了无数封书信和诉状，
递向一个个高大的衙门，
都泥牛入海没有音讯。
都知道这事背后的原因。
他们或是驱赶或是恐吓，
甚至找来流氓对她殴打。
常常见一个瘦弱女子，
被一群大汉围住拳打脚踢。
百姓们投去同情的眼神，
却没有一个人制止暴行。
他们甚至都不敢围观，
躲在远处生怕引火烧身。

等那些暴徒散去之后，
一些好心人扶她起来。
连连叹息中也在劝说，
让她放弃对抗忍气吞声。

对于那些劝说的人们，
华曼表示谢过，
但她绝不会被劝说阻止。
她说就算是死在街上，
也要变成索命的厉鬼。
就算是上刀山下油锅，
也要拯救她的夫君。

众人见她如此执拗，
便再也不去劝说。
人人都沉浸于自己的生活，
没人会去关注他人的痛苦，
更何况华曼要告的是国王。
渐渐地众人也习以为常，
都认为她是个疯癫婆子。
看到那些凶残的殴打，
也不再有人同情和搀扶。
甚至因为习惯的原因，
人们已经对她视而不见。

华曼仍然抱有一线希望，
虽然天下乌鸦一般黑，
那官场里没有真心和义气，
但平头百姓总有天理良知吧，
若能获得群众的支持，
造成一定的舆论压力，
或许就能救出胜乐郎。
不顾那冷漠麻木的眼神，
华曼毫不妥协四处奔走。
常常见她在广场中号哭，
想唤醒广大民众的良知。
无论狂风呼啸还是暴雨倾盆，
那瘦弱的身影都无畏无惧。
从前的公主变成了疯女，
在大雪纷飞的冬天里哭诉。

她总是声嘶力竭地哭着喊着。
人们也知道她的夫君是圣者，
她的疯狂只为了呼唤良知，
营救她无辜入狱的丈夫，
却没人再愿意为她留步。
他们都会绕远了她行走，
如同躲一堆肮脏的粪便。

华曼忽觉自己的行为很可笑，
这是她做梦都梦不到的情节，
她有她的矜持和自尊，
她从不习惯去求人，
更不会大庭广众下失了身份。
也许是她太天真，
也许是她真的陷入了绝境。
明知道这样做几近徒劳，
她仍不放过任何一丝机会，
在这千千万万人中，
万一还有一个良知未泯勇敢的人……

但华曼没有唤醒任何一个人，
没有人对她伸出援手，
筋疲力尽的她，满心沧桑，
浑身浸透了绝望。

然而世事就是如此奇妙，
虽然华曼的悲惨求告，

在当时并没有什么效果，
但在后世却赢得了尊重，
被编成了故事并广为传唱。
都知道她为救夫君对抗强权，
都知道她为爱情能献出生命。
便是她以前的嫉妒吃醋，
这时也成了爱的证据。
也因为此时的无我行为，
人们都叫她智慧女神，
并根据她的诸多特点，
解释着人间的智慧女神。
于是说她们总爱吃醋，
于是说她们脾气暴戾，
于是说她们发怒时很像夜叉，
于是说她们喜欢吃肉。
还有诸多的奇怪特点，
其实都因为对华曼的传言。
也因为她确实喜欢吃猪内脏，
每次会供都少不了这道菜。
那女子用行为感动了世界，
一颦一笑也变成了庄严。

但那时华曼却不管什么智慧女神，
她只感到世界充满黑暗。
除了官府的装聋作哑，
还有百姓的麻木不仁。

她回想自己的人生历程，

突然之间悲从心来。
先是患了龙病，后又陷入泥坑，
让她看尽这世上的丑陋与炎凉。
但这苦中又孕育了甜——
若非患了龙病，怎知胜乐郎如此真情，
若非陷入泥坑，怎会得遇师尊巴普，
若非遍尝这人间孤独苦痛，
怎会更懂得珍惜，更向往光明？

可眼下，她最珍惜的人，她的光明，
却命悬一线危在旦夕。
她觉得命运将她抛到了黑暗最深处！
自从跟上了胜乐郎，
凶险的灾难就接连不断，
加上彼此之间也在磨合，
几乎没过上几天好日子。

但她从不后悔当初的选择，
若是重来她还会选胜乐郎。
只因那刻骨铭心的爱情，
早已将她的灵魂锁定。
她毫无保留地献出了自己，
生也好死也罢不离不弃。
若能度过这次危机，
她更要将胜乐郎好好珍惜。

这一日华曼又无功而返，
她失魂落魄地回到家中。

自从胜乐郎被国王囚禁，
她就无心再打理家务。
院子里铺满了枯枝败叶，
屋子里也积了很多灰尘。

她把自己扔进了凌乱被褥，
只感到头晕目眩浑身酸痛。
她勉强撑起疲劳的躯体，
泡了些面糊勉强充饥，
她想省下每一个铜板，
作为胜乐郎的营救资粮。
正当她无滋无味地喝着面汤，
忽见一个男人走了进来。

华曼眯起哭肿的双眼，
看清了来人是欢喜郎。
巨大的怒火猛然升起，
从脊柱到大脑一阵酥麻。
她先是呆呆地愣了片刻，
忽地将饭碗砸向了欢喜郎。

欢喜郎躲过了飞来之物，
却被那汤水溅了一身。
身旁的侍卫一拥而上，
想要将华曼摁倒在地上。
欢喜郎喝一声"不得无礼"，
命令侍卫站立一旁。

华曼死死盯着欢喜郎，
双眼喷出道道怒火，
她骂他不仁不义卑鄙肮脏，
她骂他无父无母无情无义，
她骂他阴狠毒辣两面三刀，
她骂他自以为是虚骄张狂，
她骂他心胸狭窄刚愎多疑，
她骂他色厉内荏怯懦可笑，
她骂他……

欢喜郎面无表情，
唯有嘴角时而闪过一丝抽动。
侍卫想用破布塞她的嘴，
欢喜郎摆摆手制止了他们。
他静静站在那里由着她骂，
似乎那骂声是耳边的清风。

其实只有欢喜郎自己清楚，
那骂声能消解他的内疚。
他对胜乐郎一直矛盾纠结，
被骂一顿也能略感心安。

等华曼骂得精疲力竭，
声音沙哑有气而无声，
欢喜郎才露出和颜悦色，
对华曼说明了来意。
他说自己对她抱有歉意，
但目前的状况难以改变。

他说无论胜乐郎有怎样的理由，
也不该临阵背叛君王。
要是他不受到相应的惩罚，
自己就无法治理这个国家。
要是从法律上寻找依据，
这也是叛国罪的一种。
如果随便地予以宽恕，
必将引起众人群起仿效。

他还说："如果你真的想救夫君，
就去规劝夫君认罪忏悔。
只要他能立誓效忠国王，
就有了宽恕罪行的理由。
若是你不想说服夫君忏悔，
也可以给你个公主身份，
帮你另外物色个有权的驸马，
免得你误了自己的青春。"

华曼闻言怒火又生，
胜乐郎一向心怀仁爱，
天下人都知道他的慈悲。
他所有的行为问心无愧，
更何况受了那么多折磨，
凭什么要向施暴者认错。

因为华曼被仇恨裹挟，
早已失去了理智的思考。
女人往往容易陷入情绪，

这是她们天生的特点。
更因为她深知胜乐郎的品格，
决不会昧了良知认罪求饶，
何况他已证得究竟智慧。
她是很想救他，
但她不愿让他自污。

她怒斥欢喜郎自大昏庸，
忘恩负义没有人性。
她说胜乐郎前脚死去，
自己后脚就会紧跟。
虽然她改变不了暴君行为，
但她誓死捍卫自己的尊严。

欢喜郎微微一笑起身而去，
临走时他发出一声叹息说道，
叛国之罪必须严惩，
无论是谁都要处以极刑。
他还说，虽然他知道胜乐郎是圣贤，
虽然他不想背千古骂名，
但如果胜乐郎顽固不化，
就让华曼等着给他收尸。
说罢他冷哼一声离去，
脸上的表情却十分复杂。

有一段日子没去看胜乐郎，
欢喜郎心中却念念不忘。
他也曾想一声令下，

让他为背叛付出相应的代价，
可每次挥笔他都会踌躇不已。
他向来都说一不二雷厉风行，
即知即行是他的行事风格。
他并不是优柔寡断之人，
曾多少次壮士断腕牺牲亲信，
却不知为何总为此事纠结。
于是他起身前往胜乐郎的刑房。

快到刑房时，他听到一阵鞭打之声。
这是他的命令，每天要打够一百零八下。
行刑官自然不敢违抗，
只能偷偷把鞭子磨软，
以求能减少胜乐郎的疼痛，
虽然明知道效果有限，
但总好过硬抽硬打。
这更是行刑官的一种态度——
为了保全圣人也为让自己心安，
他已千方百计竭尽全力，
因此才减少了良心的愧疚，
否则他定会受不了灵魂的熬煎。

听到那皮条炒肉的声音，
欢喜郎的心一下子柔软起来。
他默默地叹了声真是奇怪，
自己每每接近胜乐郎，
就会被那种气场熏染，
久违的悲心就会苏醒。

只是他也被架上了供台，
许多事情已经身不由己。
若是随便宽恕了胜乐郎，
国家的法度就会沦为一张废纸。
但若不赦免胜乐郎，
自己就会遭受灵魂的煎熬。

此刻他伫立在门外心绪难平，
他伸出手欲推门而入，
却终究没有进去。
仿佛那刑架上挂的是一面明镜，
总能照见自己灵魂的阴暗。
平时他不照镜子蒙着双眼，
便能因为蒙昧而感到心安。
然而一旦站到了镜子面前，
丑陋和污垢就会一一展现。
锦衣华服藏不住心中的五毒，
他的良心总会被深深地刺痛。
灵魂之鞭老是劈头盖脸地抽来，
他受不了那痛楚却又无处可逃。
多少次他想打碎那镜子，
多少次他又把镜子收起。
多少次他仇恨着胜乐郎，
多少次又对胜乐郎心生敬意。

于是他缩回了推门的手，
他实在没有勇气见胜乐郎。
他只是再一次交代行刑官：

胜乐郎何时认错，
何时便将他释放。
他只想给自己找个台阶，
哪怕胜乐郎骗骗自己，
假装认错也没有关系。

偏偏那圣贤之人不会说谎，
他已经不再是单独的自我，
他只想在这世界的舞台上，
演好一个角色和一段剧情。

欢喜郎转身离开了刑房，
御医和行刑官面面相觑。
他们也感受到国王的纠结，
于是那刑罚更是虚与委蛇。

胜乐郎投以感激的眼神，
又闭上眼睛进入了定境。
他知道所有的事物皆是幻化，
本质上与自己无二无别。
他借那酷刑来观察自心，
看看还有没有二元对立。
平时就算能安住空性，
可一旦面临裹来的鞭子，
还是会不由自主产生恐惧。
有了恐惧便有对立，
有了对立便复归于凡夫。
这牢房也是绝好的道场，

时时警觉时时矫正。

华曼却不懂欢喜郎之意，
她伏在床上无声地哭泣。
哭一阵静下心再想出个办法，
她想找能人异士救出夫君。
明知道这想法很是天马行空，
她却有了一种孤注一掷的决绝。
为了救夫君她不顾一切，
献出自己的生命也在所不惜。

虽然他们平时生活节俭，
省出了一笔财富，
但爱情才是她的生命之根。
她想若是救不出夫君，
便用那笔钱买暴君狗命。
她已经作好最坏的打算，
如果失败便去殉情，
生生死死皆不分离。
想到此又一滴眼泪滚落，
她狠狠地擦去那一滴泪。
她把所有财物一一盘点，
连同自己最心爱的首饰，
一起装进了坚固的木箱。

她只留下一串念珠戴在身上，
那是胜乐郎送她的礼物。
它的材质普通意义却非凡，

是他们真正重聚的时候，
胜乐郎教她捻珠子诵经。

心痛！无法抑制这心痛！
过去的光阴复现在眼前——
那时他清纯俊秀翩翩美少年，
那时他才华盖世意气风发，
那时他深沉稳重慈悲如暖阳，
无论哪个时候，
他总是让她倾心不已！
他感动着她，包容着她，
他保护着她，熏染着她，
即使有过龃龉，即使流言漫天，
历尽了艰辛他们终于相知相守。

他们相识于青葱岁月，
也曾有过患难与共，
多少次阴差阳错，
多少次擦肩而过。
她曾经高贵到云端里去，
她曾经低贱到泥土深处，
泪水让泥土化成了泥浆，
正是因为他的出现，
那泥浆中竟然长出了莲花。
他在她眼中胜过生命，
胜过她生生世世的福祉。
为了他，可以赴汤蹈火；
没有他，生命就没了意义。

但几个眨眼便物是人非，
一次次波折一次次灾难。
终于这一次，
把他们隔绝在了两个世界。
她多想再回到过去的日子，
多想无忧无虑地靠在他怀里，
看着流星在夜空划过，
许下生生世世的愿望。

华曼将自己从幻想里拉回，
女人坚强起来远胜于男人。
她像一杆挺直的长矛，
步伐也透着坚定和无畏。
她走向一个郊外的客栈，
那里是江湖豪客的聚集点。
时时有诸多豪客来此一会，
为了生活寻找主人。

华曼去到前台说要悬赏，
一女子把她领往悬赏台。
她直接把视线抬到了屋顶，
在最高规格处挂出悬赏榜单。
这下引起了轩然大波，
吸引了无数人围观，
众人见一美丽女子悬赏，
本就兴趣非常跃跃欲试。
可一看内容却无人揭榜，

谁都不想为财富赔上性命。

华曼站在那里盯着众人，
目光中带着一种挑衅。
遍地的所谓豪杰俊雄，
竟无一个真正的男儿?
她一言不发也不吃不喝，
如同钉子钉在了那里。

这赏榜一直挂了三天，
她也决绝地站了三天。
三天里华曼粒米未进，
像用意志种了棵大树。
她期待能出现奇迹，
有人揭下赏榜救出夫君。
虽然她也感到疲乏彻骨，
但每每想要放弃之时，
心中便涌出爱的大力。
那力量如同擎天巨臂，
让她逆着风雨傲然挺拔。

众人一开始都摇头叹息，
好言相劝她却并不领情。
渐渐都被她的精神感动，
在江湖中纷纷传出信息。

到了第四天的清晨，
终于有四人揭下了赏榜。

他们看上去怪模怪样，
却都有一种豪客气象。
自称名武甲武乙武丙武丁，
因为他们不想连累亲人。

华曼瞪着他们眼神凌厉，
他们却对视以平静如水。
她已跟随胜乐郎多年，
也算见过了诸色人等。
仅凭这种气质的外现，
应该是身怀绝技的高人。
于是她像抓住了救命稻草，
带这四人走出了客栈。

没走几步便感到天旋地转，
周身的疲惫如海啸涌来。
华曼强撑着想挪动身体，
却眼前一黑栽倒在地上。

第四十七乐章

郁郁不得志的密集郎又迎来了春天，他靠着计谋得到了神秘地图，踏入了传说中的精灵世界。正当他想要达成自己的目的时，却偶遇了不想遇到的人。这个奇妙的二人组合，在野人谷中将有怎样的惊险际遇？

第 122 曲　东山再起

威德郎带着自己的兵马，
从阴阳城返回威德国中。
一路上他都在不停地惋叹，
只因失去了空行石他好个心疼。
更因为目睹了空行人的神力，
可惜那威力不能为己所用。

他看似放弃了野心和图谋，
心中却暗暗打起了算盘。
他想等那流浪汉康复之后，
再动员对方来威德国大展宏图，
临别之时他安顿的车马随从，
便是计划中非常重要的一环。
既是为照顾他们的行程，
实则也是他留下的眼线。

想到此，他又向怀中摸去，
那空行石的碎片仍有温度。
只是不论它有没有能量，
威德郎都不敢再轻易开启。

自从那石头被流浪汉启动，
它的能量就超出了想象。

威德郎知道自己已无法驾驭，
却也舍不得就此放手。

临行前他偷藏了这块碎片，
此时拿在手里仔细端详。
回想起之前的所向披靡，
心中不由得一阵阵惋惜。

他忽然又想起了密集郎，
那个劝他收敛的读书人。
彼时他正被空行魔力激荡，
就像孩子正玩到了兴头上，
他带着他的兵马开疆拓土，
又怎听得进适可而止的忠言。

此刻那石头已成他人之物，
威德郎也恢复了清醒和理智。
他反思自己的疯狂行为，
又想重新起用密集郎。

密集郎毕竟是同门师兄，
国中已没有更亲近之人。
自己的统治需要帮手，
更需要牢不可破的忠诚。
那出世间金刚兄弟的关系，
也成了威德郎利用的因缘。

此时大漠上落日如红丸，

晚霞挂满了半个天空。
锋利的漠风将沙砾卷起，
到处激荡着辽阔的苍茫。
威德郎一腔正气满腹豪情，
他对着那夕阳引吭高歌，
直想和太阳星君比个高下，
且看人间谁最风流。

威德郎回到都城之后，
亲自向密集郎负荆请罪。
他之前派他去修撰史书，
好将他的功绩铭于青史。
此时他带上金银珠宝，
还有新的任命诏书，
前往密集郎的编撰处，
想请这位师兄再次出山。

威德郎一向重武轻文，
他的国民虽骁勇善战，
但拿起笔墨就头大如斗，
对相关事宜更是漠不关心。
那编撰处的位置十分偏僻，
连许多当朝官员也并不知晓。
在那个狭小阴暗的院落里，
连空气都充满腐霉的气息。
可想而知，踌躇满志的密集郎
日日在这所在写书，
会有怎样的思绪与心情。

威德郎来看望的这天，
密集郎正趴在书桌上昏昏欲睡。
自从威德郎疏远了他，
他便满腹情绪意志消沉。
时不时就想罢官隐修，
不再参与政治的游戏。

他有一种失落和怨愤，
觉得自己只是个工具。
用你时你是护国大将军，
通身的威势权倾朝野。
一旦你拂了他的兴致，
·句话就变成穷酸秀才。

还有那些见风使舵的百官，
他们变脸的速度快过翻书。
前一刻还对他毕恭毕敬，
转瞬之间便冷若冰霜。

密集郎看到了世态炎凉，
也因为高处跌落而郁郁寡欢。
他常常回忆那过去的威风，
那时他志得意满意气风发，
指挥着铁骑叱咤风云，
每一个建议都会被采纳，
继而影响政局的走向；
那时百官恭敬群臣邀宠，

而现在却门可罗雀一片萧然。

于是，他除了读书，
便是每日里昏昏欲睡。
他消极，懈怠，无所事事。
他知道这是对生命的浪费，
但对什么都提不起兴趣。
常想起那段激情燃烧的岁月，
一个又一个大浪扑来，
他是那条逆流而上的鱼，
总能一往无前乘风破浪。
现如今他被贬到这冷落清秋地，
昨日的种种已恍如隔世。
他觉得自己已看破了世事，
索性潇潇洒洒落个清闲。
任它风云变幻沧海桑田，
他都不想再为五斗米折腰。

然而威德郎的突然造访，
让他下意识里浑身一颤。
立刻从书桌上爬了起来，
内心充满了惶恐不安。

他觉得自己丑态毕露，
食君之禄却没忠君之事。
他怕给国王留下坏印象，
说不定会有怎样的灾殃。
过去的满腹牢骚和怨气，

一旦遇到扑面而来的权势，
哧溜一下便无影无踪。
他的内心一阵阵发虚，
跪下来迎接威德郎驾到。
前一刻他还满腹清高，
此刻却立即卑躬屈膝。
他更没有意识到，
他怨那些大臣们功利市侩，
自己却跟他们没什么两样。
修行并没有让他升华，
他已经忘掉了师尊和祈请。
有一点幻化郎说得很对，
修行人必须与政治保持距离。
对没有抵抗力的心灵来说，
权力实在是一种致命的毒药。

威德郎看到了他的消极，
仍是一脸平静却心中暗自不悦，
毕竟对方吃着自己的俸禄，
却整天在这里混着光阴。

但威德郎是成熟的政治家，
他并未改变丝毫。
他有包容天下的胸襟，
他知道抓大放小避重就轻。

于是他扶起了密集郎，
说委屈师兄在这里受苦，

特地带了些礼物前来探望。
还说自己不该不听他良言，
请师兄大人大量继续辅佐自己。

密集郎闻言受宠若惊，
心头涌动着阵阵暖意，
甚至还有些感激涕零，
觉得自己终于守得云开见月明。
他想国王毕竟是英明呀，
竟然向自己认错道歉。
又想是金子早晚会发光，
真正的人才也埋没不了。
那种远离政治的决心，
瞬间散到了九霄云外。

他虽然还想着避世清修，
但面对东山再起的机会，
清修的想法像火中的丝绒，
忽闪一下便化为灰烬。

他渴望成为世界的焦点，
喜欢被万众瞩目的感觉。
从当初滔滔不绝的演讲，
到后来叱咤风云的风光，
都是令他灵魂兴奋的猛剂，
能让他一次次抵达精神高潮。

虽然他也依止了奶格玛，

但他并没放下世间的欲望，
他期待得到世界的掌声，
为此找了无数借口。
修行只是他的安慰剂，
失意痛苦时抹上一点，
一旦得到当权者的垂青，
立刻就露出虚荣本性。

密集郎连连回应威德郎，
他说："承蒙大王如此爱重，
微臣怎敢让您如此屈尊？
大王的厚爱乃微臣之荣幸。
无论是居庙堂还是处江湖，
微臣都一心为国万死不辞。"

或许是密集郎憋屈了太久，
或许是他太在乎虚荣的光环，
那言语间竟有一丝讨好，
让威德郎不由得眉头一皱。
他本来觉得愧对密集郎，
但因为此时的谄媚之色，
他再一次觉得密集郎并非大器。

他还是喜欢胜乐郎那种大德，
也喜欢幻化郎的真性情。
密集郎在他心中地位尴尬，
每次重用总是疙疙瘩瘩。

威德郎十分清楚密集郎的缺点，
他总想卖弄才华来满足虚荣。
平心而论他才高于德，
但威德郎的国策是唯才是举。

威德郎不怕下属有欲望，
最怕胜乐郎的无欲则刚。
虽然他敬佩这大德品行，
但大德不可能辅佐他治国。

他已经打探到了消息，
胜乐郎虽然身为国师，
却并没有为欢喜郎出谋划策。
况且上次在阴阳城，
他违背王命放了自己和空行人，
惹急了欢喜郎对他施以酷刑，
他也仍然没有放弃原则，
依然坚守和平大爱的主张。
因为这个缘由，
他更加敬佩胜乐郎。
问古往今来能有几人，
即便卷入政治之中，
也能坚守原则毫不妥协？
但他也因此陷入了一个悖论：
没品德的人他看不上，
有品德的人他又用不了。
想到此他长叹了一口气。
威德郎看看密集郎，

心中已将他降了一格，
表面上却还是和颜悦色。
尽管他不是圣贤之人，
但至少还有真才实学。
治理国家要海纳百川，
物尽其用人尽其才。

于是威德郎宣布了任命，
密集郎出任辅政大臣。
随从捧上了朝服官印，
密集郎连连叩头谢恩。
穿上了新官服好个神气，
昂首挺胸走出了编撰处。

跨出大门的那一刻，
密集郎觉得扬眉吐气。
"仰天大笑出门去，
我辈岂是蓬蒿人。"
他想到了李太白的诗，
顿时觉得诗仙是他的知己。

外面的阳光好个明媚，
外面的空气好个清新。
他又看到人们投来敬畏的目光，
又感到世界的色彩缤纷。
他回头看看逼仄的院落，
内心又生出一阵唏嘘。
忽然有种留恋的感觉，

这里虽然冷僻倒也清静，
这里供他栖息了几个月，
那些日子也是他人生的一部分。
密集郎一时间百感交集，
更感叹人生的起起落落。

于是他收起了得意之色，
尽可能让心态变得平和。
跟上了威德郎亦步亦趋，
今后为官要更加圆融谨慎。

这一日威德郎召他入宫，
告之自己经历的一切，
并且掏出了空行石碎片，
让他看看还能不能再用。

密集郎接过来仔细观察，
他没想到空行石还会碎裂。
更因为自身的修为不够，
根本看不到碎片的潜能。
但他仍翻来覆去地观察，
表情看起来专注而高深。
他眯起眼睛像鉴定古董，
其实在思考应对的方案，
看怎样回复才能周到圆融。

过了许久他才缓缓开口，
说这空行碎片也许有能量，

但不可仅依赖外物的异能。
真正的强大是自身的强大，
外物都只能是一种助力，
所有外缘只有依托于内因，
才会真正有大力大能。

这番话说得无可挑剔，
虽是些常规的大道理，
但威德郎听后还是感觉到一震。
他表情诚恳地请教密集郎，
如何才能让自身强大？
如何能削弱敌国？

这下问到了密集郎痒处，
他最擅长便是纸上谈兵，
尤其是人生和治国的道理，
更是他积攒多年的存货。
他先是习惯性地清了清嗓子，
却马上发现了自己的轻浮。
于是又挤出谦卑之色，
前倨后恭反而更加别扭。

威德郎对此看在眼里，
也深知对方的习气。
他不想在小事上计较，
便给密集郎抛出了台阶。
他说还请师兄谈谈高见，
为江山社稷直言无妨。

密集郎闻言顿时轻松，
也不再去调整态度表情。
他自然进入了演讲状态，
纷杂的道理汩汩而出。

密集郎让他先忏悔贪欲，
净化自己的诸多焦虑。
说只有将内心的垃圾清除，
才能成为最完美的自己。
心和谐了行为才和谐，
行为和谐了命运才改变。

又说要修正诸多的制度，
让老百姓真正得到实惠。
再减去诸多的战争赋税，
要藏富于民不可搜刮民财。
在此基础上倡导信仰，
尊天地事鬼神以凝聚人心。
要开金矿铸金币买敌国粮食，
用一堆金属换取战争物资。
再向欢喜国送去大量的美女，
教之以歌舞来蛊惑欢喜郎，
让其贪图享受不思进取。
同时送给他能工巧匠，
让他大兴土木疲其国力。
更送他一些佞人谀臣，
让他们去离间正直的能臣。

同时训练国家的军队，
更在全国成立后备军……

密集郎眉飞色舞唾星四溅，
越说越多已忘记了场合。
威德郎听得一阵阵不耐烦，
忍不住打断密集郎的喋喋不休。
又是那些路人皆知的道理，
愚腐的书生果然只会空谈。

威德郎想听的根本不是这些，
而是能迅速起效的具体方略。
战争的阴影已迫在眉睫，
空行石却成了他人之物。
他需要借助策略得到大力，
在战事中立于不败之地。

于是他叫一声："密集师兄，
可还记得你那水淹火攻之法？
我想知道更多类似的策略，
好让欢喜军不战而退。
若能最大限度地减少伤亡，
也算是天下百姓的福祉。"

这一来密集郎顿时卡壳，
心口像堵住了一团棉花。
威德郎问起了退敌之策，
一时间还真毫无思路。

生怕他看轻了自己，
影响今后在官场上的前程，
只好搜肠刮肚地寻找灵感。

可那灵感像天上的流星，
寻常的夜晚不经意便能看到，
真要刻意观察时，
却久候不见无影无踪。
密集郎额头开始冒汗，
胸口像有只兔子扑腾。
越着急脑海中越是一片空白，
他不由得心中暗暗叫苦。
忽然他急中生智脑中爆出火花，
有一个信息突然浮现。
那是他在编撰处看到的资料，
此刻却不妨拿来一用。

密集郎旋即正了正神色，
假装早已是成竹在胸。
他说正谋可以强国，
奇谋方能用兵，
他还说他正研究另一股力量，
那便是传说中的精灵。
只要大王允许他去联络，
他会尽全力达成愿望。

威德郎的眼睛忽然闪光，
他一直想得到法界帮扶。

他觉得人力已用到极限，
只有法界尚有潜力可挖。
他更崇拜那种神威大能，
空行石只是其中的一种。

然而威德郎装作无所谓，
他不想让密集郎看透自己。
于是点点头说："当然很好，
我们要建立统一联盟。
若是能促成双方结盟，
你便立下了一桩大功。"

密集郎闻言情绪激动，
暗暗在心中鼓励自己，
一定要把此事办得漂亮，
证明自己的无可替代。
还要让威德郎真正地意识到错误，
明白之前的冷落自己是多么愚蠢。

于是密集郎回到了编撰处，
查阅有关精灵国的所有资料。
原先的同僚见他飞黄腾达，
一个个都露出谄媚的笑脸。
密集郎也是满脸和气，
丝毫没有辅政大臣的架子——
这倒不是简单的作态，
而是一种感同身受的慈悲。
他看到旧日同僚们的表现，

就像看到了几天前的自己。
读书人都有种清高的气节，
他们此刻却开始曲意逢迎，
权势将人挤压到这般田地，
他们的内心定然有暗淡屈辱。
因此他体谅他们的苦衷，
想尽可能给他们多一些笑容。

密集郎查阅了所有资料，
总算找到了精灵国的线索。
入夜后他独自走出了编撰处，
来到一幢破败的旧屋前面。

他按节奏叩开了木门，
看到了一个苍老的术士。
他须发皆白脸如沙枣树皮，
见到了密集郎似乎并不意外。
也没有询问密集郎的来历，
只说他不愿与密集郎见面。

密集郎笑一笑直接进屋，
大大咧咧地坐到了床上。
他说："你既然在书中留下线索，
此刻又何须掩掩藏藏。
我是特地为精灵国而来，
请老法师将地图交给在下。"

原来密集郎心思缜密，

看出所有精灵国的资料，
都出自同一个作者之手。
他暗中调查此人的背景，
发现竟是隐居的高人。

密集郎知道事关重大，
就把调查做到了极致。
连那术士的身高样貌、
性格爱好都统统掌握。
他知道老术士怀才不遇，
个性又干脆直爽不拘小节。
因此设计好这样的见面方式，
才来拜访这世外高人。

术士打个哈哈说："哪有这事，
那精灵只是个古老的传说。
我写书也是为打发寂寞时光，
在精神的世界里天马行空而已。"

密集郎用余光扫视屋子，
破旧的家具斑驳的墙皮。
桌上摆着剩下的晚饭，
无非是些面汤和糙米。
屋里一派惨淡气象，
隐约还听到隔壁的呻吟。
再看老术士一脸的愁苦，
并没有世外高人的清净。
他猜老人眼下正有困难，

于是眼珠一转计上心来。

密集郎说："不妨开门见山，
我是国王派来的使者。
老法师的书籍我都读过，
内容翔实绝非是臆造。

"您身为威德国第一术士，
却多年隐居于此无声无息，
也不将自家绝学传给后人，
这样世上就少了一种法脉传承。
但这毕竟是个人的选择，
外人也不好过多干涉。
晚辈今天贸然来访，
是因为另一桩大事。
不知您是否了解当前的世态，
欢喜郎手段毒辣野心勃勃，
他一心觊觎着威德国的江山百姓，
多次发动战争进行侵略，
这次他又酝酿新一轮大战，
要给威德国致命一击。
威德国已经大难临头，
所有官民发愿齐心协力同仇敌忾，
您如何还能不问世事置身事外？
古人云，覆巢之下安有完卵，
这道理相信您也明白。
若是欢喜郎野心得逞，
威德国便危在旦夕，

到那时皮之不存毛将焉附？
每一个人都难以存活。

"老法师您要深明大义，
为万千百姓尽一份心力。
要是阻止了欢喜郎侵略，
便是泽及天下苍生。
我当奏报国王为您请赏，
钱粮丰厚并有荣誉无上。"

那术士闻言面无表情，
起身欲送密集郎离开。
他说："承蒙威德国王的器重，
我年老体弱已无力效忠。
天下的大事早已注定，
不是几个偶然所能改变。
那精灵国也是无稽之谈，
还请大人不要为难老汉。"

术士的妻子在里间偷听，
见术士送客心急如焚。
原来他们的儿子身患重病，
倚靠昂贵的药物维持生命。
这老古董始终顽固不化，
虽有些本事却穷困潦倒。

眼看那药物已断了三天，
儿子的疼痛越发剧烈。

若是再不续上救命之药，
恐怕难撑过这个冬天。

当娘的看着儿子受苦，
心中的疼痛如同刀割。
恨不能将一身老肉炖了，
给儿子煮成汤药治病。

这婆子知道密集郎身份，
也知道他能解决儿子的危急。
她才不管什么大义小义，
只想让儿子脱离性命之忧。
除此之外她无暇顾及，
为救儿子她豁得出一切。
于是她急吼吼冲进屋内，
对着密集郎行个大礼。
她说："老头子愚钝你不要介意，
他其实是不了解你的底细。
我知道你是真心为国，
只是想提出一个要求，
你可以保家卫国借助精灵，
但不可丧尽天良滥杀无辜。"

密集郎见事情有转机，
心中不由得一阵大喜。
但他依旧是面如平湖，
没有将心事透露半分。
他郑重地说："当然当然，

和平是我一贯的主张。
若不是欢喜郎有狼子野心，
我也会逍遥于世外桃源。"

事出突然老术士猝不及防，
愣住了片刻才回过神来。
他变了脸色对妻子破口大骂：
"你真是老糊涂妇人之见，
那精灵国是绝顶天机，
卷入人间必将后患无穷。
当初对师父立下过誓言，
这辈子要把秘密带进土里。"

老太太这边也不甘示弱，
说："我不管什么天机不天机。
儿子的命难就在眼前，
为娘的我时刻心如刀割。
你没有十月怀胎受那痛楚，
你没有把屎把尿吃那般苦。
你除了整天捣弄些破玩意，
还对这个家做过什么贡献？
有本事你去赚钱买来药，
救下儿子随便你成仙成佛。"

密集郎在旁边看得清楚，
更确信了自己的猜测。
他马上掏出了几张银票，
说来的时候有些仓促，

未曾给老法师备下薄礼。
且用这银两聊表心意，
请务必收下给公子救急。

老太太见了银票双眼放光，
她知道那是儿子的救命钱。
于是赶紧收下来谢过密集郎，
又狠狠瞪了老头子一眼。
术士本来想阻止婆娘，
却忽然传来儿子的呻吟。
刹那间术士黯淡了脸色，
静默了许久发出一声叹息。

只见他僵硬得如同木偶，
起身打开一破旧的木箱。
窸窸窣窣摸索了好久，
才翻出一张发黄的地图。
他眼中满是强烈的不舍，
爱惜地擦净上面的灰尘。
又颤巍巍地伸出双手，
递给密集郎时面如土色。
随后他瘫在床上一言不发，
像是被人抽空了命气。

密集郎见状也于心不忍，
轻声说："老人家不必担心，
我决不会靠它伤天害理，
更不会用它来涂炭生灵。

我也是有信仰的修行人，
定然会坚守利众的原则。"

说罢他又走到老太太的身边，
把自己的腰牌递了过去，
让她明日里去财政衙门，
凭此物能取百两黄金。
等自己找到了精灵促成大事，
国王定然会另有重谢。

老太太此时也有些难过，
她知道那是老头子的命根。
虽然自己嘴上说得凶狠，
宝物真被人拿走又有些不舍，
但儿子的病情危在旦夕，
这也是迫不得已的事情。

她再三叮嘱密集郎，
提醒他切不可用此物危害人间。
否则他们将难逃业报，
生生世世都不得善终。

密集郎一边安慰老太太，
一边对术士重申承诺。
又去隔壁探望了病患，
见那破絮裹着的瘦弱男子，
正痛苦万分地蜷着身体，
他的鼻息沉重脸色乌黑，

显然已是奄奄一息。

密集郎的心中一沉，
像是被塞进了一块石头，
呼吸也跟随病人变得沉重。
一代高人竟落魄至此，
他心里也很不是滋味。
就说了一些祝福的话语，
随后起身离开了茅屋。

第 123 曲　精灵国

密集郎回去后打点好行囊,
便沿着地图前往精灵国。
为了执行这密中之密的任务,
他孤身前往单刀赴会,
一个人便是一支队伍。
他穿过了沙漠,
又蹚过了江河。
风雪为他披上行衣,
星月为他照亮前程。
眼中的坚忍是男儿气概,
满身的尘劳为心中梦想。

密集郎沿着那地图所指,
终于抵达了一处山谷。
那里土眉土眼满眼荒芜,
看起来十分寻常,
但密集郎知道那是一处秘境。

他走到一块大石前,
按照地图的指示念动了咒语。
忽然轰声雷雷山崩地裂,
山体的中央裂开了一条缝隙,
从缝隙中还射出一道道五蕴之光。

密集郎穿过那狭窄缝隙，
身后的山体又合闭如初。
顿时，一个全新的世界
展现在了密集郎的眼前——
各种非人、兽人
和夜叉交错而过，
有的在天上飞来飞去，
有的在地上奔跑如风。
有的半透明像一团雾气，
有的身材巨大就像一尊山岳。
还有些奇形怪状的建筑，
单个的像蘑菇，
成群的像蜂房，
而且所有房子都嵌在天上，
闪着星星一般的光芒。
人们行走时也不是脚踏大地，
而是踩踏着棉花一样的云朵。

密集郎知道，这就是
传说中的精灵国，
也是他此行的目的地。
但他从未见过这等景象，
一时间竟呆在原地不知所措。
他东张张西望望无限好奇，
已不知天上人间今夕何夕。

"先生是何人？到此有何事？"

一声问询突然从远处传来。
密集郎循声望去，
只见远方走来两个鸟人，
他们有着人的身体，
却长着鸟的翅膀；
他们有着鸟的翅膀，
却像人一样在行走。

密集郎心中满是惊愕，
他忍不住盯着那翅膀目不转睛，
忽然又觉察到自己有些失礼，
便收回了好奇的目光，
谦卑而诚恳地告知对方：
"我是一位人间国王的使者，
前来拜见精灵王请求结盟。"

对方点点头不再言语，
将密集郎带去一客栈休息。
他们向精灵王递交了信函，
让密集郎在客栈里等候消息。

密集郎在这里真是大开眼界，
到处都是新鲜的玩意，奇特而先进。
他天生好学，始终有一颗求知若渴的心，
正好将客栈的对象好一通研究。

忽然桌上的镜子亮起，
里面出现了一个陌生头像。

密集郎冷不丁被吓了一跳,
仔细一看才知道是幻影。
听得那头像说国王收到了消息,
让他第二日上朝觐见。
说罢镜子恢复了初时的模样,
密集郎拿起了镜子仔细端详。

这一晚密集郎彻夜未眠,
觉得自己仿佛居住在仙境。
精灵国的星星不在天上,
而是飘在他的窗外,
一颗颗如一盏盏灯,
忽闪忽闪的好生美丽。

然而他已无心观赏,
一想到明天的会谈,
他就觉得没有底气,
不知自己是否能圆融应对。
他想知道精灵王是什么个性,
是否也像人间的帝王?
跟他该谈情怀还是谈利益?
自己又有哪些好坏优劣?
一个个念头不断地涌出,
搅得密集郎思绪乱如麻。
忽然见到天边显出了亮色,
他才想起精灵国的夜晚非同人间,
只有两个时辰。

密集郎赶紧一通梳洗装扮，
换上了正装来到宫门前面。
不一会儿又一人来此候见，
密集郎一看，竟是幻化郎。
两人一照面面面相觑。
这真是意料之外的相遇，
他们互相打量互相揣测。
都知道无事不登三宝殿，
都怕自己的计划被干扰。

他们不是狭路相逢的仇家，
也不是他乡偶遇的故友，
他们是有着相同信仰，
却各随其主各负其命的师兄弟，
此时此刻相遇在此，
一时间气氛不免有些尴尬。

倒是密集郎打破了僵局，
他清了清嗓子声高八度，
说："天下的因缘真是奇妙，
想不到会在这里遇见师兄。
上次在欢喜国承蒙相救，
心中常感念师兄的恩情。
不知道师兄此行所为何事？
看我能否助你一臂之力。"

幻化郎闻言也面露笑容，
但他顾左右而言他答非所问：

"听说你在帮威德郎做事？"
密集郎也以其人之道待之反问道：
"师兄你既然拒绝了威德郎，
此番来精灵国又是为谁出头？"
两人你来我往都想套对方话，
不知不觉便到了觐见的时辰。
使臣上前迎请两人一起上殿，
原来他们被安排同时面见精灵王。

那精灵王也像一只大鸟，
但他的气派与别人不同。
他尖尖的耳朵探向天空，
眼睛虽小却炯炯有神，
望人时目光格外深邃，
透着一种不可侵犯的威严。
他的翅膀也闪着柔和的金光，
有些像人间国王的龙袍。
密集郎忍不住想，
原来这精灵世界与人间一样，
王者都有种尊贵之气。

精灵王看着眼前的两个人类，
问他们缘何来到这里。
两人禀报各自的身份和来意，
才知道彼此是同一个目的——
他们代表的那一方，
都想请精灵王出兵相助。
只是两个人意见不一，

幻化郎请精灵王维护和平，
派出精兵保护阴阳城。
密集郎请精灵王铲除暴力，
直接攻下欢喜国消灭暴君。

精灵王满腹狐疑地问道，
既为一条藤上结的瓜，
为何不能志同道合齐心协力，
为何会有如此分歧？

幻化郎告知了原委，
说他们此次纯属巧遇。
虽然他们有着同一个出世间梦想，
但在世间法上，
却各有各的造化与因缘，
因此才有不同的主张。

精灵王点点头表示明白，
又说想听他们讲讲各自的理由。
他说人类与精灵虽为不同族群，
但大道相同，大家承恩于同一个太阳。
看谁说的有道理他就帮谁。

于是两人展开了辩论，
好一通唇枪舌剑的交锋。
他们都是饱学之士，又知己知彼，
激烈的程度也是层层升级：
先是如春天的微风，轻柔无比；

紧接着是夏天的大风，刮起尘土飞扬；
再后来成了秋风，一片肃杀；
最后终于寒风呼啸，挟冰裹霜，
整个世界忍不住颤抖。
他们争得飞沙走石天昏地暗，
谁也不让谁却谁也说服不了谁。

眼见二人吵得不可开交，
精灵王也感到莫衷一是，
他甚至有些后悔自己提出这建议。
这世上最不缺的就是理论，
雄辩者的互相攻击更是麻烦。
于是他制止了这场辩论，
说容他与群臣商议后再作定夺。

回去的路上两人还在争吵，
都觉得对方是碍事的石头，
甚至翻出了陈年旧账，
作为逼对方让步的理由。

一个说："我对你有救命之恩，
刚才你还说要知恩图报。"
一个说："要不是我的父亲，
你还是个拾垃圾的孤儿。"
一个又说保护阴阳城，
就是保护师尊不受干扰。
一个也说最好的保护是进攻，
彻底消除惹祸的种子。

渐渐地他们开始急眼，
文斗眼看要升级成武斗。
好在他们还懂得顾及师尊脸面，
最终仍是动口没有动手。

次日精灵王先召见幻化郎，
他说和平是永恒的旋律，
虽然现在前方无比黑暗，
但在幻化郎身上他能看到希望。
因此他想送幻化郎一件礼物，
那是精灵国的秘宝隐身斗篷，
它能让人隐身于无形。
他说："这份礼物能在危急时救你，
你就当是我的一点鼓励和祝福。"

幻化郎虽然证得了幻身，
但肉体依然不能隐身，
这礼物对他当然非常有用。
他感激精灵王的馈赠，
又询问维护和平的事情。

精灵王说他自有打算，
随后又召来了密集郎，
说他会分别给二人同等的机会，
但其对手必须是邪恶势力。
他派去的精灵军队会首先观望，
一旦判断对手确是邪恶势力，

精灵就会马上鼎力相助。
相反，倘若对手并非邪恶势力，
不仅得不到精灵的帮助，
所有机会都将随之丧失。

幻化郎闻言点头称好，
他确信自己是正义的一方。
密集郎却颇有微词，
认为判断正邪的应是他自己。
幻化郎闻言面露讥笑，
说："莫非你已经开始心虚？"
密集郎又要出言反击，
精灵王赶紧制止了纷争。
他已经领教过两人口才，
昨天的辩论让他至今都脑涨。
精灵王说他有他的标准，
两人必须要遵循既定的规则。
然后教给了两人联络咒语，
念动咒语就可召唤精灵。

二人道谢后离开精灵国，
一路上仍在辩论互不服输。
一个想完全避免战争，
一个想用暴力消灭暴力，
怪的是二人始终同路，
也始终在刺探对方去往何处。

第 124 曲　野人谷

此时眼前道路分为两条，
一边通往野人区，
一边通往断头谷。
幻化郎想去野人区，
他要和野人王商谈结盟。
他也猜到密集郎的目的，
想必和自己是同样的打算。

他怕重复精灵国的遭遇，
想找个机会甩掉密集郎。
然后用神通加快脚步，
早一步去见野人王协商。

于是他故意选了断头谷，
想就此和密集郎分道扬镳，
却不料密集郎紧随其后寸步不离。
原来密集郎也有另一种打算，
他知道以幻化郎的修为证量，
必然能看出哪个资源更加强大。
于是他打定了主意紧紧跟随，
幻化郎去哪里他就去哪里。

这一下幻化郎目瞪口呆，

他想，定要找个法子把密集郎甩掉。
于是他一次次刺激密集郎：
"你又不是我的宠物，
干吗老跟在我屁股后面。"
密集郎却说："有趣有趣真有趣，
这山路你走得我也走得，
凭什么说我跟着你。"

两人不停地打着口水战，
都强调自己才是真理。
谁知他们正斗嘴斗得热火朝天，
突然一起惊叫一起踏空，
他们齐刷刷掉进了同一个陷阱。

那陷阱的中间挂有渔网，
他们正好掉入了渔网之中。
下坠的力量扯动网口的绳索，
巨大的渔网变成了网兜。
他们还没反应过来就被紧紧裹住，
被吊在半空中来回晃荡。

两个欢喜冤家先是一阵发蒙，
过了片刻才明白自己的处境。
可此时已成了网中的大鱼，
怎么都无法挣脱渔网的裹缠。

这个世界真是有趣，
前一刻还在斗嘴像是仇敌，

现在又成了紧紧相依的难兄难弟，
一起被挂在陷阱里像个猪胆。
当然，他们是形虽紧依心却对立，
彼此都在嘀嘀咕咕互相抱怨。

密集郎心里后悔不迭，
他埋怨幻化郎选了条破路。
要不是自己脑子进水跟着他走，
也不会变成猎物任人宰割。
而幻化郎也是一肚子恼火，
他满心的烦躁正无处发泄，
密集郎扭来扭去更是火上浇油，
于是他劈头盖脸就是一顿臭骂——
"你是脑袋被驴踢了，
还是脑子里进水了？
干吗非要追上来跟着我，
撵都撵不走？"

密集郎见幻化郎骂人，
立刻张嘴要回敬对方，
但又硬生生吞下了话头，
当务之急是想办法脱困。
他说："你不是神通广大吗？
何不使个法术解开罗网？"

幻化郎还在烦躁之中，
便随口说："我能想不到用法术？
只是跟你个蠢货绑在一起，

你浑身的臭气影响了能量。"
这当然是气话，
真实原因是幻身帮不上忙，
那细微心气构成的身子没有大力，
斩不断绳索也扯不开大网。
他唯一能做到的事，
便是从渔网中走出去寻找救兵。
然而在这样的荒郊野外，
他们又有谁能够指望？
幻化郎想过了所有的可能，
都没有找出脱离险境的办法，
因此才会如此烦躁胡乱撒气。

密集郎不懂幻化郎的心，
直被那气话激得火冒三丈。
毕竟吊在半空是种刑罚，
自己难受想必对方也不好受，
于是他使劲挣出了几个晃荡，
把幻化郎狠狠撞向了陷阱壁。

幻化郎也是不甘示弱，
将一路积攒的不爽集中释放。
他也在网里扭动着四肢，
用各种方法回击密集郎。

于是他俩像网中的鲫鱼，
互相挤压拼命扑腾。
那网也随之剧烈地晃荡，

给这场战斗助威加油。

忽听到一阵嗷嗷乱叫，
十多个野人在洞口探头探脑。
两人停止了打斗抬头仰望，
都在猜测接下来会发生的事情。
那些野人合力把渔网拉起，
见到两人后个个都双眼放光。
他们嘴里发出兴奋的叫喊，
从网中揪出了他们关进牢笼。

幻化郎觉得好生奇怪，
他明明进的是断头谷，
为何却遭到野人的暗算？
密集郎却懂得见机行事，
他让那看守去通报野人王，
说自己是野人王请来的客人，
有要事与大王相商。
还说："你们要是误了正事，
大王保准取你们的性命。"

不料那野人听不懂言语，
看见密集郎表情凶狠，
便对着他一阵嗷嗷恐吓。
密集郎只好做出各种动作，
他的眼神极其夸张，
他的表情丰富多彩，
他的嘴里嘟嘟囔囔，

他用肢体语言表达思想。

幻化郎忍不住哈哈大笑，
密集郎却露出满脸诡秘，
悄悄说他想拉拢野人，
这也算一支武装力量。

幻化郎闻言心头一惊，
这也正是他此行目的。
显然密集郎是刚刚想到，
说明他之前看轻了对方。
于是他再次使出激将大法：
"你真是异想天开天真得可爱。
连个野人看守都搞不定，
还想去拉拢野人王？"

密集郎却不理他的打击，
继续蹦跶着和看守沟通。
果然那看守转身离去，
不一会带过来几个野人。
他们拉住密集郎的胳膊，
似乎要把密集郎带去别处。

密集郎对幻化郎眨了眨眼，
意思是"等我的好消息吧"。
幻化郎这一下可傻了眼，
本来是自己想跟野人结盟，
却被这小子歪打正着捷足先登，

真是聪明反被聪明误。
幻化郎感到一阵阵懊恼。
他发现用心机不一定成功，
不用心机有时反而会成功。

幻化郎正在胡思乱想，
却见密集郎被人踢了进来。
他脸上有块很大的青印，
显然刚被人揍过一拳。
幻化郎心里的石头顿时落地，
他知道密集郎并没有得逞。
又觉得刚才陷在妄念里真是愚蠢，
白白给自己添了许多烦恼。

虽然他心里在自我反省，
嘴上却依旧奚落密集郎。
他露出不怀好意的笑容说道：
"恭迎密集将军凯旋，
不知野人王给了你什么大礼？"

密集郎也不甘示弱，
说："你光屁股笑话开裆裤，
一百步却笑五十步。
至少我还会想办法脱困，
不像有些人只会发脾气。"

顿了一下他又面露惧色，
悄声对幻化郎说："你不要得意，

那些野人正在活吃人肉，
刚才还用饥渴的眼神看我，
那目光就像看一顿大餐。
这里绝不是儿戏的地方，
我们都是砧板上的鱼肉，
唯有齐心协力才能活命，
你神通广大快想想办法。"

幻化郎闻言也收起戏谑之心，
跟密集郎一起谋划脱身之策。
但阴阳城一战让他元气大伤，
他的功力还未完全恢复，
他屡次想进入时空程序，
但稍一动念就头疼不已。

他又想在明空中生起幻身，
但平日里倒也能安住明空，
此刻却变成杂念纷飞，
心念不专自然也难以安住。
只因眼前的情形实在凶险，
野人那嗜血的目光紧盯着他，
手里的长矛随时会刺来。
因为有了生命的留难，
知道死亡随时会来临，
这一线恐惧和牵挂难以释怀，
因此做不到无我无执。

放不下执着便入不了明空，

入不了明空便生不起法力。
幻化郎尝试了各种办法，
都无法破除内心的障碍。

其实幻化郎还有个出路，
那就是精灵王送的斗篷。
它能隐去两个人的身体，
但不到万不得已，
他不想让密集郎知道此事。
斗篷是他压箱底的武器，
也是他和精灵王之间的秘密。

于是他告诉密集郎原委，
说自己的神通暂时受限，
眼下只能想别的办法。
实在不行等生死攸关时，
跟野人硬拼一阵争取逃跑。

密集郎也有一个主意，
他想起精灵王的承诺。
精灵王曾对他们说过，
念动咒语就有精灵相助，
但他不知道精灵的善恶标准，
不敢轻易使用那秘咒。
他怕万一野人不算邪恶势力，
就会从此失去精灵盟友。
他本想让幻化郎念咒试试，
又觉得对方也很精明，

若是没到生死攸关，
他也不会诵那咒语。

于是密集郎大声叫苦，
说："我当你是神通广大的高人，
才选择随你的路线同行，
谁承想你也是凡夫俗子，
还不如我自己单独行动。"

幻化郎刚想出言反击，
又觉得这情形十分有趣。
两个聪明人合在一起，
却都做出了错误的决定。
就是那些机心和算计，
绕来绕去困住了自己。

于是他们不再逞口舌之快，
也不再把对方当成敌人。
他们虽怀着各自的心事，
但还是统一战线欲早日脱身。
与其花精力琢磨彼此，
不如多用心观察敌人。

这一来还真发现了出路——
那些野人似乎饥饿不堪，
每个人路过他们的牢笼，
都会投来饿狼般的目光。
就像一群闹饥荒的汉子，

盯着两只待宰的肥羊。

幻化郎把这发现告诉密集郎,
密集郎一拍脑袋来了灵感。
他们一个心细一个多智,
两人交头接耳便商定了计划。

只见密集郎伸了个大懒腰,
夸张地在口袋里翻来翻去。
忽然他翻出个白白的面饼,
这是他为赶路准备的干粮。

密集郎惊喜地大叫一声,
看守的野人瞬间被吸引了注意。
密集郎又夸张地张大了嘴,
咬一口面饼表情陶醉。

野人完全被那表演诱惑,
翕动着鼻孔走近牢笼。
密集郎假装分一块给他,
又假装不小心掉在了地上。

那野人四肢发达头脑简单,
早被面饼馋得百爪挠心。
见面饼落地他俯下身子,
伸手去够那地上的美食。

说时迟那时快,

密集郎一把拉住野人的手腕，
幻化郎用铁链套住野人的脖子。
两人齐心协力勒晕了野人，
再从他身上摸出钥匙，
打开了笼门夺路而逃。

野人卫兵发现猎物逃跑，
敲响了警钟全体出动。
一时间到处是嗷嗷的叫声，
闹哄哄乱糟糟追向了远处。

其实两人并没跑远，
他们早就看好藏身之地。
那是牢笼旁的一个草垛，
他们想等野人追远了再逃。

然而千算万算不如天算，
草垛里竟然还盘着一条蛇。
密集郎只感到手上一阵滑腻，
拿起一看吓出一声惊叫。

那些野人听到了叫声，
纷纷回头向草垛奔来。
幻化郎怒骂没用的东西，
成事不足败事有余，
随后拉了密集郎逃出草垛，
像没头苍蝇般四处乱窜。
野人嗷嗷乱叫群起直追，

他们熟悉地形又擅于奔跑，
很快就将两人团团包围。

野人们举着长矛纷纷乱刺，
两个人左支右绌狼狈不堪。
密集郎是书生不善打架，
身上已经有多处负伤。
他急得大喊大叫嗷嗷不止，
听起来竟像是野人声音。

情急下幻化郎顾不上其他，
迅速摸出了精灵王的礼物。
之前他一直在刻意隐藏，
不想让密集郎知道秘密，
但此刻已是生死关头。
他叫一声密集郎赶紧过来！
密集郎闻言奋起了神勇，
拼命打倒面前的野人，
一下扑到幻化郎身边，
牢牢抓住了他的手臂。

他以为幻化郎要念咒语，
召来精灵兵搭救两人。
却不料幻化郎一声大喝：
"松开手臂抱住我的腰！"

只见幻化郎披上了斗篷，
嘴里诵出隐身的咒语。

长矛已经刺到了皮肉，
两人却瞬息间不见踪迹。

眼前的猎物忽然消失，
野人们纷纷大惊失色。
他们发出奇怪的唔唔声，
弓着身子四处找寻，
找了半天也不见人影。
忽然有野人大叫着跪拜，
其他的野人也纷纷跪拜。
他们一个个满脸虔诚，
还把双手举过头顶。
原来他们也有自己的信仰，
更把两人当成了神灵。

第四十八乐章

奶格玛证得了虹身，再次返回娑萨朗星球。愈加衰败的家园，愈加年迈的母亲，使得奶格玛心中伤痛不已。她怎样才能以自己的光明智慧去挽救这一切？

第 125 曲　伤痛

幻化郎和密集郎在野人谷，
命悬一线生死存亡的时候，
奶格玛已经证得了虹身。
这虹身不同于她本有的天身，
是完美无瑕的大迁移身。
为了证得这个身子，
她已消尽了所有的细微无明，
也将四大转化为无量光明。

出了关房的奶格玛，
首先想到了自己的母亲。
此刻，她已乘舟渡海到达彼岸，
而母亲——
她年迈苍老的母亲，
她呕心沥血的母亲，
她日夜操劳的母亲，
她毕生无私的母亲，
却仍在自己的此岸苦苦挣扎……

想起这些，奶格玛不能不痛，
于不觉间，脸上布满盈盈的泪——
"母亲啊您给了女儿生命，
又含辛茹苦将我抚养成人。

您流下的汗水能汇成大海，
您付出的辛劳如巍峨雪山。
您那额头的白发仿佛利箭，
一箭箭扎在我的心上；
您沟壑般的皱纹宛如峭壁，
让我的灵魂深深地沦陷。
哦，母亲！它们是我
不敢懈怠的理由，
也是我永不止息的动力。

"而此刻，它们又在我眼前晃了。
它们晃出了我无尽的感恩，
还有无边的愧疚——
母亲，亲爱的母亲！
我后悔当初没有聆听您的教诲，
贪恋玩耍虚度大好年华；
我后悔当初没有分担您的忧虑，
还要伙同无量众生，
一起消耗您的大愿。

"我知道是我们自己，
让永恒的娑萨朗有了末日；
也是我们自己，
让我们的不老女神老去。
哦，母亲，亲爱的母亲！
我多想时光再重来一次。
让我陪着您一起发大心，
让我跟着您一起践大愿，

让我替您分担一份责任，
哪怕轻如鸿毛，也不会
让您风雨一肩独自挑起。
这样您就不会急剧衰老，
这样您就不怕任重道远，
这样您就能有更多的时间，
证得与女儿一样的成就。

"哎，可叹那因缘自有定数，
就算神通广大也难改变无常。
若不是您的白发和皱纹，
若不是娑萨朗的末日和人心惶惶，
我又怎会踏上寻觅之旅？
往者不可谏，来者犹可追。
如今我已证得圆满成就，
这就回到您的身边报答母恩。
但究竟看那恩爱还在二元，
我和您早已融为一体。
我心中没有了二元对立，
也没有爱与被爱以及爱本身。
我的心中只有那无缘大慈呀，
只有那同体大悲的本能。

"你我都属于那法性的大海，
犹如海面上的朵朵浪花。
虽然显现上各有不同，
但本质上与大海从未分离。

"如今显现的我已证得虹身，
如今显现的母亲已经衰老。
就让我再回那显现的娑萨朗，
为世人演一幕显现中的剧情。"

奶格玛虽说要回到娑萨朗，
但她其实已不用再"回"。
证得了究竟智慧的她，
生命中已没有了所谓的时空。
过去的她还要倚仗天身，
摄取宇宙中的隐性能量，
然后进入量子泡沫的缝隙，
借此来穿越各种时空，
而此时她已达到究竟，
所有的时空皆是她的法身，
所有的显现皆是她的存在。
她已经无处不在处处在，
无时不有时时有。
她涵盖一切又是一切。
她是一切又非一切。
她不需要什么穿越，
也不用再摄取某种大能。
她不需要依附任何外物，
她就是一切时空的原点。

她只是稍稍动了一下心念，
便已置身于娑萨朗家园。
而她那身体也只是她显现的化身，

真正的法身无形无相遍布虚空。

而娑萨朗此时已彻底无救，
地水火风都完全失控，
天灾频发人祸不断，
人们苟延残喘在炼狱之中。
到处都是火山喷出的岩浆，
滚滚的黑烟遮蔽了太阳。
整个星球弥漫着绝望，
如同一摊腐臭的污泥。
天人们却不再惊慌失措，
他们已成为草木之人，
他们死猪不怕开水烫，
一个个昏惨惨呆若木鸡。
他们不再修那无相瑜伽，
在死亡面前瑜伽也没有意义。
就让那末日烧毁一切吧，
反正谁也逃不过死神。

奶格玛看到这悲惨世界，
已完全不是当初的天国。
那山清水秀已变疮痍，
到处流淌着黑臭的污水。

她想问问那些惶然失措的人们，
是否后悔当初的所作所为？
为了满足贪欲而进行掠夺和破坏，
私欲得偿却祸害了根本。

但这一问并非是奶格玛
高高在上的谴责，
也不是她事不关己的嘲讽，
而是她真正体会到了众生的痛苦，
不禁发出的一声感叹。
她本就是他们中的一分子。
她也曾享受那涸泽而渔的福报，
她也曾被贪欲冲昏了清明。
在这个星球上没有无辜者，
共业下每个人都是掘墓人。

奶格玛进入蛛网遍布的王宫，
斑驳的墙壁爬满裂缝，
只有那些残留的浮雕和壁画，
还在诉说着往日的恢弘。

她抚摸着这里的一草一木，
眼前又闪过童年的情景。
那可爱的女娃和美丽的女神，
发出一声声欢歌一句句笑语。

奶格玛禁不住潸然泪下，
她的心中是惆怅的感慨。
虽然她有一双究竟的慧眼，
心境中依旧有多愁善感。

她轻轻地走向了母亲寝宫，

忽然看到一个伛偻的老妇。
她有些不相信自己的双眼：
母亲那昔日的容光啊已不见丝毫，
只剩满头的白发和满脸的皱纹。
那瘦弱的身子啊隆起驼背，
倚在拐杖之上是咳嗽连连。
然而那熟悉的气息传来，
纵使成灰也无须辨认——
是的，那是她亲爱的母亲，
娑萨朗的不老女神。
师尊相应法救赎的是她的灵魂，
她的身体仍在随着娑萨朗老去。

女神嚅动着干瘪的嘴唇，
目光中充满了慈爱和惊喜。
那等待的泪水止不住地喷涌，
她抱住了女儿轻声抽泣。
多少个日日夜夜的期盼，
多少次牵肠挂肚的担忧，
如果烛火能熬干大海，
母亲的思念就能烧尽虚空。
她一遍遍在心中挂念女儿，
满心满眼里都是她的样子。
却因为年老体弱法力衰微，
无法开启那心光进行通讯。

于是她倚靠在床边，
努力抬起眼睛看着太阳。

满是皱纹的眼皮轻轻眯缝着，
浑浊的眼球蒙上了一层氤氲。
阳光像利剑一般刺入她的瞳孔，
女神的眼睛感到一种刺痛。
她低下头在心中暗暗许愿，
希望凭借那无处不在的阳光，
传递她遮天蔽日的思念。

那阳光也在为生命计数，
那些末日也随它降临，
那些慌乱也随它滋生。
她只想让生命的最后一眼，
定格在女儿看她的那道目光；
她也只想让窗外呼啸的风雨，
记录下女儿陪伴她的当下一瞬。

如今女儿再次回来了，
她却有些不敢相信了。
她拉住她的手，不肯松开；
她摸着她的脸，不愿放下；
她望着她的眼，不想挪开；
她听着她的声音，不能忘记。
指尖传来了真实的触感，
于是她露出了欣慰的笑容。
她看到成就之后的女儿，
仿佛看到年轻时的自己。
但无论女儿有多大的成就，
也始终是自己心中的小孩。

奶格玛拉着母亲的手，慢慢向前走。
她想起小时候的蹒跚学步，
也想起小时候的牙牙学语，
想起小时候吃的每一口饭，
还想起小时候所有的片段。
从前母亲拉着她的小手，教她走路，
现在她扶着颤巍巍的母亲，做母亲的拐杖。
时光啊你可曾有过片刻的逆转，
时光啊你为何总是这样无情，
时光啊你也睁开那双冰冷的眼，
看看眼前无常的剧情。

母女在寝宫里手拉着手，
心里都有诉不完的情。
但她们只用目光传递情感，
所有的语言都苍白无力。
女神细细打量着奶格玛，
从头到脚又从脚到头。
奶格玛也同样看着母亲，
泪水不由自主从眼中滑落。

过了许久奶格玛才轻轻开口：
"母亲，您受苦了。"
女神眼中盈满了慈爱微微点头，
她连连说着回来就好回来就好。
这一说奶格玛又是一阵心酸，
因为她还有重要的事情要做。
此次只能在娑萨朗短暂停留，

她还要回娑婆世界普度众生。

她不忍心在此时说出打算，
她怕打碎母亲这一刻的温馨。
她甚至感到有些无颜面对，
觉得自己像一个心虚的小偷。
于是她点点头说："亲爱的母亲，
这一次我带来了救度的妙法。
即便是这娑萨朗无可救药，
大家也能在临终时得到救赎。"

女神望着女儿并不言语，
她根本不在乎什么救度，
她只在乎眼前的人儿。
在与女儿的相聚里，
妙法不过浮云，一切皆是浮云。
她知道，只要有女儿在身边，
当下就是极乐净境。

然而她依旧露出了笑意，
说她愿意实践那殊胜妙法。
在她眼中那不是枯燥的观修，
而是女儿对自己的拳拳爱意。
修女儿传下的法就是想女儿，
成就女儿的法就是爱女儿。
她愿意回应女儿所有的给予，
让母女俩在大爱里融为一体。

奶格玛当然明白母亲的心意，
为了爱而修法也是一种因缘。
君不见世上诸多痴情男女之中，
也有人为了爱情而走向修行。

也许那爱是一种助缘，
也许那爱是一种障难，
也许那爱能提供巨大的动力，
也许那爱会变成强烈的执着。
爱本身是一种无与伦比的力量，
全看行者能否善用这种本能。

第126曲 死门生机

眼看母亲已到风烛残年，
走一步晃三晃气喘吁吁，
奶格玛知道她时日无多，
便想传以中蕴瑜伽。
虽然天人无粗重肉身，
但仍有细微的四大之身。
即使母亲年老难臻究竟，
也能把握解脱之窍诀——

"母亲呀，请您细听！
女儿此番仍须离去，不知何时归。
且将中蕴成就法亲传于您。
只要您的眷属中有人生起净信，
您也可以传给他们。
虽然天人没有粗重肉身，
但此法适宜六道众生。
因为凡是众生皆有中蕴，
升华或堕落的结局之前，
过渡性的时空便是中蕴。

"当众生的死亡来临之时，
五蕴和四大都会返摄——
首先是眼睛失去了作用，

眼之力弱便不能视物，
他们遂成了睁着眼睛的瞎子；
耳朵失灵时听不见外声，
那漂亮的耳朵就成了摆设；
鼻子失灵不能辨外香的芳馨，
它长得再挺拔也只是形同虚设；
舌头失灵不能辨口中淡无味；
触觉失灵身体不再有光彩。

"你首先会感到山崩地裂，
身不能动'土'一直下沉。
全身无力口鼻流涎，
你会看到一缕缕烟雾。

"接下来七窍会干涩无比，
你看到火焰熊熊正在闪烁。
口鼻干枯身热消散，
无数的碎玻璃映照着日光。

"生命的温度也接着消失，
体热从手足端收向心轮。
呼吸犹如风中的蛛丝，
一丝丝荡向无云的晴空。

"那晴空之中有无边月光，
清凉晶莹成无边清光。
你像是处于茫茫月夜，
湖面上还有缕缕烟雾。

"母亲呀，您从此不再有仇恨，
心性好像荡漾的温泉。
一晕晕红波开始出现，
红色的能量如日东升。
无数的流萤荡漾着爱意，
母亲啊您不再有贪心。

"瞧那黄昏像降下的幕布，
降下了漆黑渺渺冥冥。
父母遗传的生命精华也到了心轮，
将您的生命种子包在其中。

"一片漆黑笼罩了您，
有一盏无风吹动的燃灯。
您的心像旷野般空旷，
愚痴的念头无踪无影。

"生命的精气神会合于心间，
母亲啊，瞧那生命的本有光明，
这是道在您身上的呈现。
犹如太阳升起在无云晴空，
您安住平日谙熟的乐空。

"您的智慧气已进入中脉，
智慧晨曦出现在无云晴空，
无边无际圆满无缺，
所有的分别执着皆消散一空。

"母亲啊，这是成就的绝佳时机，
安住真心会证得乐空。
我们的道体叫生命基点，
它会应缘转化为幻身。
快如投石入水又迅速拢合，
这时的死亡是解脱的良机。

"母亲啊，勿恐惧，多祈请，
安住您认知到的真心，
那光明净境正向您微笑，
您要像游子扑向母亲。
您的真心是光明的孩子，
出现的明空是光明的母亲，
这是母子相认的良机，
一滴水因此能进入大海。
这滴水入海就是解脱，
个体生命进入道之本体。

"这一切全靠平时的训练，
因为您谙熟了关键和本质，
那相遇就好似故友重逢。
当坦然从容无须慌乱失行，
只要您安住于训练有素的子光明，
就自然会融入不变的法界母光明。

"快乐光明中没有执着，
平等一味中浑然天成。

这便是法界的庄严净境，
也是自性的无垢净境，
是远离颠倒梦想的究竟涅槃，
是法界智慧平等一味的本体。

"若是错过了融入的良机，
还可以进入下一个流程。
将伟大的真心化为忿怒尊，
由光明和幻身和合而生。
这幻身由微细的心气构成，
它的基础是命终时的四空光明。
这是众生的三世俱生智，
也是大道在个体身上的化身。
由于四大分离纠结执着消失，
一切烦恼业识都消解一空。
光明幻身如跃出水的鱼儿，
光灿灿活泼泼圆满庄严。

"这需要生前不懈地训练，
熟悉幻身瑜伽的观修。
白昼间远离颠倒梦想，
梦境中也能了了分明。
断除让心散乱的各种恶缘，
安住美好的中道之中。"

奶格玛尽量化繁为简，
清晰明了地传授窍诀。
可惜母亲苍老神志易散，

无法专注地体会法要。
但她仍然凝视着女儿双眸，
想把那妙语印入心灵。
见此状奶格玛一阵心酸，
她在心中一阵阵呢喃：
"我可怜的母亲啊，
女儿多希望能把时光扭转，
多希望您有更好的修行条件，
奈何无常这铁律无人能改变。

"女儿体谅您的辛苦和难处，
女儿也明白您的沧桑与无奈，
但女儿必须往下讲啊，
女儿是在传给您一种教导，
也是在为您安装一套解脱程序。
一旦安装完成它便会启用，
您便能掌控生命的运行。
母亲啊，您一定要忍着累，
耐心地听女儿细细说完——

"死亡本来是解脱良机，
要坚定地实践师尊教诫。
当死亡真的来临之时，
要马上与道合而为一，
如一条大江汇入大海。
要是没有执着的干扰，
意识就融入了法性大海。

"所以要保任殊胜的真心，
并忆持俱生的生命大乐。
安住自性不生执着，
如如不动中了了分明。

"要明白诸显是心的化现，
诸声音只是真心的妙音，
各类现象不离那真心，
安住清净之心才能超越。

"要一心一意地祈祷师尊，
刹那间冥想忿怒本尊，
依托生前瑜伽的修持惯性，
自己就会化为忿怒本尊。
相好庄严真空妙有，
现空无别而获得超升。

"只要您不忘智慧正见，
生起自性清净的大乐智慧。
它不堕是非有无常断等边，
因远离诸边名为中道。"

第 127 曲　演示

奶格玛住无我无境，
一口气讲授完了中蕴妙法。
她的母亲却听得目瞪口呆，
疲惫不堪打起了呵欠。
原来奶格玛的讲授皆是自性流露，
没有时间概念也没有空间所限，
自己以为只在刹那之间，
其实已经过了一个时辰。
而母亲年迈苍老，
如何吃得消她洋洋洒洒长篇大论？

女神听到女儿这番传法，
只感到眼前是大海在汹涌，
还有飓风呼啸暴雨滂沱，
心有余而力不足难以招架。
再加上那一串串术语实在晦涩，
听它们味同嚼蜡也像吞食木渣。
尽管她屡次勉强自己集中精神，
眼皮却不听话中途还打起瞌睡。
她感到沮丧觉得辜负了女儿孝心，
奶格玛看到母亲疲倦也心生歉意。
但那歉意并非女儿对母亲的小爱，
而是一种浓得化不开的平等大悲。

奶格玛心疼地看着母亲的倦容，
心中又泛起一阵酸楚——
是的，母亲老了。
因为自己，因为娑萨朗，
也因为娑萨朗所有的子民，母亲老了。
女神的担当消耗了女神的命能，
不老的女神终于老了。
苍老的女神再也听不进苍老的法音，
难道那只胜法的大鸟，
真的飞不进女神的生命？
——当然不，奶格玛还在思考。
她的字典里从来没有"放弃"。
她想，既然寻常路走不通就曲线救母，
谁说只有老路才能走到目的地？

忽然她心中灵光一现——
何不学那幻化郎，
进入千年后的时空借助未来科技？
她当然不需要心外的科技，
她需要的是一种通俗的比喻。
于是她启动了自己的智慧之眼，
安住明空之中搜索了千年，
最后终于找到一种方便的比喻，
它可以将中蕴救度妙法，
形象而生动地展示给母亲。

在观察诸因缘后，她选中了

一个年轻的学子。
他是个懂修行的人，
因常常沉溺于网络游戏，故名网虫。
奶格玛勾来他的神识，
结合网虫时代的游戏，
创造了一个中蕴的虚拟场景。

她给这游戏设置了四个关卡：
第一关是临死时的生死中蕴，
过关要求是实现子母光明会；
第二关是逆起后的轮涅中蕴，
过关要求是生起解脱的报身；
第三关是在投生中蕴时忆持，
能以化身往生到光明净境；
第四关是遮蔽产门智慧抉择，
选择下一世的父母再造胜因。
但与流行的网络游戏不同，
四个关卡并非层层升级，
反而是层层降级，前关未过，
便会落入下一关。

奶格玛叫一声："母亲您且看好！"
然后在虚空中幻变出一个光屏，
那光屏中有虚拟的场景，
奶格玛把网虫神识置入其中。

只见那网虫的神识好生莽撞，
仿佛是个没有智商的愣头青。

他拜师无数也读书无数，
尤其精读过雪漠的《参透生死》，
知道中蕴阶段是解脱的良机，
但这么多知识对他似乎没啥作用，
他依然五毒俱全沾满世俗习气，
面对中蕴诸景也依然蒙昧不明，
没有一点了解中蕴成就法的样子。
原因是他把大量时间用来打游戏，
从来没有好好地实修。

他呆蠢的样子逗乐了女神，
女神忘了疲倦甚至忘了末日，
全情投入地看着他的表演。
他也真是个卖力的喜剧演员，
那惊慌无措狐疑不定，
东张西望茫然无助，
东瞅西看想探寻信息的样子，
真是好生笑人。
他就像被人抓进玻璃瓶的蚂蚁，
根本不知道自己只是道具和演员，
他更不知道眼前这场景，
其实也能成为他的道具。

很快第一关开始启动，
四大消散临死八相现前。
当阴阳能量包裹了生命基点，
烛火之后母光明便无碍呈现。

那网虫的神识懵懵懂懂，
仿佛一头沉睡千年的懒猪。
他不知道自己已经死去，
于一片漆黑中混沌呆滞。

当那母光明现起的时刻，
他毫无意外地错过了机缘。
这第一关的游戏到此结束，
奶格玛安排他重新再来。

游戏重启后，临死八相再次出现。
他依然不明方向搞不清状况，
于浑浑噩噩懵懂无知中再次错过。
看到这里，女神叹了一口气。
她告诉女儿该提醒此人，
让他能够提起警觉仔细辨认，
她担心若是没有智者点醒，
这网虫会生生世世地轮回。

奶格玛听了破口而笑，
说："母亲您终于理解了众生，
那众生便和这网虫一样，
生生世世皆如没头的苍蝇。
现在我开始充当智者，
进入这网虫本有的元神。
我要告诉他这游戏规则，
让他留心那死有的光明。
只要能做到子母光明会，

他便会即刻证得法身。"

那网虫正在中蕴里失措，
忽然看到奶格玛现身，
由于读过雪漠的作品，
他明白这是见到了本尊，
说明他已升华到一定境界。
这让他在短暂的发怔之后，
变得满面喜色激动万分。

奶格玛给网虫讲了种种规则，
使用的是他非常熟悉的语言。
网虫本来热衷于游戏通关，
此时却因为没有足够的智慧定力，
得知自己要进入中蕴，
瞬息间生出了万般恐惧。
他贪恋自己的亲人眷属，
还有那世间的美色美声。
只见他面露难色嗫嗫嚅嚅，
磨蹭了许久终于开口，
问能不能再给他增加些寿命。
他还有诸多的心愿没了，
还想在人间多享享幸福。

奶格玛听了哭笑不得，
说："你常念着'生死由师尊'，
真到了无常现前时，
却原来是叶公在好龙。"

网虫这一下慌了手脚，
他知道已经没有商量的可能。
他再一次恳请奶格玛帮帮他，
他还有后事需要交代。
奶格玛点点头幻变出一台手机，
于是他抓紧时间打出几个电话——
第一个打给父母和妻儿，
第二个打给热恋的情人，
第三个电话才打给了师尊。
他祈请师尊能加持自己。
因有了师尊对他的承诺，
他坚信能得到无上的救赎。

于是网虫不断地祈请，
安住于师尊为他开示的心性之中。
这一次临死八相出现时他有了警觉，
却仍然因为慌乱而错过了光明。

原来无论他平时如何发愿，
内心深处仍然是惧怕死亡。
他并没有真正地清除习气，
诸多的贪恋也牵绊了自己。

虽然说中蕴成就能不修解脱，
但其实那不修也只是理想。
理论上只要能把握住中蕴，
便是无修也能够成就，

然而若是不修如何能把握？
因此不修解脱只是个悖论。
纸上谈兵永远打不出胜仗，
无修解脱也只是无稽之谈。

若是单纯从理论层面判断，
每一种修法都能不修解脱。
因为那光明与生俱来人人皆有，
它虽一闪而过，每个人的一生中
却定然会偶尔显现。
一旦你具备深厚的福报，
在善知识的引导下便能融入光明。
但网虫的命运属于另一游戏版本，
他必须训练那串习之力。
因为平时的散乱和懈怠，
他无法在智慧无执中安住。
临死前他还生起诸种情绪，
恐惧、慌乱、贪恋挤走咒子，
他的神识遂成了海浪中的漂萍，
他的游戏也被又一次中断和重启。
其实这未尝不是好事——
他可以在虚拟的训练场中屡败屡战，
却不能在现实中麻痹大意，
他知道，在真正的中蕴阶段，
一次轻心便是万劫不复。

就是在那一次次游戏的失败里，
网虫渐渐学会了冷静和忆持。

他开始放下执着祈请师尊，
终于能清晰地认证临死八相。
这有点像学骑自行车，
经过一次次摔得鼻青脸肿，
终于能骑上车子前行。
虽然依旧是摇摇晃晃，
但内心已经找到了感觉。

他发现修行并不是知识，
而是一种扎扎实实的能力。
网虫慢慢找到了感觉，
在祈请中渐渐融化那些贪恋。

终于有一次趁着母光明显现的刹那，
网虫的子光明融入了其中。
整个过程中，他从容不迫处之泰然，
真正做到了放下万缘。
在专注冷静又放松的状态下，
他安住于明空融入了法性。

这时游戏显示第一关通过，
那奖赏的程序开始启动。
网虫也尝到了法身的味道，
无来无去又无处不在，
好个自由好个逍遥。
想到之前贪恋的种种快乐，
犹如那萤火和日光相比。

网虫在法性大海遨游了片刻，
旋即生起了救度众生的悲心。
这是他和师尊之间的契约，
已经深入了他的灵魂意识。
一旦得到了究竟圆满的成就，
那度众的誓约就开始运行。
看到这里奶格玛欣慰而笑，
女神也感到有些不可思议，
说这孩子看起来傻乎乎，
没想到竟然是上等种子。

奶格玛说修大道忌讳小聪明，
正是因为他不通世事才有顺缘。
虽然他在社会上一事无成，
但确实是修道的上根利器。

女神看得是津津有味，
丝毫没有听法时那般疲倦。
她沉浸在故事里忘了自己，
反而关心起网虫的遭遇。

错过母光明便进入第二关，
任务是成为真理的载体。
若在第一关便已通过，
就不用进入这个阶段。
因此奶格玛干预了网虫的意识，
将他对第一关的记忆完全删除。
然后把他的神识放于第二关入口，

接下来开启了新的轮回游戏。

起初依旧是单调的重复，
让人感到枯燥，乏味，有些心灰意冷。
那网虫哭啊闹啊，就是不肯死去，
于是游戏接连不断地结束和重启。
过了许久他终于接受了现实，
开始载体报身的恒久练习。
随着错过了道体光明，
三种死亡的症象就开始逆向出现。
网虫依旧是浑浑噩噩，
更不知那智慧的鱼儿何时跃出水面。

忽然奶格玛拍了一下脑门，
说忘记了重要事情。
原来网虫还没领受幻身教法，
因此难以在临终时受用。
然而她并没有补救这个漏洞，
她想看看网虫会有怎样的表现。
这孩子虽然常常大脑短路，
但也时不时会来个惊喜。

只见那网虫进入了虚拟空间的死亡，
三天半后他的神识苏醒过来。
他觉得又渴又饿于是大呼小叫，
向亲人索要食物。
可亲人们却个个视而不见，
吃饭的吃饭，说话的说话，

每个人都在自己的世界里忙碌，
把他当成了无色无味的空气。
他气，他懊恼，甚至开始跳脚。
他伸手去拉他的妻子，
顿时，他傻眼了，
他的手居然穿过妻子的身体，
仿佛穿透一层虚幻的影子。

他再仔细地观察那些亲人，
发现亲人们脸上是无尽的悲伤，
他们时不时会把目光投向同一个地方。
那里有个供台，上面赫然立着自己的照片。
而照片的旁边是摇曳的香烛、丰盛的果品。
全然是祭奠的场面。

顿时，虚拟世界开始震动，
网虫的心也在翻江倒海——
他想，莫非自己已经死去？
他不相信，他再次拼命摇晃他的亲人：
"是我！是我！我回来了！
你们看看我啊！"
他的灵魂在剧烈地震动，
他拼命想唤起亲人对自己的注意。
然而，不管他如何歇斯底里，
他的亲人都像是影子，
他的摇晃无一不透体而过。

于是无尽的悲伤从他心中升起，

他瘫坐在地上止不住地恸哭。
巨大的情绪冲散了修行的习惯，
他再也记不起师尊的教诲，
他已被自身的习气裹挟，
就像业风中的一片落叶，
完完全全不能自主命运。

他像一个失去理智的女人，
哭过了闹过了才渐趋平静。
此时他才想起修行，
是啊！他还有证得了无上成就的师尊，
有生生世世的灵魂依怙。

于是他生起了猛烈的祈请之心，
不住地持诵"奶格玛千诺"，
祈祷自己能得到师尊的救度，
祈祷自己能不入苦难的轮回。

这时奶格玛发现了一个特点，
网虫虽然有诸多的贪恋习气，
然而一旦他发现没有了退路，
反而很容易放下那些执着。
但凡有一丝退路他都会耍赖，
只有把他置于死地他才能后生。

由于网虫在此时的祈请之力，
奶格玛现身对他进行了授权，
并传授他幻身修法的教诫，

告诉他当在虚拟空间中修出报身。

那网虫在此时已毫无牵挂，
他专注了全部心念进行观修。
因为中蕴身是平常的十倍心智，
很快他就化现为忿怒本尊身。

女神看到这里也连连赞叹，
说原来信心是这般重要。
虽然网虫的资质并没有多高，
但依靠信心便能得到成就。

奶格玛也说解脱的关键就是信心，
有了信心才能接通传承的电流。
只是那信心除了净信师尊，
还需要有一种清净心下的忆持。
那净信既非逻辑思维也非信任，
它更像是一种高于理性的直觉，
一种融为了一体的保任，
人们都称此信心为三昧耶誓约。

这网虫虽然没领受过教法，
但依靠信心忆起了祈请。
并且在中蕴身得到了加持，
依此威势顷刻间得到成就。
他以报身为依托，
放出了无量光明普照众生。
这又是一个崭新的缘起，

为娑萨朗的传承开枝散叶。

紧接着又要演示第三关，
女神问奶格玛是否需要休息，
这网虫被来回地折腾个不停，
看得她心中一阵阵怜悯。

奶格玛看着母亲心生暖意，
母亲的慈爱一直没有改变。
从来都是用悲心对待万物，
因此才成就了娑萨朗的过去。

于是她说："那就依母亲吧，
只是这网虫的天性有些懈怠，
因此要严格要求方能成器，
即便是休息也不能让他闲着。"

然后奶格玛勾来了网虫的神识，
先对他进行了特殊的授权，
又进一步为他开示了心性，
加持他融入了大道光明。
相当于将全部的妙法传授于他，
从此他便开始真正的悟后起修。

奶格玛看着网虫慈祥地说：
"儿啊，那所有的解脱不离心性，
无论它有多么高深的外相，
你都要始终记得如梦幻泡影。

切记不可以执幻为实，
更不能心生那虚荣和卖弄。
当去掉所有的机心默默隐修，
在无人之处默默地实修。
要中之要是在修习中不离祈请，
你的师尊才是真正的佛。
我和你的师尊本是一体啊，
千万不要有分别之心。
当你的自性融于法性的大海，
你和我们也便是同体同悲。
去吧去吧荷担起如来家业，
把那智慧的光明洒向众生。"

网虫领受教诫痛哭不已，
体内激荡着一阵阵大波。
记得当初见到师尊，
也是这样激动不已号啕大哭。
随后他又产生了另一个心思，
虽然奶格玛是他传承的本尊，
但他不知真假不敢随便确定。
他知道修行有时候会出现幻觉，
将臆想当成了真实便可能走火入魔。
所有的证量都需要师尊印证，
没有印证便没有可信的传承。

奶格玛勾摄的只是网虫的神识，
网虫本人还在另一个时空做梦。
他想醒来之后把梦境告诉师尊，

请师尊印证这是怎样的缘起。
奶格玛知道网虫心中有疑，
但她并没像对胜乐郎那样训斥。
她觉得这种怀疑并非是坏事，
对法的谨慎也是一种美德。
更何况他有他的根本师尊，
那师尊也是独步古今的大成就者。
虽然自己是网虫的传承本尊，
虽然自己与他师尊本是一体，
虽然自己直接对他授权加持，
虽然网虫也产生了种种体验，
但缘起上还是需要师尊印证，
否则便构不成完整的传承。

网虫的闯关游戏还在继续，
第二关错过便从第三关开始，
他很快又进入了第三个中蕴。
这个中蕴出现了诸多幻境，
或恐怖或诱惑林林总总。
奶格玛复原了网虫的心识，
让他忘掉了前两关的一切所得。
于是他在第三中蕴里完全迷乱，
跟寻常人做梦时没有任何分别。
他丝毫不知那梦境是习气的化现，
也完全地忘掉了中蕴的教授。

看到美女他会生出情欲，
看到财物他会贪婪争取，

看到恐怖之象他疯狂逃窜，
看到天人非天他又十分向往。
他丝毫记不起解脱的精要，
那体悟到的空性早忘得干干净净。
这就是懈怠日常修行的结果，
串习力不足临终便很难受用。

虽然他有无上的传承和加持，
但此时心生迷乱信号已中断。
于是他一次次地投胎受报，
在六道的系统里死死生生。
忽而变成和悦的天人，
忽而变成威猛的非天，
忽而变成各种肤色的人类，
忽而变成披毛带甲的畜生，
更有那地狱和饿鬼的苦难，
也出现在网虫的剧情之中。
他在那轮回苦海里跌宕起伏，
全然不知哪里才是出路。
他早已忘记了解脱之法，
浑浑噩噩地度过一生又一生。

奶格玛指着游戏里的网虫，
对母亲说："母亲呀您来看，
在第三中蕴时因为业力鼓荡，
意生身遇到的情境十分凶险。
无论是诱惑还是恐怖都很强烈，
远远大于前两个中蕴。

这网虫虽然过去也有些修证，
但真到该用时却像没修过一样。
因此切记要平日里多多观修，
忆持师尊的教诫精进不辍。"

母亲连连点头说："我记住了，
尽量在第一中有时证得法身。
然而我如果像此时的网虫那样，
错过了第一第二中有，
进入这投生中蕴又该如何？"

奶格玛说："除了苦修别无他法，
平日里必须对那观修多下苦功，
将幻身或梦境的教授常常实践。
将所有的显现都当成中蕴，
片刻也不要离开这抉择正见，
一切时刻皆安住其中如如不动。
只要有足够稳定的串习力，
了知一切皆是幻化的景象，
内心不起爱憎也不会取舍，
那么即便是投生中蕴也不会慌乱，
更不会被恐惧和诱惑拉了心去。
您再观修自己变成了本尊，
所有外境皆是本尊的净境，
那种子字发光遮蔽六道之门。
随后您还要发愿祈祷，
恳请师尊将您带往净土。
只要有虔诚的信心和足够的定力，

您定然会往生到净土不入轮回。"

奶格玛说完再看那网虫，
却见他依旧在第三中蕴里碰壁。
于是她叹口气说："瞧你真笨，
你不会祈请你的师尊吗？"
其实网虫并不是真笨，
他只是因为串习力不足，
陷入了迷乱而无法自知，
才会在第三中蕴里循环往复。

奶格玛见状再一次现身，
网虫见到了本尊号啕大哭。
他忽然忆起了所有的教诫，
方觉自己被那迷幻之境拉走了身心，
才会在轮回苦海里不断浮沉。
一想起那么多黄金岁月都被他虚度，
那么多解脱良机他一再错过，
他就懊恼不已羞愧难当。
但那段蹉跎的经历也唤醒了他，
他受够了六道的苦难，
此刻再也不留恋外境，只想自利利他。
他也终于记起要祈请师尊，
于是他再也不用本尊指点，
开始强烈地祈请师尊——
"我的恩师奶格玛啊，
请救度我脱离这恐怖的中蕴。
我愿以身口意功德供养师尊，

恳请您带我前往您的净土。”

奶格玛见状露出了微笑，
祈请接通了两人之间的信息通道。
依照那信号的连接加持，
奶格玛刹那间摄受了网虫的灵魂。
这便是中蕴身的往生教法，
密中之密是记得祈请师尊。
这同样需要平时多下苦功，
形成了串习力临终才能受用。

若是第三关未能去往净土，
便要面临第四关投胎复生。
这一关任务是遮蔽产门抉择父母，
在下一世重回人间继续修行。
这本是一个很好的方便之法，
若能熟练操作定能创造胜缘。
但众生进入投生中蕴时多有慌乱，
迷乱不已来不及选择，
就像那瓶中的苍蝇，
不明方向乱飞乱撞，
处处碰壁不定投向何处。

因此奶格玛没有清洗网虫的记忆，
她让网虫直接去体会如何遮蔽产门。
于是那网虫不慌不忙自观成种子“吽”字，
放出无量光明照耀着六道产门。
此时所有的投生光道皆被阻断，

网虫可以自主抉择往生还是投生。
因为往生的演示已经完成，
所以他在冷静放松中选择了投生。

只见他细细地考查每对父母，
看他们的心性和家世能否修行。
若是条件会阻碍他将来的修行，
这对父母就不是最佳人选。
换言之在抉择父母的过程中，
财富家世样貌都是次要问题，
一切都要以修行为衡量标准。

经过多番考虑精挑细选，
网虫终于选定一对父母。
他们虽没有高名大利和威权，
母亲还会中途离他而去，
但这已经是他最佳的修行环境。
于是他祈请智慧的授权，
得到授权后将父母观想成本尊。
将母亲的子宫观成了莲花一朵，
自己入胎后守持着光明之心。

入胎后网虫才发现投生之苦——
那种感觉好个憋闷，
所有的证量都在哗哗地退转。
那血污之气犹如漫天的雾霾，
吸入体内令人无比窒息。
本有的智慧被一层层蒙蔽，

所有的证悟都化成了烟云。
怪不得许多大阿罗汉都惧怕入胎，
他们怕一入胎宫便完全失去自我。

网虫初时还记得祈请师尊，
渐渐地那祈请之力就越来越弱。
到后来完全被血污糊住了明点，
于是地球上呱呱坠下一个婴儿。
只是那深藏在潜意识里的觉悟种子，
一直没有被血污之气消解。
只要遇到修行的机缘，
终究会生根发芽重新结果。

这就是中蕴身的虚拟游戏，
网虫几经折腾终于完全通关。
奶格玛将他的神识勾摄到眼前，
对他进行了授记并且鼓励。
说他会依此缘起证得无上成就，
为普度众生而大放光明。
还叮嘱他回去后多实践教法智慧，
在师尊教育下光大传承。

网虫受教诫无比喜悦，
他感恩师尊对自己的加持。
忽然眼前一片漆黑身体似乎坠落，
再睁开眼发现自己躺在了房中。
原来刚才只是那南柯一梦，
但那梦境似乎又无比真实。

这种梦境不知道有何寓意,
网虫思索了一会又翻身睡去。

另一个世界里女神也连连点头,
她完全领会了中蕴的教义。
随后把自己的神识放入训练场,
来回体验多次不再有疑云。
奶格玛见状也十分喜悦,
她知道母亲已有把握在中蕴身解脱。
她将与自己在法界里相融,
彼此融为一体后再也不分。
既然母亲已得到法要,
奶格玛在娑萨朗要做的事便已完成。
娑婆世界还有无量的百姓正在受苦,
那五力士也像嗷嗷待哺的孩子,
她要回到娑婆世界救度众生,
又不忍心开口向母亲辞行。
她看得出母亲对自己的思念,
也明白母亲想要亲近自己的心。
那至浓至真的情感让奶格玛分外心酸,
一时间竟泪光闪烁双眼迷蒙。

女神早已洞穿了她的心思,
她微微一笑说:"你真的长大了,
你不再是只会绕膝的小女孩。
去吧去吧去完成你无上的女神使命。
不要放不下我,无须担忧,
我已经得到了你的教法,

修你的法就可以和你相应，
我们无时无刻不在一起。

"我的女儿啊，多多保重。
虽然你已经是圆满了觉悟，
但永远是母亲心中的孩子。
度众的路上重重险恶，
你切记要谨慎照顾好自己。
不要再让我为你操心，
去吧去吧我伟大的女儿。"

说罢女神将头扭向了别处，
把快要溢出的泪逼回心中。
只是她战栗的双肩，
却泄露了她不愿言说的秘密。

母亲的态度让奶格玛哽咽不已，
有这样通情达理的母亲夫复何求？
她握住母亲的手不想再丢开，
她想永远跟母亲相依再也不分离——
哪怕那永远，其实只是当下的一刻。
她含着泪水对母亲说：
"您也是伟大无私的娑萨朗女神啊，
也永远是我最最敬爱的母亲。"
此刻拉住母亲的手，不丢开——

日月垂泪，寒鸦低鸣，
母亲的手传来依依惜别的讯息。

至亲骨肉的分离总是痛苦，
然而那痛苦中还有一缕温馨。
那是生生世世无法背离的大心，
是每个成就者既定的命运剧情。
无数个伟大的身影在历史中转身，
为的，仅仅是照亮无数个有缘的你。

于是这离别成了一场冬雪，
它会孕育一个欣欣向荣的春天；
于是这离别成了清明的雨，
它会让无数未来的参天大树破土而出；
于是这离别成了众生期待的智慧火苗，
它会烧遍整个世界燎原成智慧劫火，
点燃无数颗向往光明的心灵。

奶格玛离开的时候，
娑萨朗的天空正下着蒙蒙小雨。
那雨模糊了女神的双眼，
也坚定了奶格玛的步伐。
而其他的人们却只顾着痛苦和麻木，
没有人在意身边曾经来过一个圣者。

女神在破旧的神宫前泪目翘盼，
看着奶格玛的身影渐渐地消失。
她的心也随着那影子去了天边，
站在神宫里的只是一具躯壳。
她仿佛被抽干了所有的精气神，
那衰老的皱纹更加密如沟壑。

她萎靡不堪地回到了寝宫，
默默念诵着奶格玛的名号。
昏沉里仿佛出现一个光圈，
她又看到女儿在对自己微笑……

第四十九乐章

密集郎和幻化郎的历险仍在继续，在断头谷，他们收到了上古战神刑天留下的不少"礼物"：断头精灵、杀气腾腾的战斧、神秘的山洞，还有那即将改变他们命运的九天玄石……

第 128 曲 断头谷

奶格玛进行中蕴教授时，
密集郎和幻化郎却仍在斗嘴。
两人逃离了野人部落，
继续结伴逃向断头谷深处。

一路上密集郎颇有微词，
他说要不是幻化郎藏私，
早点拿出神奇的隐身衣，
自己也不至于伤痕累累，
精神也连受刺激，
他幻化郎根本就是玩弄心术之人，
对待金刚兄弟都不真诚。

幻化郎也自知理亏，
他知道是算计的念头让他们陷入困境。
他只好讪笑着任由密集郎抱怨。
可密集郎却没完没了喋喋不休，
终于，幻化郎忍耐不住，
爆发了他的小火山。
两兄弟刚刚统一的战线再次出现裂缝，
他们你咬我、我咬你互不相让。
但他们此时的斗嘴却不同于以往，
经历了一场共生死的战斗之后，

他们已打破了最初的隔阂。
他们不是真的动气和埋怨，
只是将斗嘴作为一种消遣，
打发行途中的单调与乏味。

走着走着，又出现了异常景象——
只见到处都是野人的尸骸，
起初还是稀稀拉拉的几个，
往前走却越来越密集。
只见死去的野人们身首异处，
还被悬挂在沿途的树上，
像旗帜一样招摇，
像旗帜一样孤独。
周围的空气中溢满了血腥味，
让人不由得毛骨悚然。

幻化郎停住脚步仔细观察，
说出了心中一直盘桓的困惑：
自己明明去的是断头谷，
为何一路上都是野人？
是谁杀死了他们，
还把他们供养了天地？
前方定然危险重重，
倒不如穿了隐身衣返回。

密集郎听完面露鄙夷，
说："你既然啥都不知道，
为何会选断头谷？"

幻化郎又是一阵脸红，
他选断头谷也是机心，
他只想找机会摆脱密集郎，
好自己独自去见野人王。
但他却不动声色，给了
密集郎另一个答案：
出发之前占卜师说过，
断头谷不断头，
惊奇处有惊喜。

密集郎闻言鄙夷更甚，
他开始对幻化郎冷嘲热讽，
说果然是惊奇处有惊喜，
先是差点成为野人的美餐，
后是观看惊悚的尸展。

幻化郎因为心里发虚，
不愿在这个话题上纠缠。
于是，他转移话题，
问询密集郎断头谷的来历。

密集郎顿时来了兴致。
他滔滔不绝，脸上
是不可一世的神色。
他说："我可不像某人外强中干，
虽不敢说上知天文下知地理，
至少几个典故还是知道一些。

"传说中那断头谷是刑天所建。
刑天是非人中的著名神祇，
因为被天帝砍去了头颅，
他以双乳为眼，
狂舞着双斧继续战斗。
他的不屈，他的勇猛，
使他成为闻名天下的战神。
从此，他化为图腾，
被绘制在战旗上，成为
战士冲锋陷阵最有力的号角。
哪里有战争，哪里就有他的身影。
后来他却马失前蹄，战败而逃。
逃至此处时与当地的夜叉女结合，
便世代隐居于此繁衍生息，
后世子孙无穷无尽，
而此地也被命名为'断头谷'。
此外还有另一个传说——
据说战神刑天败给天帝之后，
便在此地留下无数宝物，
准备在未来机缘成熟时，
再用这些财宝来建立大军，
兴起新一轮大战讨伐天帝。
他还派了诸多的夜叉守护此地，
凡有入谷者皆会被斩首。
断头谷于是扬名天下，
人们说，这里的
每一株草每一粒尘土，

都沾染了金色的光芒，
却没有人敢随意进入。
哪怕有几个不怕死的贪心鬼，
后来也都泥牛入海没了下文，
进一步成就了断头谷的恐怖。”

密集郎冷哼一声继续说道：
“我以为你是为寻宝而来，
以你的修证必定有把握。
本想跟着你分一杯羹，
没料到你也是误打误撞。
我不知道你算哪门子成就者，
但吹牛的本事却是天下第一。

“我猜那些野人是遭遇饥荒，
才来这断头谷里觅食。
没想到遭遇了恐怖夜叉，
一个个被斩首挂在树上。

“要说野人也着实可怜，
他们虽力大无穷却头脑简单。
因此处于生物链的底端，
处境比动物好不到哪儿去。”

幻化郎听完了断头谷的来历，
忽然间生起了大悲之心。
他觉得密集郎言之有理，
那些身首异处的野人，

应该就是被夜叉斩首。

正在密集郎滔滔不绝时，
尸体们突然随风晃动，
看得幻化郎头皮发麻，
再次感到这地方凶险万分。
虽说此处藏有无数的宝藏，
但为钱财搭上性命实为不值。
他再一次向密集郎提议，
不如穿了隐身衣即刻返回。

密集郎却觉得实在可惜，
他还想寻找那些宝藏。
既然来到了断头谷口，
就这样放弃实不甘心。

幻化郎闻言怒火顿生，
说："你财迷心窍要钱不要命，
人为财死鸟为食亡，
这么多野人都身首异处，
何况咱两个单薄的书生？
想找宝藏你自己去，
我可不想被挂在树上。"

密集郎听后鼻子里直哼哼，
说："你真是胆小如鼠蠢如野猪，
就算没了神通不是还能隐身？"
幻化郎告诉他，

隐身衣只能遮蔽肉眼凡胎，
那夜叉是无形的能量所化，
定然能看到无形的身体。

这一说让密集郎踌躇不定，
有心往前怕丢了性命，
想要退回舍不得宝藏。
虽然那宝藏不是他的初衷，
但在此刻，他却只想得到它们。
他从没想过用它们做什么，
他只觉得它们静待千年，
在这荒古野地里默默不语，
就为等候他的到来。

幻化郎见密集郎犹豫不定，
便朝他踢出一个飞脚，
想将他当下踢醒，
却被密集郎转移给了空气。
幻化郎说："那宝藏本是刑天遗产，
你打人家的主意便是盗窃。
别说能力不够会枉送性命，
就算唾手可得咱也不能昧心。"

密集郎闻言连连咋舌，
又见幻化郎态度坚决，
只好放弃了寻找宝藏。
他跟上幻化郎的脚步，
欲从野人谷里返回威德国。

忽然，风中传来细微的嘶鸣，
如战马呼啸，如刀剑闪动，
它暗藏着一种可怕的杀意，
二人身上的汗毛根根竖起，
寒气如利剑刺入内心。
他们同时停住了脚步，
提起警觉观察四周。
仿佛转动耳朵的兔子，
想要捕捉每一处风吹草动。

然而那丛林又恢复了平静，
密集郎于是觉得是心理作用，
或许是被树上的尸体所吓，
不自觉地有些草木皆兵。
幻化郎却感到危机四伏，
有无数暗箭正瞄准了自己。
他叫一声"此地不宜久留"，
便拉着密集郎开始狂奔。

就在抬起脚步的刹那，
四周忽然涌出了黑影。
它们发出刺耳的啸叫，
身影如鬼魅般飘忽迅疾，
忽东忽西令人眼花缭乱，
而且浑身散发着凌厉杀气。
它们在二人身前身后织出血色屏障，
二人顿时进退两难成了瓮中之鳖。

幻化郎稳住心神定睛一看，
发现它们牙齿尖利像吸血蝙蝠，
没有脑袋，
和那战神刑天一样，
乳为目脐作口，
舞着两柄可怕的大斧。
它们应该就是传说中的断头精灵。

密集郎也看出来者不善，
还被吓得呆立在原地——
他虽然也经历过凶险，
但对手从来都是人类士兵，
他从没见过如此可怖的精灵。
那无头的身躯和巨斧让他战栗，
他的大脑因恐惧而一片空白，
甚至产生了一股浓浓的尿意。

而幻化郎早已经历过各种凶险，
即使面临命难也不至于失神。
任凭眼前的魔影如蝗虫般窜动，
他的大脑仍在飞快转动寻找对策。
他知道当务之急就是伺机逃跑，
观后方的精灵汇集到前方，
后方终于出现空隙，
于是准备拉了密集郎撤离，
却见密集郎如木桩般钉在原地，
于是狠狠推他一把高喊"快跑"，

那密集郎才仿如听到将军号令，
三魂归位撒开手脚一溜烟撤逃。

二人时而分开逃跑，
时而又会集在一起。
但这些都是下意识的行为，
他们没有设计任何策略。
密集郎只听到风声啸耳，
还有自己呼呼的喘息，
他的大脑此刻已经瘫痪，
没有了任何的计谋和聪明。
他的心脏如擂动的战鼓，
咚咚咚快要蹦出胸膛。
眼前的景物也都长了腿，
它们后退得比自己还快。
他已来不及辨别路线，
只是下意识地交替着双腿。
两腿却开始沉重不堪，
他只恨自己没生就一双翅膀。

幻化郎虽也惊恐，
但他的惊恐之中仍有警觉。
他听说过精灵大多怕水，
于是边跑边寻找水源。
他也会时不时看看背后，
每次回头，
都被那群紧追不舍的断头精灵
惊出一阵彻骨的寒意——

它们就像无处不在的鬼魅，
无论他如何拼命地奔跑，
它们都寸步不离地跟在身后，
他稍有懈怠就会被它们撵上。
还有它们手中的巨斧，
那些庞然大物反射出白色的寒光，
那白光也在到处晃动，
它遮蔽了日月星辰，
织出了一张索命的大网。

突然他感到一股杀气逼近，
有一道白光正指向他的脖子。
他拼命想要逃开，
那寒气却越来越近，
已刺入了他的毛孔。
眼看那白光就要触到脖子，
酥麻的感觉瞬间流遍全身，
他熄灭了一切的希望之火，
绝望地闭上眼睛，
心想"我命休矣"。
那个刹那恐惧却消失了，
他的心中顿时空空如也。

他正在等待死亡的降临，
却遭到了另一股大力的撞击，
身体不由自主地向侧面飞去。
白光裹着寒意本已杀到眼前，
却因这突然变故而扑空——

巨斧悬乎乎擦着耳际砍过，
寒光割下他的几缕发丝。

原来密集郎刚好跑到这里，
看到前方有精灵在堵截幻化郎，
更看到那巨斧快要砸到幻化郎身上，
情急下便猛力一扑把他撞翻在地。

幻化郎睁开眼发现自己没死，
身边躺着他生死与共的兄弟，
但情势紧急不容他表达谢意，
于是他一把拉起密集郎继续狂奔。
前有堵截后有追兵，
两个人只好向侧面跑去。
忽然听到前方有哗哗的水声，
那清凉的声音此刻听来宛如天籁。
幻化郎大喜过望地喊着"精灵怕水"，
拉着密集郎拼命奔向水声传来的地方。
只见前面有一条小河，
流淌出无尽的寒凉之气。
他们英雄一般纵身一跃，
河神顿时捧上两朵浪花，
于瞬息间包裹了他们。

只见精灵们止步于河边，
都只是吼叫不再追赶。
两人知道它们果然有禁忌，
顿时产生得救的喜悦。

幻化郎见躲过了命难，
甚至开起了轻浮玩笑，
说那断头精灵如此丑陋，
夜叉女怎么能看上刑天。

然而紧张的神经刚一放松，
河水的冰冷便乘虚而入。
两人只感到浑身麻痹，
再看彼此已冻得脸色乌青。
那寒气似乎还有种魔力，
让他们直想昏睡个日月无光昏天暗地。
他们身上的肌肉像融进了黏液，
丝丝缕缕都渗出疲乏困倦。
耳旁还有女人的召唤，
如泣如诉如幽如怨，
只觉得心识都要被她勾走，
顺着那声音，
心甘情愿地踏上幽冥之路。

"不好！"幻化郎大叫一声，
他说，"这诡异的河是要命的河！
快稳住心神祈请师尊，
切勿被魔音乱了心神。"
两个人一边大声祈请，
一边连连打着喷嚏，
他们振臂挥划，
奋力向河对岸游去。

突然河中出现了异象，
妖风阵阵鬼哭狼嚎，
一个个漩涡此现彼消。
幻化郎感到身后似有怪异，
一回头见有触手伸来。
它硕大无比，上有吸盘无数，
幻化郎没等反应过来，就已被缠住，
顿时感到命能被迅速吸走，
还有毒针扎入他的身体。
他浑身麻痹动弹不得，
眼看就要沉入阴寒河底。
那边密集郎也被另一只触手缠住，
一圈圈一层层，
绕在身上好似蚕茧。
他感到一阵刺骨的痉挛，
仿佛立刻就会归阴。

此时恰好有断头精灵，
在岸上朝幻化郎投掷斧子。
锋利的大斧疾速而至，
欲把他的脑袋劈成两半。

在这生死攸关的刹那，
幻化郎爆发了最后的潜能。
顶着触手带来的阻力，
他猛然一个扭身避过斧头。

那斧头揳入了吸盘触手，
触手吃痛松开了幻化郎。
就在这千钧一发的间隙，
幻化郎抓住机会拔出斧头。

他已经顾不上观察情况，
完全凭直觉乱挥乱砍。
那锋利的斧刃如同激光，
所到之处触手纷纷断裂。
然后他救出正翻白眼的密集郎，
拖着他奋力向对岸游去。
触手却还在歇斯底里地舞动，
投入得就像迷幻中的瘾君子。
那断裂处流出的也不是血液，
而是丝丝缕缕的贪欲之气。
那诡异的景象好生恐怖，
更在水中掀起令人窒息的大波。

两兄弟像大海中的落叶，
随水一路颠簸起伏不定。
贪欲的气息已渗入体内，
各种幻觉纷至沓来，
密集郎渐渐心生绝望。

幻化郎一边稳住心神，
一边激励虚脱的密集郎——
"坚持住啊，勇敢的密集郎！
想想我们的师尊奶格玛，

想想曾经的初心大愿。
坚持住啊，坚强的密集郎！
你看，春天已来临百花在绽放，
希望就在转角处等着我们。
守住你的那口气，
让我们一起向前冲吧！"
密集郎此时已慢慢下沉，
他实在顶不住连续的打击。
他虽然得到了殊胜的传承，
虽然他的师尊已圆满无瑕，
但因为他平时夸夸其谈不重实修，
事到临头便生不起作用。
他被那幻觉迷惑了心智，
也因连续逃亡而身心力竭。
求生的意志越来越虚弱，
他已经放弃欲听天由命。

忽然听到幻化郎的喊叫，
他的心力顿时一振。
他拼尽最后一丝力气，
奋力扑腾起几朵浪花。

双脚触到河底的时候，
他的心中也突然感到踏实。
如同神话里的英雄安泰，
大地是他的力量之母，
只要双脚踩在了地上，
就无所畏惧勇往直前。

不知道究竟游了多久，
两个人终于接近了对岸。
他们互相提醒着，
不要因为喜悦而急躁，
要稳住心神守好节奏。
不要像很多人那样，
因为接近成功而过早泄气，
导致了最后的一败涂地。

就在他们相互扶携着上了岸，
脚底离开水面的刹那，
他们用光了最后一丝力气，
全身虚脱般瘫倒在岸上。
他们呼吸着略带腥味的河风，
倾听着浪涛拍岸的声音。
他们觉得自己的身体就像是棉花，
此刻正在无限地舒展。

他们的每一根骨头都在开花，
他们的每一个细胞都在放松。
但也因为毫无拘束地放松，
疼痛和疲劳从理性的桎梏中挣脱，
开始肆意地叫嚣起来。
他们觉得每根骨头都要散开，
命气也已经被抽干。
他们真想永远这样躺着，
像两具尸体般一动不动。

温暖的阳光洒在脸上，
密集郎眯起眼睛连连感叹——
"功名利禄全是浮云，
爱恨情仇皆是情绪。
啊，轻柔的风儿裹着泥土的气息，
拂过了我的身体。
我的每一个细胞都是如此洁净，
如此自在，如此清新，如此舒适。
这就是活着的感觉。
活着真好，
能活下来的我是多么幸福。"

密集郎正闭着眼睛陶醉，
幻化郎用脚蹬了他一下，
说："你个小白脸不顶屁用，
只会给老子增添麻烦。
要不是我拿到救命的斧子，
差点和你一起变成水鬼。"

但密集郎此刻却不反击，
他不愿再与幻化郎斤斤计较，
他的心中充满了温暖。
这种大难之后的生死情，
让他也感受到升华的诗意。
那是勇气信任和永不放弃，
更是能将性命相托的坦然。
于是他说："你再骂我几句吧，
我就当是疯狗在耳边吠鸣。"

两人又是一阵沉默，
仿佛天地都在酣睡。
他们没有力气斗嘴，
也没有心情计较，
他们只是在享受，
享受劫后余生那温暖的阳光。
他们知道，
自己很快就要告别这份舒适，
继续前方的征途。

那么，这一刻，
就让他们尽情地放松，
尽情地休憩身心吧。
毕竟，在他们的一生里，
这样的日子不会太多。

他们已经没有退路，
他们只能义无反顾。
断头谷啊断头谷，
纵然前方有危险，
我也不在乎；
纵然前方有宝藏，
我也不心花怒放。

过了好久幻化郎打破沉寂，
说："小白脸别再躺着挺尸了，
只要没死就得爬起来赶路。"

说完自己翻个身先慢慢站起，
对着那河水伸了个大大的懒腰。

只见河水已恢复了平静，
除了阴寒不见任何诡异。
那漩涡和触手都无踪无影，
仅剩下两人的一点记忆。

密集郎也坐起来看着河水，
呆望了一会不知在想些什么，
也许是劫后余生的感慨，
也许是对生命重新的认知。
然后他站起来抖抖身子，
仿若一条刚上岸的野狗。

他说："既然已经没了退路，
就只能义无反顾，
我们还是继续往前走。
危险也好宝藏也罢，
总之水来土掩兵来将挡。"

于是他们振作疲惫的精神，
盘点了剩余的物资。
尽管逃命时慌里慌张，
幻化郎却没丢掉战斧。
密集郎的地图也在身上，
此外还有些泡水的干粮。
他们把干粮分出一些吃下，
然后按照地图的指示继续前行。

第 129 曲　刑天的宝藏

幻化郎二人走着走着，
一个山洞横阻在他们面前。
洞口被一石门封锁，
石门上布满深浅不一的苔藓。
周围野草丛生茂密如林，
漫过头顶直刺天空。

幻化郎心中疑惑顿生，
他向密集郎询问这山洞。
密集郎却说那地图上并无山洞。
只见四周除了来时的路，
也没有任何出口。

幻化郎再次尝试进入造化系统，
想要观察此处的因缘与各方力量，
但还是不能成功。
这说明他的心中此时仍有执着，
不能做到无我功能就不能恢复。

他问密集郎那地图的由来，
密集郎说了那位老术士的事情。
谈到那位身负绝学
却穷困潦倒的老术士，

两人都有点黯然。

选择了使命的人，

总是需要付出一种代价。

然而老术士的使命又是什么呢？

假如绝学对他只是秘密，

活一辈子只为将秘密带入黄土，

他承载了那么多绝学，又有何意义？

当然，意义是个功利的词。

然而，世界却需要意义。

世界便是由诸多意义所构成的，

没有那些意义，就没有当下的世界，

也没有历史上那么多壮美的风景。

但是，对那淡泊名利坚守承诺的老人，

两人还是敬佩多于感慨。

毕竟，守着巨大的财富，

却眼睁睁看着亲人受苦，

这不是每个人都能做到的事情。

或许，这也是他的意义和必然的剧情。

密集郎又说，

他当初索要那地图，

为的只是找到精灵国的所在。

但当他细细研究那地图时，

却发现其中的信息远远不止于此——

它承载了许多来自远古时代的秘密，

时间甚至可以上溯到黄帝时代。

他不知道绘制地图者是谁，

也不知道地图是什么由来，
但通过自己丰富的知识，
他几乎已解出其中的所有秘密。

他顿了一下问幻化郎
为何会出现在精灵国，
幻化郎谈到了他在边界城的经历，
也谈到了他在造化系统中的发现。
他说黑暗力量已经波及四方，
所以他在造化系统中查阅了相关信息，
想要团结各种中立力量，
让他们加入维护和平的阵营，
至少不要成为和平阵营的敌人。

幻化郎一边说话一边挥动战斧，
三下五除二劈出一条通往石门的路。
二人越过杂草和碎石走到石门跟前，
发现那石门上密密麻麻刻满了各种图案。
其中一幅无头将军挥着双斧的图画，
记录的可能是刑天斗天帝的故事。
密集郎思考片刻忽然发出一声大笑，
他兴奋地告诉幻化郎，
这也许是刑天的藏宝洞。

这让幻化郎也兴致倍增，
起初他反对寻宝只是出于
对未知的恐惧，而现在，
山洞就在眼前，无量的宝石，

正熠熠闪光唾手可得。
于是两兄弟统一了战线，
一起研究打开石门的密码。

蹲下，爬起。
爬起，蹲下。
他们弓着腰凑在石门前不停折腾，
直到灵活的腰僵硬欲折，
直到石门上的寒气刺痛双目，
石门仍如顽固的硬汉毫不松口。

迷雾重重不知如何下手，
幻化郎不由得一阵狂躁。
他抬起脚来踹向石门，
却听到咣当一声钝响，
从身后袭来一股凌厉的气。

来不及回头，他本能地下蹲，
只听到又一声咣当巨响，
一把战斧劈在了石门上。
若是他动作慢个分毫，
此时他已成了无头之人。

幻化郎看着门上的战斧，
忽然感到整个世界都静了。
汹涌的后怕消融了念头，
只觉得内心空空荡荡明明朗朗。

他看到了密集郎惊骇的眼神，
看到了草丛里蠕动的小虫，
甚至还感受到门后的气息，
一股股能量尽在暗中涌动。
轰！再次响起惊雷！
只见那石门忽然开启，
洞里有一幅八卦图案徐徐上升。
密集郎看得目瞪口呆，
幻化郎却一把拉过他，
提醒他要生起警觉，
洞内也许会再次射出暗器。

两人等了半天毫无动静，
幻化郎探头探脑地观察。
只见黑黢黢一个大山洞，
看不清里面有什么玄机。

密集郎讪笑着说："你真行，
早知道一脚能解决问题，
就用不着费那么多脑筋。
只是要小心那飞来之斧，
弄不好就会丢了自家性命。"

幻化郎却还在明空中观察，
周围的信息纷纷涌入脑海。
他感应到了石门的秘密，
于是对密集郎说：
"就算你踹成瘸子也开不了门，

我之所以能把它打开，
也不是因为刚才那一脚。"

原来这藏宝山洞的钥匙，
并不是什么实质的物件，
也不是什么咒语，
而是一种灵犀相通的状态——
像是开启一座坚固的城，
又像是开启一颗女人心。
你只有安住于相应的状态，
能读得懂它，
它才会为你开启它的大门。

刚才那石斧袭来的瞬间，
恐惧驱散了幻化郎的所有念头。
他内心明明朗朗达成了一片，
和那石门感应以相通，
藏宝洞才会打开大门。

更重要的是，
幻化郎因此参透了死亡。
他想起那两柄飞来之斧，
若是当时他稍有迟疑，
此刻已成了隔世之鬼。
原来那生呀死呀都是偶然，
人生也不过是一种记忆。
他于是想道：
"我就当自己已经死去，

便再也没有什么值得恐惧。"
这一来他真的不再恐惧，
安住于心之明境中开始照物。
他拔下石门上的战斧，
两只手两把斧虎虎生威。
密集郎见状却连说晦气，
"你不见那些断头鬼，
无一不是这款造型。
它们双手执斧可怖也可恶，
你难道也想学习它们？
小心你的脑袋也被削去，
留在这里与它们相聚。"

这一说幻化郎觉得也对，
虽然明知道是无稽之谈，
但也不愿留下心理阴影。
有时候确实是这样，
有些缘起看起来和事情毫无关联，
但莫名其妙就决定了结果，
凡事还是多加小心为妙。

于是他将斧子留下一把，
打算将另一把递给密集郎。
密集郎却连叫后悔后悔，
"这玩意那么重拿着费力，
早知道还是让你继续提着，
等用的时候递给我就是。"

幻化郎闻言举起了斧子，
照着密集郎就扔了过去。
密集郎也并不躲闪，
稳稳地将斧子接在手中。

两个兄弟进入了山洞，
顿时感到灰尘好个呛人。
鼻子里全是脏脏的味道，
眼睛也被眯得睁不开。
还有许多不知名的飞虫，
发出嗡嗡嗡嗡的噪音。

密集郎回身捡来树枝，
掏出火折子做成火把。
原来他性格细致小心，
火折早已用油纸包好，
所以在河中也并未受潮，
此时终于派上了用场。
幻化郎说："你的物件真多，
活生生是个杂货口袋。"
两个人渐渐适应了环境，
沿着通道走了一段距离。
两边的墙壁都很潮湿，
既要小心脚下的蛇虫，
更要防范未知的机关，
一个闪失就会丢了性命。
因此他们行进得十分缓慢，
走了很久终于进入大厅。

大厅之中空空荡荡，
看不出有什么传说中的宝藏。
密集郎继续寻找密室，
但四面只有光秃秃的墙。
于是他趴在墙上仔细查看，
不放过任何一条裂缝，
像一只瘦瘦长长的壁虎。

而幻化郎却只是静中观心，
他觉得自己发生了变化。
心中过往的那诸多伤害，
此刻正开始慢慢修复——
战争的阴影、失去双亲的痛苦、
流浪的孤惨、逃亡的惊慌……
此刻，仿佛有一股无形的暖流，
渐渐愈合了灵魂伤口。
这种奇妙的体验前所未有，
自从他刚才契入了明空，
那种梦幻的氛围就包裹了他，
在那种安全轻松与明朗中，
他神通的功能也开始恢复。

幻化郎认为这玄妙的山洞，
便是传说中的圣地。
于是他不再说话，
安住在自己的境界里，
体会，品味，仔细观察。

密集郎不死心继续寻找，
找来找去仍一无所获。
不由得一阵垂头丧气，
萎坐在大厅中央一脸颓色。
他开始怀疑刑天的故事，
那宝藏的传说莫非是谣言？

幻化郎却在明空中灵光一闪，
觉得屋顶似乎绘有图案。
他抬头细看却空空如也，
刚转移视线图案又出。

如是几次他发现了规律——
那图案不能刻意观察，
必须在完全无执中观照，
无执无舍又轻轻松松，
还需要稳固如一的定力，
一旦心念波动就会消失。
那种心态很像平静的湖水，
于如如不动中映照万物。

哪怕只是生起一丝刻意和执着，
哪怕只是生起一丝妄念和散乱，
哪怕警觉的观察只是稍微过强，
哪怕心力的放松只是稍微过度，
都会影响图案的呈现，
让它或变化不定或消散一空。

那种心境如轻柔的羽毛，
那种心境似宁静的海面，
那种心境像无染的虚空，
那种心境像高清的监控。

幻化郎用了好久才得以稳定，
随即脑中浮出了清晰图像。
那不是用肉眼能看到的事物，
完全是信息在脑中的投射。

密集郎当然不知其奥妙，
他只见幻化郎呆若木鸡，
心中不由得感到奇怪：
这家伙自从进洞就不对劲，
莫非是中了什么邪门歪道的诅咒，
将魂魄丢了一半在外面？

于是他走到幻化郎跟前，
用手在他眼前晃来晃去，
嘴里还喂喂喂地招呼着，
似乎想把他从梦中唤醒。

幻化郎正在观察图案，
忽然被密集郎这般骚扰，
不由得被他从境界中拽了出来，
心中又是好气又是好笑。
他来不及回应密集郎，

生怕多说几句就会忘掉那讯息，
于是他索性把密集郎当成空气，
一门心思在地上画图案。

那是他刚才脑中的显现，
对那显现的观照既不能过强，
也不能过松。它是闪电，
转瞬即逝。它是昙花，
刹那呈现。幻化郎
完全凭借浮光掠影的一瞥，
定格了那如梦如幻的图案。

密集郎不由得好奇心起，
蹲下米看着幻化郎画图。
忽然他大叫："你怎么会精灵语，
莫非被那断头鬼附体？"
说罢举起斧子摆开了架势，
防范着幻化郎突然袭击。

看到密集郎备战的架势，
幻化郎脸上显出了惊喜，
问他是否认识这种文字，
又讲出自己进洞来的变化。

密集郎闻言连连咋舌，
说："想不到还有这等奇事。
你真应该好好地谢我，
是我把你带到这山洞。

你写的这种文字是精灵语，
我在父亲的藏书中看过。
来来来我看看有什么玄机，
希望这就是宝藏的秘密。"

说罢密集郎伸过了脑袋，
伏在地上翻译精灵文字。
幻化郎看到那直溜溜的脖子，
忽然想提起斧子将它砍断。
而且这种冲动无比强烈，
似乎内心闯进了一个魔鬼。
他赶紧念动了降魔咒语，
显出愤怒相降伏心魔。

原来他在明空中读取图案，
便与断头精灵的信息相应了。
如同在白纸上复印文字，
刑天的习气也植入内心。
并且那心态越是空白，
植入的习气也越是明显。

幻化郎走到大厅的角落里，
一遍遍祈请一遍遍降魔。
总算将植入的习气洗净，
恢复了正常后一身冷汗。

这时密集郎已翻译完毕，
说那文字是一组数字：

"0086 1389 3570 670"。
但他不明白这是什么意思。
幻化郎说这定然是宝藏的密码。
他说按惯例应该还有一个键盘,
输入了密码就能打开宝藏。
密集郎不知道什么叫键盘,
但他明白幻化郎的意思。
于是他双眼放光地问道:
"那你有没有看到那键盘所在?
找到了宝藏咱们一人一半。"

幻化郎闻言不由得发出讥笑,
那密集郎竟然想要分赃,
真是枉费了师尊的无上教授。
但幻化郎没有多说,
他说:"就咱们两个文弱书生,
金砖银砖再多又能搬得走多少?
你真是猪油糊住了心窍,
光想着要钱不顾要命。"
然而他心中也充满了好奇,
想知道那宝藏到底是什么。
更何况已经走到这里,
不继续似乎有点说不过去。

于是他又安住于明空之境,
用一丝警觉来寻找键盘。
这时却受到了莫名干扰,
清明的心境中产生杂波。

如同荧幕上闪烁着雪花，
嗞嗞啦啦无法继续深入。

那雪花还有一种刺激性，
像是通上了强大的生物电流。
幻化郎感到全身刺痒如坐针毡，
不得不退出明空之境阻断刺激。
但那隐藏的力量着实厉害，
退出之后他的身上还残留着强烈刺痒。

他告诉密集郎自己的所见，
还说那想来是刑天设置的防火墙。
因为它一旦出现自己就无法进入，
必须想办法让它消失或不再出现。
如果空有密码却找不到键盘，
就跟没有密码一模一样。

密集郎闻言也大伤脑筋，
说那肯定是识别系统在起作用。
刑天大概是想把宝藏留给子孙，
所以留下宝藏时就设定了开启规则。
符合那规则，系统就当成自己人；
不符合那规则，系统就认为不是自己人。
一旦发现来者不是自己人，
系统就会释放信号干扰脑波。

幻化郎听罢忽然灵光一现：
对啊，那雪花定然是干扰信号，

只要符合识别系统的判断标准，
就一定不会再有雪花出现。
那么，刑天的子孙有什么特征？
识别系统会以什么标准来判断？
又一道灵光闪过，
他想起进洞时自己曾手执双斧，
密集郎当时还开了一个玩笑——
"断头精灵都是这种造型，
难道你想跟它们同一命运？"
幻化郎感叹道，密集郎这小子
虽然麻烦多多欲望也多多，
但他的学养和观察力确实一流。
说不定，手执双斧，
就是刑天设置的身份标识。

于是他立刻拿起战斧，
左右各执一把，稳稳握住。
再观想以自家的双乳为眼，
脑袋则消失在虚空之中。
然后他稳定心神重回明空，
只见那雪花果然没再出现，
虚空中忽然现出了明空之屏，
而且上面果然有一个键盘。
于是他安住明空，用警觉之指，
点按出那串神秘的数字。

幻化郎按下最后一个数字时，
山洞突然发出轰隆巨响。

只见大地一顿震颤，
除了他们脚下土地固若金汤，
周围的一切全部下陷，
组成了一个螺旋台阶，
一阶阶通向了一个地宫。

密集郎见状大为赞叹，
说："真是人不可貌相，
你那尖嘴猴腮的脑壳里，
竟然装着如此的智商。"

幻化郎心中也十分得意，
他发现自从打开了智慧，
奇妙的灵感就源源不断。
只要有一个小小的触发点，
他的智慧就能生起无穷妙用。
那是一种怎样的快活啊，
空无一物又朗然光明，
没有烦恼又诗意无限。

然而只有智慧也是枉然，
还必须有密集郎的博学。
现在想想觉得真是奇妙，
虽只是误打误撞结成的组合，
两人却搭配得天衣无缝——
一个有实修实证的境界，
一个有底蕴深厚的学养。
两人合力似乎任何难题都可破解，

缺少一人便很多事情都难以实现。
每逢遇到这样的情形，
幻化郎都不由得佩服造化的力量。

再说那突然出现的地宫，
它的内里有一个房间。
房间的墙壁上有一个阴阳图案，
其上镶嵌着两颗色泽温润的宝石。

密集郎低头细看那宝石，
双眼突然放出饿狼一样的光。
他脱口而出大喊道：
"这就是传说中的九天玄石！
想不到刑大你个龟儿子，
竟然还有这般的本事！"
他的神色激动无比，
满脸赤红气息鼓荡。
幻化郎却不明所以，
问他："什么玄石？"

密集郎的声音急促而颤抖，
他说墙上那两颗宝石便是九天玄石。
传说九天玄女采天地灵气，
用一生的光阴才炼化出这两颗宝石。
它们能逢凶化吉遇难成祥，
更能调动法界的巨大能量。
其神力丝毫不弱于那空行之石，
并且没有任何的副作用。

却不知为何被刑天得到，
藏在这地宫里不见天日。

说罢他心潮起伏，
浑身都在微微颤抖。
法界至宝释放的诱惑力，
让他的心像狂风中的落叶，
飘啊飘啊没个着落，
灵魂也荡来荡去只想一步登天。

幻化郎闻言也阵阵激动，
说："这类至宝都有其特定的因缘，
莫非它们正是在等着我们两人来取？"
此时他已经完全忘记了原则，
不再把这种行为视作盗窃。
他和密集郎是同一种心思，
都觉得那宝物本来就属于自己。

密集郎指着那两颗宝石，
说："只要一粒就能让你富可敌国。"
幻化郎说不要什么富贵，
关键是那法界的大能。
他没意识到贪婪大能同样是欲望，
所有欲望都是智慧和解脱的障碍。
他此刻的心中也对那宝石垂涎三尺，
眼中也闪起了野兽般的贪婪之光。

二人商议好一人一颗，

密集郎说要同时取下,
取下之后定会有事发生,
但未知之中更有玄机。

幻化郎闻言也不敢大意,
成功近在眼前更要小心。
他的心理素质好于密集郎,
很快就恢复了平心静气。

幻化郎稳稳地把手放上去,
密集郎的手臂却抖个不停。
越是接近那宝石他越是紧张,
呼吸也不由自主变得急促。

幻化郎见状心知不妙,
更怕密集郎这样会招来祸殃。
于是他又启动了智慧妙用,
瞬间有灵感从心头浮出。

他对着密集郎突然大喊,
说小心身后的机关!
密集郎闻言一个激灵,
宝石的诱惑顿时无影。
那激动和紧张也被吓跑,
心中出现了短暂的空白。

幻化郎立刻拉过他的手指,
按在了九天玄石上。

然后说："我喊一二三,
咱们一起取下宝石!"
说罢不等密集郎反应,
便喊出了口令抽回手臂。
只觉得恍惚之间,
九天玄石已到了两人手上。
他们等待有事发生,
只是四周一片寂静。
气氛和缓一切如旧,
并没有任何变故发生。
幻化郎便嘲笑密集郎没事瞎紧张,
说他是小驴娃放屁自失惊。
密集郎却突然变了脸色,
一言不发扯着幻化郎就往外走。

幻化郎刚想问他缘由,
突然大地开始颤抖,
墙壁破裂墙皮脱落,
大块的石头从天而降。
密集郎大叫着小心落石!
但环顾四周已没了插足之地。
此时的两人只能尽量站稳,
即使眼看有落石掉下,
转瞬之间就会夺走自家性命,
他们也没有任何办法。
他们想逃逃不掉,寸步难行;
想躲无处躲,仅有立锥之地。
果然像幻化郎之前所说的,

两人是要钱要不了命了。

幻化郎此刻却顾不上反省，
那乱飞的碎石已让他应接不暇。
他惊骇地失声大叫道：
"这他妈是要活埋老子！"
却又没有任何反抗的办法。
有心想施展移形换影之术，
却因为过于紧张无法成功。
所有的神通都需要平静，
他却没有如如不动的定力。
当然，这也怪不得他，
眼下毕竟是生死攸关的危急时刻。

地宫仍在颤抖，大地仍在崩陷，
回去的所有通道都瞬间被堵死。
两人明摆着已没有了活路，
只能在颤抖中面面相觑。
"要钱不要命"这教训真是惨痛，
可他们固然认识了自己的错误，
真心实意地想要改过自新，
却不知道自己还有没有明天。

世事真是奇妙，
看起来自己得到了九天玄石，
可一旦沦为刑天的陪葬，
那宝物就要物归原主。
那么，他们真的得到那宝石了么？

他们深深地后悔也由衷地感叹，
心中更有对死亡的无限恐惧。
刚才放射贪婪之光的双眼，
此时又装满了慌乱与绝望。
那盛满贪欲的心也不再贪婪，
取而代之的，是无边的懊悔——
后悔健康时没有珍惜健康，
后悔活着时没有珍惜活着，
后悔浪费了宝贵人生，
后悔浪费了黄金般的传承……
他们曾有过无数次悔改的机会，
现如今，却徒留悔恨。

又听到轰隆的水声传来，
似乎有大水就快冲过墙壁。
但两人已没有力量生起新的恐惧，
他们已经听天由命。
既然横竖都是一死，
被埋和被淹没有什么区别。
但一想起枉费了师尊的教导，
他们就觉得比死更加难受。
于是，他们开始祈请，
一声声，一句句，撕心裂肺。
他们希望能宽解内心的愧疚，
更希望能在中蕴身时得到救度。
墙壁上的小孔越裂越大，
最后整个墙体都被冲垮。
巨大的水流漫过建筑物的残骸，

疯狂地冲向祈祷中的两人。
他们在大水的冲击下睁开双眼，
看到水中有一个奇怪的动物，
它没有四肢却眼如铜铃，
像皮球一样浮在水上，
面对着他们目不转睛。

幻化郎毕竟是身经百战，
密集郎也已经屡次遇险，
看到怪物他们不再恐惧，
无须商量便已同仇敌忾。
他们都觉得，
与其被淹死坐以待毙，
不如和那怪物放手一搏。
反正都是将死之人，
他们没有顾忌也没有畏惧，
他们已做好准备，要么光荣赴死，
要么死而后生。
于是他们在水中站定，
准备和那怪物同归于尽。

不料那怪物始终浮在原地，
并没有打算发动攻击。
它呆蠢的模样憨态可掬，
甚至让人感觉非常可爱。

洪水更加肆虐，
波涛汹涌铺天盖地，

它冲垮了密室现出一条暗河。
幻化郎顾不上思索，
拉上密集郎就弹跳下去。

这河水虽然冰冷，
却没有怪兽和漩涡，
只是水流的速度极快，
将两人冲得一阵阵眩晕。
稍一张嘴河水就灌进口腔，
他们都已自顾不暇。
两个人用尽全身的力气，
拼命在水中控制着身体。
除此之外，不知道还能如何。
事到如今就听之任之吧，
大不了一命归阴。

那怪物也一起滚入河中，
漂在水上时时跟定了他们。
虽然它没发起任何攻击，
那肥胖的身体却在悄悄地变小。
与其说变小不如说是融化，
它渐渐化成了二人的影子。

两人于暗河中漂浮许久，
才终于见到了天光。
这时已到了山谷之外，
低矮的房屋，升腾的孤烟，
庄稼，牛羊，一一展现在他们的眼前。

这是一个祥和的村庄，
跟之前的山谷是两个世界。
河水的流速也变得缓慢，
全无刚才的湍急和凶险，
平静得就像一条温顺的小溪。

两兄弟搀扶着彼此，
连滚带爬扑倒在岸边。
他们又回到人类的世界，
暂时远离了所有的凶险。

幻化郎躺在岸边大口喘气，
密集郎背靠树上两眼发直。
他们都在回想刚才的命悬一线，
他们的意识都仍在幻境中飘荡。
那生与死的刺激久久不散，
他们的三魂七魄还没有归位。

过了好久幻化郎终于回神，
说："老子遇见你就是晦气。
本来只是去精灵国谈个小事，
却险些把老命扔在山谷里。"

密集郎却取出九天玄石，
拿在手里仔细端详，
似乎没听到幻化郎的挑衅。
只见那宝石流光溢彩，
还隐隐散发出清凉的能量。

密集郎越看越喜欢，
一遍遍用衣袖擦拭上面的污渍。

幻化郎见状也把手伸进口袋，
想看看自己的那颗九天玄石，
却不料口袋里空空如也。
他身上的汗毛顿时乍起，
三魂被炸飞了两魂。
他不由得失声大叫：
"老子的宝石哪里去了？"

却见密集郎缓缓地转过脸，
说："你叫一声爷爷我就告诉你。"
幻化郎闻言知道是密集郎搞鬼，
扑上去扭住了他的胳膊。
说："你也不撒泡尿照照自己，
哪一点配当老子的爷爷。"

密集郎吃痛边笑边喊，
一阵阵开心一阵阵求饶。
他从怀里掏出另一颗宝石，
扔在了旁边的草地上。

原来，在暗河里漂流的时候，
他和幻化郎擦身而过。
忽然摸到了幻化郎的口袋，
就想跟他开一个玩笑。

幻化郎放开了密集郎手臂，
起身捡过那颗九天玄石。
它五彩流萤如美目顾盼，
说是石，它没有石的普通与平凡，
它有的全是宝的珍贵和玉的美好。
他笑嘻嘻地转向密集郎，
说："你是威德国首席大学者，
博学多闻才高八斗，
足智多谋誉满天下，
可知道这玩意的能量要如何开启？"
密集郎从那恭维中听出了他的示弱，
于是又开始了新一轮的捉弄。
他清了清嗓子说一声："哎呀，
我的后背为什么有些酸疼？"

幻化郎立刻低眉顺眼，
像一个懂事的小媳妇，
快步走过去给密集郎捶背，
还不停地问舒不舒服。

看到幻化郎终于学会了谦虚，
密集郎顿时得意洋洋。
于是，他毫无保留开诚布公地说：
"自古大道至简，九天玄石也不例外。
只要把它带在身边，
它就能给你带来吉祥。
它不像空行石那般强悍。
它不是狂风，它是春雨。

它总能于无声处滋养行者。
只要你不离不弃，
它就会生死相随。
它永远都是行者
修为增上的推动者，
是成功者背后的奉献者。"

幻化郎闻言一阵大喜，
小心地把宝石收入囊中，
又狠狠揍了密集郎一拳，
两兄弟笑啊闹啊打成一团。

打闹了一阵两人不约而同地停手，
因为他们想到了同一个问题——
既然回到了人类世界，
他们就要投入各自的使命。
使命不同分离便难免，
可心中实在不忍。
那么，他们该怎么办？

幻化郎要去拯救阴阳城，
密集郎要回威德国复命。
他们都想让对方放弃初衷，
跟上自己一起去做事。
无奈谁也说服不了谁，
道不同自然不相为谋。

两个人同时发一声长叹，

离别的伤感又涌上心头。
经过了这场生死大战，
兄弟的情义已坚如磐石。
更有那种信任和温暖，
在心中如清泉般涌动。

一时间两人都陷入沉默，
最后还是幻化郎打破僵局。
他先是咳嗽一声清清嗓子，
动了动嘴唇却说不出话语，
只是给了密集郎胸口一拳，
便转过身大踏步地前行。
他怕走慢了会忍不住泪水，
让密集郎觉得自己软弱。

密集郎也同样感到难过，
像有一团棉花堵在胸口。
他看着幻化郎的背影，
鼻子里也是一阵阵发酸。
于是他也转过身迈开脚步，
任由泪水落入脚下的土地。

暗红的夕阳只剩下半个身子，
却仍然挣扎着，
在两个兄弟身后拉出长长的影子。
傍晚的寒风再一次吹起，
花草们纷纷裹紧了枝叶。

只是那影子忽然变得扭曲，
在黑暗中露出了一丝狞笑。
像个幽灵般跟在两人身后，
摇摇曳曳散发着无穷诡异。

密集郎回到威德国之后，
并没将宝石交给威德郎。
回程路上他就做好打算，
这法界重宝要自己留着。
他怕威德郎再滥用宝物，
不能遇难成祥反而招来祸殃。
更因为自己将那宝物视如生命，
就算给个王位他也不换。

密集郎把宝石随身携带，
只感到身心一阵阵清明。
他常常躲起来独自欣赏，
就连洗澡也石不离身。
他还在衣服上做了暗兜，
时不时就要摸一摸宝石。
只要摸到那个硬硬的存在，
他心里就有无穷的安全感。

因宝石带来了诸多吉祥，
他的建议都被威德郎采纳。
威德国物资日渐丰富兵力也大增，
大大提高了威德郎势力。
于是密集郎又被加官进爵，

已经是一人之下万人之上。
他更加倚重宝石的力量，
仿佛那石头倒成了主人。
无论是吃饭还是行走，
无论是读书还是工作，
密集郎都已经无法专注，
他的心总是被九天玄石牵引。
他几乎每隔一会就要摸一摸宝石，
像是抽鸦片的人养成了瘾。

不久传来最新信息，
欢喜郎又开始了领土扩张。
密集郎仗着宝石有恃无恐，
他感觉复仇的机会已经到来。
于是他积极推动对敌作战，
一次次鼓动威德郎出击。
他觉得自己代表了正义，
是在替天行道讨伐暴君，
所以手段就可以无所顾忌。
他已经从一个和平主义者，
渐渐变成了战争狂人，
身后的影子也时时狞笑，
但是他本人却并不知晓。

第五十乐章

他们虽有着路人甲乙丙丁的普通名字，却拼命从死牢中救出了胜乐郎。从此，一段殊胜的师徒因缘开启。

第 130 曲　四武士

再看此刻的欢喜国中，
华曼和四豪客正躲在偏僻处，
谋划着营救胜乐郎的细节。
他们知道欢喜国大狱是龙潭虎穴，
如若贸然前往不但救不了人，
自家也会有性命之忧。

华曼见这四人怪模怪样，
就像马戏团里的小丑，
但言谈举止却沉稳干练，
分明有一种大师风范。
这外形与气质的反差，
让她一时间摸不清底细。

她放心不下四人的来历，
生怕营救不成将事情搞砸。
于是反复问询四个豪客，
是何方神圣有何本领？

四个豪客却始终不肯告之，
只说是武士甲乙丙丁。
叫她在序号前加个武字，
以此作为他们四人的名姓。

华曼被这种态度急得发狂，
却又对四个人毫无办法。
眼下只有他们揭下了赏榜，
她也只能对他们报以希望。

但她心中难免暗暗担忧，
怕这四人对她谋财害命。
更怕他们会垂涎她的色身，
各种恐惧让她内心忐忑。
于是她不敢逼四人太甚，
只好为救夫君赌上一次。

那四人却仿佛毫无他念，
关注点始终是如何救人。
围绕着营救制订计划，
华曼反而成了局外之人。

她只能给四人端茶倒水，
对那方案完全插不上话。
虽然她心里十分关切，
但只能坐在旁边静静地听。

那些人说的大多是黑话，
华曼听了半天也不知所云。
只是看他们表情郑重，
不像是儿戏或歹徒匪人。
于是内心也就略感踏实，

心中默默祈请奶格玛加持。

她希望奶格玛能保佑胜乐郎，
为此她愿意把身口意供养。
只要她的夫君能平安归来，
哪怕是一命换一命她也愿意。
其实她隐隐还想立个誓约——
只要能救夫君她愿削发为尼，
从此踏入空门不问红尘世事。
然而那爱情的贪执总是浮起，
这个誓约她始终立不下去。
她愿意为爱情献出生命，
却不能离开心爱的男人。

四人终于订好了计划，
这一晚他们要进行营救。
华曼的心中既有感谢，
还有一些过意不去。
连日来她一直防着他们，
可人家却始终坚守目标。
而且他们可能会一去不返，
为这场营救送了性命。
于是华曼做了很多美食，
想表达心中的感谢之意。
四人却只是吃了个半饱，
说是怕吃多了影响状态。
大事当头不要贪图口欲，
华曼闻言更感到信服。

她总想帮四个人做点什么，
他们却让她等消息即可。

甲乙丙丁的计划分为两步：
首先由武丁潜入监狱探路，
将结果飞鸽传书给其余三人，
然后甲乙丙在夜深时刻潜入，
与藏身下水道的武丁里应外合。

那武丁也真是一个奇人，
飞天遁地似乎无所不能。
八丈高的狱墙他一跃而入，
匍匐于地上时无人能察。
他四处游走查看房舍和人员，
然后凭记忆绘制地图。
就算偶尔碰上些巡逻卫兵，
也总能借灵活身手巧妙躲过。
很快那探查工作便已完成，
武丁将监狱地图飞鸽传书。
那白鸽呼啦啦地腾空飞起，
不料引起了一个守卫的警觉。
要知道监狱中并没有鸽子，
此时有白鸽上天实在可疑。
然而他来不及射下那信使，
只能通知同事们加强戒备。

他还把这消息传给了巫师，
告之今晚可能有意外事态。

巫师收到消息后兴奋现身，
急匆匆布置了新的机关。

武丁看到这一幕暗暗着急，
但他已无法再与外界联络。
只能在下水道里躲起身形，
以免守卫们发现自己。

其实那巫师早想谋害胜乐郎，
觉得杀掉此人便可一了百了。
奈何没国王命令他不敢妄动，
那御医和行刑官也无法买通。
于是他只能干瞪着眼，
心里一遍遍地诅咒胜乐郎。
他甚至希望今晚有人劫狱，
他就能光明正大地杀人。
然后凭借这功劳当上国师，
让所有欲望一夜间实现。
于是他既是紧张又是兴奋，
期待着今晚有好戏上演。

午夜时分甲乙丙三人出动，
来到监狱却发现情况已不同——
傀儡和士兵比情报中多了几倍，
大牢里戒备森严水泄不通。

武甲叹一声大事不好，
武丁也许已经暴露。

这一回情况十分危险，
不如放弃行动另觅时机。

武乙却说既然已经来到，
不如按计划潜入见机行事。
若是营救顺利便能皆大欢喜，
若是救援失败再撤退也不迟。

武丙却没有任何言语，
闷着头一个纵身翻进监狱。
他是个不懂任何变通的人，
像一台只会执行指令的机器。

武甲和武乙于是摇头苦笑，
也跟着纵身跃过了狱墙。
一个团队只要有一人坚定，
就能稳住那些摇摆的成员。

只见三人轻功极好，
身轻如燕又好似幽灵。
他们轻易地进了监狱大院，
影子般飘向了胜乐郎牢房。

尽管周围有许多卫兵，
三人也如入无人之境。
他们忽而闪避忽而纵越，
落地的时候也悄无声息。
就像那黑夜中的狸猫，

除了一双闪闪发亮的眼睛，
其他的一切都隐在黑夜里。

不过虽然他们艺高胆大，
没把卫兵们放在眼里，
却仍然感到一阵刺骨寒意，
越走越觉得此处蹊跷诡秘。
因为他们不管走得多快，
也总会回到同一个地方。
哪怕已在沿途做好了标记，
那努力也依旧无济于事。
这监狱看起来像个迷宫，
每一处构造都完全相同。
三个人来回地转着圈圈，
全然对不上武丁的地图。

他们都已经是战场老将，
明白这情况绝不是迷路。
武甲更对蛛丝马迹一一回顾，
断定必然是布下了迷阵。
那迷阵跟鬼打墙原理相同，
你走上千里也在原地打转。
武乙武丙也正在怀疑，
因为他们也感到了诡异。

幸好迷阵再精密也会有阵眼，
找到阵眼便找到迷阵的关键。
只要将其破坏迷阵便会失效，

但那阵眼往往寻常因此难找。
三人便分头行事想逐个排除，
然而搜寻很久也摸不着头绪。

因为布阵的方法多种多样，
有不同的门派也有因地制宜。
花草树木砖瓦石都可以压阵，
不是精通阵法者便难窥端倪。

空气中突然传来强大杀气，
三人寒毛倒竖打了个冷战。
定睛一看有三个黑影浮出，
一个个看起来都像是巫师。
甲乙内抽出兵器准备迎战，
黑影却形如鬼魅飘忽不定。

武甲身形迅捷突然发力，
才发现那黑影只是幻术。
它们空有其形却无其力，
只是一团团虚张声势的气。
一交手它们便化为烟云，
对三人构不成一点威胁。
只是你如若破不了那迷阵，
黑影们就会不断上扑攻击。
就像一群赶不走的苍蝇，
光是那嗡嗡声就让人恐惧。

很久之后他们终于习惯，

渐渐放下了所有的畏惧。
他们已看破那幻影的底细，
知道即使被砍也只是幻觉。
既然不会造成实质的伤害，
为何还要盲目地被其牵心？
于是他们索性不再理会，
专心致志地寻找破阵之眼。

忽然听到武甲一声低呼，
原来有支短箭刺入他的手臂。
那短箭穿透前臂骨鲜血直涌，
武甲强忍剧痛脸色已是铁青。

三人这才看清眼前的处境——
迷阵和黑影都只是障眼之法，
目的是让你心烦意乱放松警惕。
真正的武器是那些暗箭机关，
稍一晃神就给你个乱箭穿心。
若是没有幻影这危机倒也易防，
只要提高警惕慢慢寻找，
久而久之便可打破这迷局，
偏是这幻影与乱箭齐飞，
让人分不清到底谁真谁假。
以为是真却发现被捉弄，
视之为假偏又突然受伤。
这迷阵也像是善变的世事，
真真假假让人好难捉摸。
那伤人的短箭就像信号弹，

不过片刻四面八方便射出箭雨。
三人连忙抽出刀剑奋力格挡，
哪怕遇上幻影也不敢再大意。
那铺天的箭镞密集如雨，
饶是武功高强也狼狈不堪。
更可怕的是那箭雨连续不断，
三人不被射死也早晚被累死。

武甲已顾不上隐藏行迹，
他一个箭步挡在乙丙面前，
高喊一声我来挡住飞箭，
你们快找那阵眼！
然后移形换影舞出漫天刀花。

只是这招术实在消耗内力，
武甲支撑不了多久便要虚脱。
乙丙定神四望仍找不到阵眼，
急得大汗直冒却又无可奈何。

谁想那迷阵却突然消失，
坦荡荡一条大路出现在眼前。
原来是武丁听到武甲呼喊，
急匆匆赶来搭救同伴。
巫师布阵时他就潜伏在旁，
对点滴细节他看得一清二楚。
知道那阵眼不是寻常的砖瓦木石，
而是一只四肢健全的黑猫。
这种活动阵眼最是阴损，

若非事先得知则必死无疑。

武丁找到那黑猫将其射死，
又来到三人所在催促其行动。
因为阵眼与布阵者信息相通，
黑猫被杀巫师也会暂时休克。
武丁观察过巫师知道其能为，
明白只有把握这间隙才能救人。
他提醒三人此时刻不容缓，
必须尽快得手争取迅速脱身。

说罢他又自告奋勇去望风，
武丙则立刻前往胜乐郎牢房。
武甲和武乙犹豫了一下，
也随即跟上了武丙的身影。

三个人直奔到胜乐郎处，
两三下工夫就打晕了狱卒。
然后找到了相应的钥匙，
取掉胜乐郎身上的铁链。
武乙看到那御医和行刑官，
想要斩杀两人以绝后患，
胜乐郎却挣扎着一声低唤，
说："万万不可伤害好人。
这两人都已是我的弟子，
杀掉他们就跟杀我无异。"
武乙奇怪地看了两人一眼，
便收了刀子将胜乐郎扶起。

御医和行刑官此刻都有些恍惚，
他们没想到忽然之间会大难临头。
若是当初没有生起善念护持圣者，
此时的自己定然已是身首异处。
想到这里他们就像堕入梦中，
却没忘了在心中暗暗地感念师恩。

情势紧急三人来不及介绍自己，
胜乐郎也是言听计从并未发问。
然而他们四人还没走出太远，
巫师就带着大队人马前来堵截。
因为功力深厚他很快便恢复，
意识到灵猫被杀顿时怒发冲冠。
那可是他视若心肝的法宝，
非必要时他都舍不得使用，
不承想竟被几个毛贼所杀，
他恨不得将那几人碎尸万段。
于是带领众多的士兵和傀儡，
如龙卷风一般将四人包围。

只见那巫师眼中凶光闪过，
他意识到这是个绝好时机。
胜乐郎在逃命途中被击毙，
这是个多么完美的剧情。
一代圣贤以不光彩的方式陨落，
这本来就是对真理的沉重打击。
更何况这理由是如此充分，

他在奏报国王时也能气壮理直。

于是他强抑激动声音颤抖，
大喊着："越狱者格杀勿论！"
众兵士齐声发出一阵怒吼，
无数的刀光剑影卷向四人。

幸好三武士也非等闲之辈，
他们迅速组成三角阵形，
为胜乐郎筑起一道防护人墙，
并各展所长制造突围之机。

只见武士甲深深吸了一口气，
喷出了三昧真火烧向傀儡。
傀儡们来不及尖叫就化作烟尘，
忽悠悠地随着风儿远去。

武士乙掐着手诀念动咒语，
一阵阵幻术之波笼罩了四人。
那些凡人守卫只感到晕眩，
仿佛巨大的电流滚进了大脑。
头脑里吱吱啦啦地好个刺痛，
纷纷丢下了武器抱头打滚。

武士丙精通那药物之法，
只见他扬起一团团烟雾，
烟雾所至敌人无不倒地，
昏睡过去像一头头死猪。

原来那烟雾是气化的迷香，
力量强劲足以催眠大象。

三个人各自施展看家本领，
三角战阵迅速向大门移动。
那些守卫和傀儡竟无法阻挡，
只能眼睁睁看胜乐郎脱身。

那巫师一见气急败坏，
但又不敢亲自去迎敌。
他虽然神通广大法力无边，
但本质上仍是奸诈狡猾。
他喜欢把别人推上前线，
自己躲在后面坐享其成。

然而此刻已是千钧一发，
再不出绝招胜乐郎就要逃走。
眼看大好机会快要消失，
巫师顾不得伪装便现出元神。
他发誓要把握住这次机会，
将胜乐郎彻底置于死地。

这时四人已走出监狱，
忽听身后有嘶吼之声。
一道黑影箭一样射来，
三武士皆现出惊恐之色。
巨大的杀气已扑面而至，
他们明白这次不是幻觉。

武甲立刻喷出三昧真火，
武乙也发出干扰脑波，
武丙用药粉扬起了浓雾，
那魔鬼却没有丝毫损伤。
只见他发出骇人大笑，
十八只手握着各种兵器。
可怕的招数如狂风暴雨，
瞬间把四人裹在了其中。
三个武士顿时陷入危难，
左支右绌应付不来。
武甲武乙暗暗生出退意，
边打边寻找逃命的机会。
然而那魔王的攻击紧如密雨，
已牢牢将四人包在其中。
稍有分心就会陷入凶险，
只能铁了心全力应对。

忽然有一柄钢叉飞来，
武丙手忙脚乱阻挡不及。
眼看性命已是危在旦夕，
武丙使出最后的绝招。
他咬破舌尖喷血成雾，
浓浓的血雾扑向魔王。

这舌尖血有至阳之力，
能屏退一切邪魔外道。
那魔王身上沾了血迹，

果然吱啦啦冒出青烟。
魔王顿时疼得嗷嗷大吼，
通红的双眼如同要眦裂。
这时武丁也忽然现身，
他已经扫清了周边障碍，
让胜乐郎四人先行离开，
他留下来拖住魔王的攻击。

武甲武乙乘机扭身逃命，
他们已经顾不上胜乐郎，
只想赶紧保住自家性命。
那赏银虽然也很诱惑，
但此刻还是保命要紧。
两人一溜烟飞速逃离，
白花花的银子买不来忠诚。

武丙却顾不上舌头伤势，
背上了胜乐郎快步前行。
胜乐郎说那人打不过魔王，
必然会就此送了性命。
他坚持让武丙放下自己，
回去助那壮士一臂之力。
武丙舌头受伤无法说话，
索性不管胜乐郎的挣扎，
闷头背着他飞奔到城门，
却看见武甲武乙正在等候。

原来脱险后的武乙开始内疚，

为抛弃同伴感到良心不安，
也为放弃任务而瞧不起自己，
于是再也迈不出离开的脚步。
但他又没有胆量回头救人，
便停在这城门前暗自思量。
挣扎了半天还是不能勇敢，
却想到了一个折中的办法——
他说服武甲在此等候，
一炷香之后若还没有动静，
两个人再继续撤退不迟。

他想把决定权交给上天，
同伴是死是活听天由命。
但他也想要灵魂的救赎，
不想将来被内疚之火折磨。
有了这一炷香的等候，
他就有了内疚时的避风港，
他可以告诉自己他也曾努力，
并不是全然地背信弃义。
武甲本来想一鼓作气地逃跑，
但此时也感到有些不好意思。
生命的威胁既然不再急迫，
人性的光明便渐渐地回归。
他也讪讪地停下了脚步，
和武乙潜伏在暗处等候接应。

果然见武丙背着胜乐郎，
从远处渐渐显出了身形。

那武士已经是气喘吁吁，
走一步晃三晃就要倒地。
口中的鲜血也不断流出，
但他始终没放下胜乐郎。

武乙赶紧跑上去接应，
武甲迟疑了一下也迎上去。
他觉得武丙显出了自己渺小，
看他们的眼神便四处游移。
那个瞬间他甚至起了杀念，
想对三个人发起突然袭击。
这样自己的丑事就无人知晓，
他才能在江湖上继续立足。

然而毕竟是共同作战的兄弟，
这种念头闪了一下旋即消失。
他见武乙已接过胜乐郎，
便催动内力给武丙疗伤。

那武丙的伤势十分严重，
他咬破舌尖喷出鲜血大耗元气，
又背着胜乐郎一路飞奔，
此时脸色惨白命气已经不稳。
幸好武甲将内力注入他体内，
他的伤势才没有继续发展。
只是他虽然躲过了丧命之险，
武功却恐怕会从此尽失。

武甲和武乙背着两个伤患，
急匆匆跑向华曼的所在。
忽然看到前方有一队士兵，
定定地站在那里挡住去路。

武甲此时奋发了神勇，
他放下武丙便挺身迎敌。
心中的愧疚让他勇猛无畏，
要用这一场搏杀慰藉良心。
更发出了一声震天大吼，
仿佛他是顶天立地的儿郎。
无非想给那两人传递信息，
自己绝不是贪生怕死之徒。

他势大力沉招式十分勇猛，
刚碰到敌人却露出诧异，
那些士兵都仿佛木偶，
站在了原地一动不动。
武甲伸手试探性地一推，
他们便僵硬地倒在地上。

武乙也放下胜乐郎上前查看，
原来士兵的脖子上都有伤口。
那伤口呈梅花状散布，
刺入得极深却没有血迹。
显然是武丁的独门招式，
能让敌人来不及反应就已毙命。

武甲摆出了天大的架势，
却遇到这么一个尴尬结局。
他的脸上一会红一会白，
回身又背起武丙默默不语。

接下来的一路进展顺利，
四个人到达了接应地点。
那是一处偏僻的破庙，
华曼正在这里焦急地等待。

一个晚上她都没有消停，
心里像猫抓又像兔子蹬。
时不时就伸头向远处张望，
只感觉手脚都无处可放。
她恨不得自己长出翅膀，
飞到那监狱里查看情况。
又跪到布满蛛网的佛像前，
不停地磕头不停地祈祷。

她发一会愿就起身张望，
可外面除了漆黑黑就是黑漆漆。
四周安静得仿佛坟墓，
那黑暗糨糊般粘住了天地。

在这六神无主的黑暗里，
华曼的精神几乎崩溃。
她反复地祈祷反复地张望，
哪怕是一丝微风吹过，
都会像锯子般扯动她的神经。

第 131 曲　归来

在近乎绝望的错乱里，
华曼忽然听到了远处的人声。
她顿时感到气血翻涌，
像押上所有身家的赌徒，
在翻开骰盅时极致地紧张。
她既怀有巨大的希望，
又怀有巨大的恐惧，
怕不是自己想要的结果，
使她失去生命的意义。

于是她任凭如何焦急渴盼，
身子也像灌满了铅，
纹丝不动只是呆坐在那里，
等待着上天揭晓答案：
如果他能平安，自然皆大欢喜；
如果行动失败，她也绝不苟活。

这样一想她也就坦然了，
心不再慌手脚不再颤。
她屏起心神，只听到
那凌乱的脚步近了，更近了。
她甚至还听到他们的呼吸，
那是一种实在的仓惶与杂乱。

华曼的心中再次擂起战鼓，
那所在简直是一处魔境：
那里没有动作，却满是挣扎；
那里没有声音，却一片喧哗。
它让她崩溃也让她度秒如年，
但是她没有任何办法。
终于，她感觉那脚步跨过了庙门，
在向她走来。那是两个影子
背着另外两个影子。
背人者定然是武士们，
那被背的人中，
却不知有没有胜乐郎。
可她仍然只僵在那里，
不敢抬头亦不敢张望。
她将所有意念都集中于双耳，
想要听到他的呼吸他的气息。
但她听到的除了脚步还是脚步，
除了武士的呼吸还是武士的呼吸，
没有其他的声音。
她感到心一阵阵下沉。

"算了，死就死吧，
总之我会始终伴你。"
想到了死她反而变得轻松，
随后抬起眼睛看向那些人。

那个瞬间，她又感觉到浑身冰凉，

那种蚀骨的凉先是从耳朵生起，
再传到心房，
又从心房遍及全身。
哦，多么让人绝望的凉！
她的大脑里一片空白，
直觉告诉她营救失败了，
那四个影子似乎是四个武士。
她像个木头人，在黑暗的黑暗中，
注视着黑暗，她任由命运
对她展开肆意的摧残——
"亲爱的人，我的胜乐郎，
你可曾听到我绝望的呼唤！
你的心中只有旁人只有众生，
却唯独没有你自己。
但没有你自己的你，
却是我的一切。
我的夫君，你回来吧！

"我拥有你，却倍感孤独。
但我还是想要陪着你。
只要你回来，我什么都依你。
我不会再任性索要不再紧紧缠绕，
我会是你千依百顺的丫头，
我会是你温柔可爱的解语花，
我会是你前行的安稳后盾，
我会是你倦了停靠的港湾。

"救苦救难的菩萨啊，

不生不灭的菩萨啊！
此刻，我在恐惧里挣扎，
而我爱的人，则在生死线上
挣扎。求您慈悲——
我不求那汹涌的幸福，
只求夫君一生的平安！

"永恒的命运之神啊，
也请您网开一面吧！
让我的胜乐郎回来！
我愿醒着抽筋疼中剥皮，
我愿死上一百次，
只要能换得爱人多活一阵！"

那些行走着的影子进了大殿，
将背上的影子平放在地。
但华曼已经失去了意识，
只觉得眼前恍恍惚惚。
她像个木头人面对一切，
任由悲凉在生命中肆意蔓延。

但她仍在落泪，
一滴滴，一行行，无休无止。
她感到疲惫极了，
感觉自己也要死了。
她的四周是阴冷是黑暗，
它们漫无边际吞噬着一切。

忽然，她的心中亮起了一点火光，
似乎是命运之神终于点亮了火炬，
将光明送入了她的生命。
那个拿着火折的人，
是平躺在地上的影子。
他艰难的微笑像风，
吹燃了星星点点的火种。
暗红的火苗忽闪的刹那，
她看到了夫君熟悉的脸庞。

她还看到他起伏的胸口，
她还看到他满身的伤痕，
她还看到他转动的眼球，
她还看到他也看到了她。

那漫天的黑暗瞬间消散，
灵魂又重新回到了躯壳。
仿佛经历了一个世纪，
她从冰山中猛然苏醒。

她是从冰山中苏醒的女神啊，
她的心底有一片晶莹的雪花，
正上升到喉咙越滚越大，
在喉咙处滚成雪球，
再到嘴里积成了雪崩，
卷出了震天动地的哭喊，
让山河日月也为之动容。

她像一头母狮扑向猎物，
身体和情感都被惊喜的大浪冲击。
她已经完全不是她自己，
她是一只兽，一只失控的兽。

这突然而至的幸福这漫天的喜悦，
让华曼几乎失去了理智。
她的心中是巨浪冲天惊涛拍岸——
她哭啊哭啊，哭尽所有的委屈；
她抱啊抱啊，抱出满心的喜悦；
她恨啊恨啊，恨命运所有的捉弄；
她爱啊爱啊，愿相亲相爱一辈子。

她已经完全失去了记忆，
只感到脑中一阵阵大浪掀起。
那些大浪卷起了狂潮阵阵，
眼前的一切都变得虚虚蒙蒙。

终于那浪花渐渐地小了，
理智也渐渐地收复失地。
眼前的景象又渐渐地清晰，
她看到别人惊骇的眼神。
她还觉出胳膊一阵阵剧痛，
原来自己被武甲武乙紧紧拉着。
两个壮汉已累得气喘吁吁。

随着理智回归大脑，
她身上的力气也倏然无踪。

她一下瘫坐在地上，
瘫坐在满地的泪水里。

那两人松开了华曼的胳膊，
一边擦汗一边心有余悸。
这女人发起疯来简直恐怖，
早知道应该让她去劫大狱。

胜乐郎的面容却依旧慈悲，
看华曼的眼神更充满怜爱。
他尽力伸手将她的手轻轻牵住，
一股柔和的爱意传递开来。

两个人就这样不言不语，
可那大默之中，却有着千言万语。
生离死别后再重逢，
那情感早已超越了所有言语。

连那武乙都不由得转身，
或许他也有类似的故事。
他走出庙门看着天上的月亮，
静静地想着自己的心事。

胜乐郎仔细问询华曼，
这四人究竟是何人。
华曼回答是甲乙丙丁，
是从江湖上请来的豪客。
其余的讯息她也不知，

他们一直都神神秘秘。

忽然华曼想起了什么，
爬起身来对着三人磕头。
额头砸得石板嘣嘣作响，
很快就洇出了一片血迹。

武甲上前扶起了华曼，
武乙留在胜乐郎身边照料。
武丙伤重仍然在残喘，
他仿佛已经失去了武功。

胜乐郎感谢救命之恩，
又问起壮士高姓大名。
那三个武士只是微笑，
并不说出他们的底细。
胜乐郎也没有继续追问，
他一向随顺别人的意愿。
于是他不再说话，拉过华曼的手，
斜靠在她身上闭目养神。
华曼心中一阵阵感动，
心里涌动着浓浓的爱意。
她像慈母看着心爱的儿子，
眼里是无尽的怜爱与疼惜。
她轻轻抚摸胜乐郎身上的伤口，
摸着摸着又泪流满面。
那些伤口纵横交织，
像罗网般割在她的心上，

那令人窒息的钝疼，
让心几乎要碎裂。

于是她又生出了熊熊怒火，
恨不得让欢喜郎同样身受。
胜乐郎感知到她的心思，
便连连宽慰她息灭仇怨，
忍辱宽恕是行者之德，
不必与仇恨纠缠种下恶念。

武士们也劝华曼熄灭怒火，
带上胜乐郎远走高飞。
胜乐郎接着宽慰华曼，
说自己只是皮外之伤很快就好，
何必又去涉险更徒添罪恶。
随着沸腾的情绪渐渐冷却，
华曼也意识到自己的冲动。
她答应胜乐郎自己不会鲁莽，
又轻轻抚摸着他的头发，
恨不得将满腔爱意化为甘露，
为他消去肉体上所有的创痛。

执行劫狱计划之前，
众人就已经想好了后路。
若是全军覆没自不用说；
若是能救胜乐郎逃出生天，
他们便打算离开藏身的庙宇，
到一处更安全的所在休整，

以便彻底甩掉跟踪的欢喜军。
于是五个人休息一会儿，
便整装前往藏匿之地。

五人刚刚到达正在休息，
武士丁大步流星走了进来。
幸好藏匿地点是预先说好的，
他才能找来这里与众人会合。

看到武士丁能逃出生天，
胜乐郎心里很是高兴。
在之前的恶战中，
武士丁的表现相当英勇。
无论前方多么危险，
他总是一马当先冲锋在前。
即使面对凶恶的魔王，
他也没有退缩胆怯。
再加上经历了那样一场恶战，
他却能毫发无损全身而退，
这说明他的本领非同一般。
胜乐郎对他又是感恩又是钦佩，
见他到来便作了个揖说：
"承蒙壮士舍命相救，
这大恩大德令我不敢忘怀。
可否告知你姓甚名谁，
今后我日日里为你回向祈福。"

武士丁闻言微微一笑，

说："大德你无须过于介怀，
我是风神后代，
天生有超强的自愈能力。
即使中刀中箭受了伤害，
也会马上复原如初，
如同快刀砍不断微风，
利剑划不开虚空。
任那巫师魔王有拔山之力，
也奈何不了我半分。
因此本就没有舍命一说，
你也不用将此事放在心上。
能为救你出一份力，
本就是我的福分。"

胜乐郎闻言若有所思，
他猜到了四个武士的因缘——
他们可能是法界的地水火风，
自己已成就必有大势，
陷入危难法界必会救援，
他们大概就是那救援大力的载体。
但因为身体虚弱无法凝神，
明空中显不出四武士的身份。
他无法确证自己的推断，
便不去点破这个秘密，
且由了他们自来自去。

这时武士甲提出要离开，
他要求华曼按约支付佣金。

华曼希望他能继续保护,
武士甲却认为已牵扯太深,
不愿再蹚这一摊浑水。
见他如此坚持华曼便不再劝说,
如约支付了说好的赏金。

其实这更多的只是说辞,
真实原因是他不愿面对丙和丁。
之前他和乙舍弃同伴临阵逃跑,
这经历让他如芒在背如鲠在喉。
就算那两人并不在意,
他也无颜与之继续共事。
他决定今后要独闯江湖,
把这段丑事永远埋在心中。

武士乙和甲有同样的心思,
他也为自己的行为感到耻辱。
他甚至不敢看丙和丁的眼睛,
只想快点离开此地。
令他略感安慰的是,
自己并没有完全不顾同伴,
好歹在关键时刻停住了脚步,
这成为他今后灵魂的慰藉。

拿到赏金之后,
甲和乙对望了一眼,
然后把目光移向别处,
心照不宣地分道而行。

他们没有说道别的话，
没有送上彼此的祝福，
也没有说自己想去何处，
而是飞也似的融进了夜色。
他们希望那无边的夜色能淹没一切，
连他们那颗愧疚的心也一并吞没。

胜乐郎目送他们离开，
并且在心中为他们祈祷。
他知道二人为何这样匆忙，
但他的眼中无一个不是好人。
即使对方缺点再多，
在他心里也是瑕不掩瑜。
何况甲乙二人还懂得自责和愧疚，
可见他们还有救赎的希望。
于是胜乐郎在心中祈请，
祝福他们日后得到解脱的胜缘。

一切都结束之后，
周围恢复了平静和安详。
但这离别的一幕，
却让武丁的心中泛起种种伤感。
他并不怨恨兄弟的抛舍，
他只是可惜了这段情义。
于是他向胜乐郎发问：
"请大德开示鄙人，
这世间的人性是善是恶？
这世间的情感该舍该得？"

胜乐郎说一声善哉善哉，
这世间的人性有善有恶，
这世间的情感不舍不得。
这世间的因缘如梦如幻，
这世间的万物非有非空。

武士丁闻言默然不语，
他在静静地参悟偈言。
忽然他对胜乐郎埋头便拜，
欲请胜乐郎收他为徒。
他说："我在这世上漂泊半生，
见过了繁华与冷寂，见过了富贵和贫穷。
我有过最美的爱情，也有过最惨痛的离别。
我享受过帝王的福报，也饱尝过乞丐的卑苦。
但我的心却始终在飘荡，
如风中的落叶没个归宿。
恳请大德摄受我这颗心，
让我的灵魂能有所依怙。"

胜乐郎看着他笑而不语，
只是轻轻拉过了他的手。
他想起当年，
卢伊巴也是这样拉着他，
将一阵阵柔波传向稚嫩的他。
而此刻，
他又像卢伊巴那样拉着武士丁，
将一波波柔意传向他，

将内心的慈悲传向他，
将觉悟的心印传向他。
这一刻，
他们的心结下了生生世世的盟约，
他们成了生生世世的师徒，
他们达成了一体。
这是智慧之火的传递啊，
这是大慈大悲的呈现。
武士丁沉浸在一种巨大的感动里，
他跪倒在地泣不成声。

华曼心中却生出一丝忧虑，
她并不乐意胜乐郎广收门徒。
不论是男徒还是女众，
都会牵扯胜乐郎的精力，
给他带来无穷的麻烦，
挤占他宝贵的生命空间，
让他难以享受自由的清净。
可这几个人对他有救命之恩，
何况收徒也是度众的一种，
她便不好意思反对。
转而将目光投向了武士丙，
发现他受伤严重虚弱不堪。

武丁刚到此地就注意到丙的伤势，
他知道丙的小命或可保住，
那武功却恐怕注定要尽失。

但他不忍言明，只是轻轻上前，
问武丙情况如何。
丙的脸上露出一丝苦笑，
然后摇摇头闭上眼睛。

丁的心里很是难受，
虽然丙没有出言回答，
但那无奈的表情已说明了一切。
丁知道自己没有猜错，
他明白丙此时的痛苦。
于是他沉默了，没再开口。

对他们这些豪客来说，
武功就是一切，重逾生命。
丙定然宁愿丧失生命，
也不愿像现在这样，
失去行走江湖的资格，
变成一个……废人。

一想到这个词，
武丁的心猛地一颤。
虽然他过的是刀尖上舔血的日子，
但他从来没有想过，
自己会有失去资格的一天。
他不敢想象，
若是此时躺在地上的是自己，
若是变成废人的是自己，
他会如何？

当然，他是风神的后人，
他有先天的自愈能力，
他不会有这样的一天。
然而，谁知道呢？
这个世界总有太多的意外。
智者们名之为"无常"。

武丁正想着自己的心事，
却听到胜乐郎一声感叹，
他说："没了没了随它没了，
好了好了就此好了。
那武功既是救人的道具，
却也是招惹祸患的根苗。
如今它离开了这个皮囊，
你从此就不用再担惊受怕，
不也是好事一桩吗？"
他顿了一下又说，
"既然江湖风雨已与你无关，
何不跟上那觉悟的智者，
一起看世上的潮起潮落？"

武丙闻言一愣，
智者的一席话如同暴雨，
哗啦啦瞬间清洗了灵魂的天地，
只剩下白茫茫一片好个干净。

于是他也被胜乐郎摄受，
发愿今生跟随其左右。

胜乐郎微笑着伸出另一只手，
一手牵一个宿世因缘的弟子，
走向大愿和担当，
也走向未知的未来。

武士丙虽然失去了武功，
但他的医术高明医德深厚，
他开出了药方让武丁去抓药，
外敷内服很快便得以康复。
只是他常常独自静坐，
望着天空怀念当初的武功。
他还放不下那飞檐走壁，
更放不下心中的英雄之梦。

胜乐郎也在丙的悉心调理下，
一日日地恢复健康。
华曼见状喜不自禁，
终于默认了这两个徒弟。
她常常洗些水果送给丙丁，
眉眼中透出师娘的温馨。

每到夜晚的时候，
她就偎依到胜乐郎身边。
她再也不想经历任何磨难，
只想陪他静静地走完一生。
她更贪图这一刻的宁静，
害怕下一秒又有变故发生。
她已经隐约感到了不安，

知道这宁静的日子不会太长。
她太了解眼前这个男人，
他是个圣人早没了自己，
他从不考虑自己想过什么日子，
全部的生命只为照亮众生。
于是她像个小鸵鸟把头埋入沙里，
不再去想那些未来的麻烦。
她想好好享受这一刻的陶醉，
安静地酣睡在爱人的怀抱之中。

有天胜乐郎和华曼一起去散步，
走在苍茫辽阔的原野上，
空中时不时有雄鹰飞过。
华曼说："我来给你讲个故事吧。"
胜乐郎说好。

华曼说了一个小男孩的故事，
他聪明绝顶悟性非常，
他感情丰富充满诗意和生命的激情。
他喜欢收集美丽的石头，
一颗颗晶莹剔透如闪亮的星。
它们有的起初并不起眼，
甚至裹上了厚厚的尘垢，
可在他的手里，
最终都变得光彩夺目。
他收集过好多石头，
他从不刻意寻找，碰到了便是。
但他也在心中隐隐寻找，

那一颗属于他的独一无二的石头。

终于有一天，那颗石头出现了。

它虽美丽却有棱角，

它虽莹润却有垢甲，

但它能感应他，随着他的心而变换色彩。

他一次次地打磨它，

甚至被棱角剐伤了手，

一时的失望下，他还想过要将它放弃，

但他爱它。

于是，他一日日地打磨，

它也渐渐变得顺手称心。

他充满了成就感和幸福感，

如获至宝一般。

但他的生命激情让他无法停止，

一旦身边的事物呈现顺流状态，

便让人既感觉恬淡又觉出些许无聊。

不喜欢折腾的他，

流淌着折腾的血液和激情。

他当然不想寻找新的独一无二的石头，

独一无二已然成为独一无二，

再出现的都不再是独一无二。

他当然也不想他的至宝重新长出棱角，

好使他重新被挑战受折腾，

可那份柔顺的包围，也会偶尔令他不耐烦。

未完成的，永远是最美呵！

对于天上的雄鹰来说，

寻找和捕获的过程，
才彰显出一只鹰的生命力。

鹰也是诗人呢，
那份寻找或等待，那份紧张与悬而未决，
甚至那份遗憾，
虽令它不那么舒适，
可也让它激情满满。
诗人就是这么矛盾，
鹰，小男孩，或是脱尘的智者，
都有着猎人的基因。
这是猎人的宿命。

聪明的小男孩凝视着他心爱的石头，
心中豁然产生了另一种想法：
从前的自己专心于收集石头，打磨它们，
并等候自己最想要的那个，
而今愿望已经达成，
为何不换个新的方式？
再也没有寻找与等候，
也再也没有找到与完成。

他只是带着他的石头，
去看这世界不同的风景，
展现自己不同的面相，
欣赏自己的心在那石头上投射的光彩。
他不需要通过被石头的棱角划破时的疼痛，
去感受自己对它的爱与付出，

也不需要通过偶尔摔一摔它让它疼痛，
来感受它对自己的依恋和深爱。
当然，如果他觉得实在无聊，
石头愿意和他玩捉迷藏游戏，
或者干脆给他头上砸出个包。

胜乐郎听到这里突然问道：
"你什么意思？你想造反是不是？"
华曼扑哧一笑，搂紧了他的腰。

然而幸福像天上的流星，
虽然耀眼却总是很短暂，
胜乐郎果然又开始了规划，
准备重新踏上命运的舞台。

眼见欢喜国已无法居住，
威德国也不是心中愿景，
胜乐郎决定回到阴阳城，
收拾卢伊巴留下的残局。
毕竟是自己的授业恩师，
不能让他的传承就此断裂。
纵然前方有千难万险，
他也要默默地挑起重担。

华曼这次也欣然同意，
经历了那些生死离别，
她已经接受了命运的安排。
她明白既然选择了胜乐郎，

就要承受他的一切。
如果未来有什么磨难，
就让他们一起面对吧。
生生死死无非是泡影，
能守在他的身边自己已十分满足。
他决定入宫做国师也行，
他想收徒弘法也无所谓，
哪怕是去那刀山地狱，
她也会收拾了行囊一笑同行。

师徒四人前往阴阳城，
沿途遇到了很多难民。
到处都是残缺的肢体，
到处都是哭泣的孩童，
到处都是饥饿的瘦骨，
到处都是倒毙的殍尸。

勉强活着的人也不好过，
他们的眼神暗淡无光，
他们的表情麻木冷淡，
这是被痛苦折磨到极致的人，
特有的样子。
他们荡漾着一股浓浓的死气。
仿佛他们已不是活人了，
只是僵尸或者动物——
不，他们虽然是万物之灵长的人类，
却像是尘埃一般地活着；
他们虽然有着思维能力和自我意识，

却比动物更不自由。
这悲惨的世界哪里是人间啊，
活生生是另一个阿鼻地狱。

眼前之所以有如此惨状，
据说是因为欢喜郎四处征战，
于是四野之内无不生灵涂炭，
无数百姓妻离子散家破人亡。
悲惨景象刺伤了胜乐郎的灵魂，
欢喜郎的暴虐也让胜乐郎叹息。
他已感觉不到自身的伤痛，
一心只想竭尽全力地帮助难民。
他财施、法施和无畏施，
让诸多难民都能离苦得乐。
而他身上那种强大的摄受力，
还有那无我无私的行为，
也感染了无数的百姓。
他们派粮的时候，
并没有出现常见的哄抢和骚乱。
百姓们虽然站在油锅里，
却始终敬畏着心中的圣贤。
又或许，正是因为他们站在油锅里，
才会把圣贤看得那么神圣那么重要。
苦难的生活更需要精神支柱，
慈悲的胜乐郎突然带来甘霖，
就变成了他们生命的图腾。

因总能感化一方百姓，

胜乐郎的追随者越来越多。
他们自发地组成了队伍，
扶老携幼地跟着胜乐郎前行，
向阴阳城走去。
他们不管那所在是不是天堂，
只要在圣者身边，就是天堂。

因为长期挨饿缺乏营养，
那些追随者的身体非常瘦弱，
但他们眼里都闪现着人性之光，
让这支队伍显得空前强大——
他们懂得了互爱互助，
他们明白了长幼尊卑。
他们即使自己饿着肚子，
也会把食物拿出来跟大家分享。
不会再像一群抢食的野兽，
去欺负那些跟自己一样悲惨的人。
他们终于有了人类的心灵，
那一颗颗闪耀着大善之光的心，
是黑暗里亮起的一盏盏明灯。

他们又到了瘟疫区。
这里也是一片尸横遍野的景象。
无数的百姓流离失所，
无数的病人正在等死，
无数的眼神中写满了痛苦和绝望。
胜乐郎心痛不已泪流满面，
他自己好像就是那无数的母亲，

那无数被瘟疫折磨的孩子，
那无数将死的病人……
受灾百姓的痛，正实实在在地
痛在他的心里。

胜乐郎总是这样，
他总在别人的病里疼着自己。
于是他请武士丙多采草药，
在路边熬药粥施给百姓。
他如同对待自己的父母，
迫切地救治每一个病人。
那些追随者也纷纷出力，
做着微不足道却力所能及的事情。
正是这一件件小事汇聚成河，
给法界之善火不断加薪。
他们也因为这些善心善行，
完成了从人性到神性的升华。
他们不再是一群饥饿的难民，
而是一个个心怀仁爱的圣徒。

但医药少患者多，
无数人蜂拥而来，
他们每天要接待千百之人。
胜乐郎顾不上身体虚弱，
他咒井咒水更咒食物，
让那些食水承载治病的能量。
再教以"奶格玛百字明"净障，
有诸多百姓得到痊愈。

然而他自己却劳累过度，
倒在了床上一病不起。
华曼寸步不离地精心照料，
百姓们纷纷对她顶礼膜拜。
他们说这女子定然是智慧女神，
她身上也承载了伟大精神。

华曼却有些心虚地一笑，
她想起自己过去的狭隘。
然而世界并不在乎她的历史，
只看她当下贡献的价值。
百姓们对她的尊敬和爱戴，
也激起她心中伟大的向往。
于是她常常在无人之处忏悔，
又发愿生生世世要奉献众生。
她心中终于有了超越爱情的存在，
那是一种崇高无我的精神。

不久之后，很多百姓开始求法，
他们都希望胜乐郎能在此地弘法。
虽然他们饥肠辘辘衣不蔽体，
虽然他们心里有诸多的习气，
虽然他们脚上有厚厚的泥土，
但他们终于升起了向往。
他们不再满足于单纯地活着，
他们想要追寻更高的理想。
他们也想知道升华的秘密，

他们甚至想实现真正的超越，
他们把胜乐郎当成了榜样。

胜乐郎见因缘已经具足，
或者说自己已经被因缘裹挟，
但具足也好裹挟也罢，
这些百姓都已是他的眷属，
于是就让武丁安排快马，
说自己要去面见师尊，
为这些百姓求一个胜法，
希望能简单明了又效用广大。

临行前他安排华曼照顾百姓，
让他们一边休养生息一边持咒。
那句"奶格玛千诺"是无上妙法，
无论老弱妇孺皆可受益。
上根之人再传以妙法，
让他们勤修生圆二次第。
武丙和武丁则随他远行，
面见奶格玛再求胜法。

华曼见胜乐郎又将远去，
虽然担心但并不阻拦。
她已经完全融入了信仰，
不再是一个执于爱情的女子。
她细心地收拾好行囊，
又对着胜乐郎好一通叮嘱。
虽然泪水时不时要涌出，

她的脸上却始终挂着笑容。

直到胜乐郎的背影渐渐依稀，
她才转过身任由泪水流淌。
那个清晨风儿吹过草地，
也吹出她满心的惆怅。
但她没有沉浸在小情绪里，
因为身后的百姓如嗷嗷待哺的婴孩，
正等待着她去照料。
于是她抹干眼泪挺起胸膛，
教导百姓们进入解脱之门。

日复一日地教授，
成了她独有的等待方式。
她知道，
做好郎君交代的事，
效仿郎君做个无我利众的人，
便是跟郎君在一起。
她愿意在这一天天的接近和升华中，
静静等待她的郎君踏月归来。

第五十一乐章

为了壮大自身实力，欢喜郎将贪婪的目
光投向了那些小国。欢喜国的军队，如不知
餍足的老饕，一口口地吞灭沿途的小国。不
过，总有些不甘就范的猎物……

第 132 曲　黄雀在后

胜乐郎去金刚座面见师尊的时候，
欢喜郎正在宫中谋划新的战事。
他的面前摆着一张地图，
大部分版块都是欢喜红色，
只有小部分版块是威德黑色。
然而那黑色的区域正在扩张，
红色的地盘正被逐步蚕食。
欢喜郎看得眉头紧锁忧心忡忡，
瞧那扩张势头，威德郎
分明成了吐哺的周公，祈求天下归心哩。

欢喜郎知道星星之火可以燎原，
也知道千里之堤毁于蚁穴，
更何况那威德国越来越强盛，
粮草和兵力都在不断增加，
早就是一个不可小觑的敌人。
他心想，必须要做点什么来遏制威德郎，
于是他将目光投向了阴阳城。

看到阴阳城心中不免恼怒，
他又想起上次在那里的遭遇。
当时他被胜乐郎挟持好个狼狈，
只能眼睁睁看着不共戴天的敌人逃走。

然而谋略不是个人的情绪，
每一个布局都有政治意图。
威德郎已经驻兵在城外，安营扎寨了，
虽然名义上是在保护阴阳城，
实际上却是醉翁之意不在酒——
那威德小儿的野心，路人皆知。

坚决不能容忍这种"保护"。
不能！欢喜郎咬牙切齿地想。
他决定先发制人调动宣传机器，
谴责威德郎此次的军事行动。
他要带头声讨威德国的狼子野心，
然后再顺势扛起正义的大旗，
他要以匡扶正义之名出师。
若能击败威德郎的军队，
他就是螳螂和鸣蝉背后
最有智慧的那只黄雀。

这天下的事情好个有趣，
每个人都能找到正当理由，
以无数的义正辞严，
酝酿出一个个血流成河的惨剧。
欢喜郎定好了阴阳城战略，
又将目光往后方延伸。
最近自己穷兵黩武，
储备的物资也飞速消耗。
虽然欢喜国看起来仍是庞大的巨人，

但内里其实已入不敷出狼狈不堪。
他想宰几只"羊"补补身子，
滋润一下欢喜国饥饿的肚皮。

他把目光锁定于后方的许多小国，
他们都是欢喜联盟的成员，
迫于威势须年年向欢喜国进贡，
以求能保得自家平安。
这像极了那些黑社会团伙，
在势力范围内收取保护费。

然而欢喜郎是一个政治家，
他从不在政治中融入情感。
他的眼里没有盟友，
所谓的盟友都是圈里的肥羊。
平时可以剪剪羊毛补贴家用，
一旦遇到饥荒饿着了肚子，
还可以宰杀几只祭那五脏庙。

虽然这样做他会名誉受损，
但相比生死存亡的大局，
牺牲些小节也在所难免，
更何况这世上从不缺借口，
所有的规则都任由强者制订。
就算他把道德砸个稀烂，
事后只要开动宣传机器，
也能很快塑造出新的光环。
反正群众们总是健忘，

更容易被欲望和情绪裹挟。
他们本质上不过是群牛羊，
被人蒙上了眼睛任意驱赶。
欢喜郎深谙这种手段，
更深谙丛林里的生存法则。
因为他看透了世界的真相，
便不会对任何人抱有幻想。

终于欢喜郎选择了卫星国，
他想以卫星国作为跳板，
进攻其后方的蛮夷国。
蛮夷国物产丰饶矿藏丰富，
简直是欢喜国的天然仓库。

定好了扩张的战略计划，
欢喜郎合上地图闭目养神。
而他的脑海里，却一直浮出
胜乐郎的双眼。它们深邃如海
无有边际，散发出一晕晕
柔光让他良心不安。

此后又过了几日，
欢喜郎集结了军队，
并开动了战前的宣传，
向百姓陈述卫星国的种种罪状。
还说自己要兴起仁义之师，
讨伐卫星国替天行道。

卫星国的国王听闻消息，
心中满是无尽的鄙夷。
说狼吃羊本是残酷的现实，
何必找那些虚伪的借口。
他虽然明知道自己实力薄弱，
但也不愿意束手就擒。
他要变成一块难啃的骨头，
竭尽全力让敌人付出代价。
因为他也深谙丛林的法则，
知道狼吃羊的故事屡见不鲜，
狼吃蛇的事情却鲜有耳闻，
如果损耗高于战争的收益，
欢喜郎就可能放弃侵略。

于是他也在国内展开动员，
一波波宣传要保家卫国。
他眼里的国家其实是自家，
百姓只是他豢养的牲畜。
平时他给百姓们喂些食水，
给他们粘贴忠诚复国的标签，
还树立典型，树立
民族英雄的榜样，
让他们死心塌地地保卫自己。

如果有人要来抢他的地盘，
他就把所有的牲畜都赶上战场。
造成血流成河的惨剧也没关系，
反正有一个保家卫国的光环。

那光环变成了巨大的口袋,
把所有的血泪都装入其中。

卫星国的百姓也开始沸腾,
无数的游行浩浩荡荡,
无数的口号响彻云霄,
激情澎湃的青年们都在高喊——
全国百姓团结起来啊,
誓死抵抗侵略者的暴行!

于是他们进入了战备状态,
挖壕沟建工事生产武器。
男人女人们都挥汗如雨,
老弱妇孺也一齐上阵。
宣传队纷纷深入到一线,
编歌编舞鼓动所有民众。
平时如一盘散沙的百姓,
在共同的威胁下空前团结。

卫星国在边界重兵设防,
建造了极其坚固的城池。
层层的工事编成了罗网,
就等着将欢喜军绞成肉泥。

欢喜郎看到敌国的举动,
心中不由得冷笑一声。
这些情况他早就料到,
起兵前就已想好了对策。

他像翱翔天空的老鹰，
笑看母鸡在地上扑腾。

这一日欢喜国正式出兵，
军队浩浩荡荡接近了两国边境。
凛冽的寒风如同刀刃，
削得整个世界面目全非，
欢喜国军队却逆风而行，
于尘土飞扬中，无数人
用手遮住了眼睛。

军中的谋士前来进言，
说天气不好不利于我方，
请国王考虑暂停行军，
留在原地先扎寨安营。

欢喜郎没有立刻回答，
因为他的心中有另一种打算。
虽然他亲自带领士兵出击，
但这其实只是一支佯攻的部队，
真正的主力他安排在别处。
这支部队的作用是吸引敌方注意，
并且消耗敌方的一部分战力。
他们只是战争的牺牲品。
为了战争的胜利，
欢喜郎甚至把自己当成了诱饵。
他是丛林里最优秀的猎手，
深知不入虎穴焉得虎子的道理。

欢喜郎此时的沉默，
是因为心中有了一阵阵犹豫。
他看着眼前那些年轻的面孔，
知道他们几天后就会成为战争的炮灰，
而他们自己却毫不知情。
欢喜郎忽然有些于心不忍，
他觉得这些年轻人也是自己，
他们也有父母也有妻儿，
他们也会感到疼痛和恐惧……
多年以来，欢喜郎已很少
再有这样的惆怅和情绪。

自从他当上了国王，
指挥军队打了几场硬仗，
他的感性似乎就被冷冻。
他眼里的士兵都只是耗材，
只是一堆血肉再加上一堆念头，
和那些粮草物资属于同一类物事。
欢喜郎感觉不到他们的温度，
更体会不到他们的喜怒哀乐。
他像一个没有情感的机器，
把整个世界都当成了工具。

但胜乐郎启动了他的另一种程序，
他心中的柔软正在悄悄地复活。
他终于把士兵看成了活人，
却仍然不得不亲手将他们送上绝路。

那一张张生气蓬勃的面孔，
那一声声高昂嘹亮的歌声，
那单纯又狂热的忠诚，
让他的心一阵阵疼痛。
他无颜面对这些鲜活的生命，
因为在那份长长的死亡名单上，
他早已填上了他们的名字。

命运安排他当了国王，
但他只是一片随风飘泊的落叶。
他更是小偷和强盗，
是最不能通情达理的那个人。
他总是厚颜无耻地
干着生杀予夺的勾当，
目的仅仅是为自己的野心铺路。

此刻，他也想停下来安营扎寨，
让这些年轻的生命多呼吸几次，
他甚至想取消这一场战争，
因为所有的战争都是罪恶。
然而国王的身份已将他绑架，
他和威德郎都没有退路。
他们都是命运的棋子，势必
要在战场上分个胜负，
不是我亡就是你死。
他所能做到的最大仁慈，
就是殚精竭虑地谋划，千方百计地思考，
尽可能减少战争的伤亡。

想到这里欢喜郎一声长叹，
他不得不做出理性的抉择——
主力部队正在全速突进，
如果佯攻部队跟不上进度，
将会造成不可挽回的损失。
于是他狠狠心拒绝了谋士的建议，
下令顶着风沙继续行军。

欢喜军到达了卫星国城下，
这一战已毫无悬念。
双方先是喊一番口号，
互斥对方的逆天暴行，
然后欢喜郎劝对方就此投降，
尽可能保全城中的百姓。
而那卫星国王却一顿痛骂，
说他猫哭耗子假慈悲，
若真是为天下百姓着想，
就不该发动这罪恶的战争。

虽然明知道是开战的过场，
欢喜郎还是生起一丝愧疚。
他不言不语退回了军帐，
指挥着兵马展开攻势。
只是那攻势虽也凌厉，
每一波冲锋却都被挡回。
卫星国王不由得大喜，
原来那欢喜郎不过如此。

正当他沉浸于自我陶醉中时，
后方忽然传来了噩耗：
己方都城已被敌军占领，
敌方主力正朝这里赶来。
原来欢喜郎并非正面出击，
而是派主力迂回到侧翼进攻。
卫星国侧翼为崇山峻岭易守难攻，
他料想那国王不会着力设防，
只会严密关注自己动向，
全力应对自己所率的正面之军。
而一切也正如欢喜郎的预演，
每一个步骤都与计划严丝合缝。
因此欢喜郎的胜利毫无悬念，
从战局进入套路的那一刻起便已注定。
卫星国见大势已去只好投降，
欢喜军用最小的伤亡取得了胜利。

所有的士兵都振臂高呼，
赞颂欢喜国王的睿智英明。
他们狂热的表情更加狂热，
他们忠诚的面孔更加忠诚。
他们浑然不知，
自己刚在鬼门关里走了一回。
欢喜郎自己心中自然清清楚楚，
所以并不因胜利而高兴。
看着躺在地上的那些士兵，
他的心里五味杂陈——

那些面孔刚才还生龙活虎，
那些青年刚才还有自己的名字，
瞬息间却变成一堆冰冷的血肉，
共享着同一个名字：尸体。

于是他不愿再制造罪恶，
不愿再给百姓增加苦难。
他下令军队低调进城，
不得有任何扰民举动。
除了找个借口将曾经的国王斩首，
他善待了那里所有的百姓，
继续留用了那里所有的官员，
他还减免赋税大赦天下。

欢喜郎的怀柔赢得了民心，
国内局势安定民心安稳，
百姓们的生活安如平常。
于是国内宣传便调转了方向——
从声讨欢喜郎的暴虐贪婪，
歌颂卫星国王是仁义明君，
变为声讨前任国王的残酷压迫，
歌颂欢喜郎的大恩大德。

只是还有一些前朝余孽，
试图推翻欢喜郎的统治。
他们的旗号也很伟大，
一方面说欢喜郎的怀柔是假仁假义，
无非是些收买人心的手段；

另一方面号召百姓不要当亡国奴，
不要对侵占国土的强盗感恩戴德。

这天下的道理好个有趣，
可以随着立场变圆变方。
一个人只要想做一件事，
总能找到高大上的理由。
然而大局已定，
几条泥鳅掀不起风浪。
更何况卫星国只是跳板，
欢喜郎真正的目的是蛮夷国。

连日来在卫星国发号施令，
欢喜郎又恢复了国王脾性。
他总是随着外缘变化而变化，
总是不能稳住自己的一颗心。
看到战争的残酷他会心生愧疚，
想到统一的志向他又铁血豪情。
他让兵马在卫星国稍事休整，
随后便迅速朝蛮夷国进军。

那蛮夷国王收到了消息，
知道欢喜郎攻陷了卫星国，
又带着大兵浩浩荡荡而来，
想要把蛮夷国土也纳入版图。
于是他骂一声"不守信用的小人"，
并发誓要和欢喜郎决一死战。
但火冒三丈归火冒三丈，

他知道战争不能靠仇恨和激情，
况且那欢喜郎诡计多端，
不知道此次又有什么阴谋。
所以他平复了自己的情绪，
仔细审查国力尽量妥善安排，
早早做好了周密的迎战准备。

此时的欢喜郎已恢复志向，
他要做平定天下的圣王。
离开胜乐郎已有一段时间，
又在战局和政事中加重了欲望，
那刚刚萌发的善火又渐渐熄灭。
他带着士兵奔向蛮夷国，
一路上狼烟滚滚热血沸腾。
看到那戈壁滩上的雄奇风光，
将士们也都气吞万里如虎。

只是欢喜郎虽然心情激荡，
却并没被激情烧光理智。
他一如既往地谨慎小心，
不会因对方国小就轻敌。
他调阅了蛮夷国所有资料，
据此思考周密的作战方略。

蛮夷国地形险要易守难攻，
而且蛮夷城池高大坚固，
对方更集结了很多重兵，
强攻硬战显然并非良策。

但除了硬碰硬真刀实枪，
欢喜郎倒也想不到其他办法。
于是他做好了血战准备，
在军中一次次动员，
被煽起血性的虎狼之师，
像旋风一样扑向蛮夷国。

终于到了那蛮夷城下，
欢喜军早已憋得嗷嗷直叫。
连互相喊话的过场都没走，
便直接架起了云梯开始攻城。
只见欢喜郎一声令下，
铺天盖地的箭镞飞向城里。
一架架天梯拔地而起，
无畏的勇士向上攀登。
巨大的圆木包着铁皮，
一次次猛烈撞击城门。
一时间天昏地暗日月无光，
到处都是金戈铁马之声。

欢喜军犹如滔天巨浪，
蛮夷城仿若岸上礁石。
守军们异常地顽强勇猛，
回击敌人的手段极为残酷——
他们用毒箭射杀远敌，
又用滚水泼向城外。
攻城的欢喜兵嗷嗷惨叫，
纷纷从云梯上跌落，

你来我往几十个回合，
蛮夷城依旧巍然不动。

欢喜郎见状奋起神勇，
带头冲向了蛮夷古城。
他和那些战士们一起发力，
抬着那巨木撞击城门。

众将士都深受鼓舞，
一个个好似天神附体。
他们像蝗虫般遮天蔽日，
也像是饿狮扑向小兔。
瞬间战斗趋向白热化，
双方都已杀红了眼睛。
箭如飞蝗石如密雨，
杀声震天无丝毫怯意。

忽听头顶上空传来呼啸，
带着刺耳的破空之声。
欢喜郎大叫一声不好，
来不及招呼身边士兵，
便丢下巨木拔腿而逃。
只见他的身影如同猿猴，
几个纵跃就跳向远处。
别看平时他文质彬彬，
竟然是绝顶的轻功高手。

只听到轰隆隆一声巨响，

一块巨石落在刚才的地方。
大地也随之颤抖不已，
瞬间腾起搅天的烟尘。
一些士兵反应迟钝，
已经成了石下的肉泥。

欢喜郎见状暗暗心惊，
不敢再冒险退回大营。
守军这时也看到了欢喜郎，
大叫："那就是他们的国王！
众儿郎赶快发一回神勇，
取了他性命赏黄金千两！"

只听到城头一片高呼，
守军的士气动地震天。
他们纷纷拉动了弓箭，
细密的箭雨铺天盖地。
那些箭矢像长了眼睛，
咬紧欢喜郎紧追不舍，
却见那身影如同鬼魅，
在密集的箭雨中闪展腾挪。
虽然身边是纷飞的箭雨，
他却能从容地拨打雕翎。
守军将士见状相顾骇然，
想不到欢喜郎有如此能为。
他们遂对他生出了敬畏，
觉得此人是转世的天神。

欢喜郎终于回到了阵地，
停下了脚步气喘吁吁。
尽管刚才被箭雨覆盖，
身上却不见一处伤口。
经过那艰苦卓绝的训练，
他的武功已登峰造极。

他转身回望战争的局面，
见欢喜军队已渐渐力竭。
健儿们虽然依旧英勇，
但蛮夷城却固若金汤。
再加上刚才国王的败退，
众将士的士气大受影响，
这一仗已经无力回天。
于是他不得不鸣锣收兵，
第一波攻击便宣告失败。

第 133 曲　塔楼

当夜欢喜大营灯火通明，
众多的谋臣纷纷合议。
有人说蛮夷国易守难攻，
不如就此放弃收兵回国；
有人说宁可战死沙场，
也不做缩头的王八龟孙；
还有人说不可强攻只能智取，
想出了美人计反间计等诸多妙计。

欢喜郎大喝一声："统统闭嘴，
孤王我誓死要打下蛮夷。
而且军中粮草已所备无多，
必须速战速决快刀斩乱麻。"

这一声暴喝如同霹雳，
大帐之中鸦雀无声。
众谋臣面面相觑又绞尽脑汁，
但一个个都想不出破城之计。

更有人想要明哲保身，
反正大家都没有办法，
饭桶也不是只有我一个。
索性不闻不问作壁上观，

装聋作哑得过且过。

这时却有一个侍卫开口，
说他老家有一种移动塔楼，
木制的底座装上滚轮，
逢年过节时就搬到街上。
差人爬上去祭祀神灵，
再由众人推着塔楼四处游行。

他说："那蛮夷国城墙高大，
占据了优势易守难攻。
如果我们造出更高的塔楼，
就可以对他们泰山压顶。
再配合地面部队的进攻，
应该很快就能破城而入。"

欢喜郎闻言连连称赞，
又想奚落那些随军谋臣，
说自己白养了这么多酒囊饭袋，
一个个看起来足智多谋，
事到临头还不如一个侍卫。
可他想了想没有开口，
大战在前不可打击士气。
于是赏了那侍卫千两白银，
让他赶紧去监造移动塔楼。

其实尽管欢喜郎不说，
谋臣们心中也实感羞愧。

一群智囊不如一个侍卫，
任是谁心里也不会好受。
更有几个鼠肚鸡肠者，
在暗暗谋划想要报复卫兵。
他们觉得是他让他们出了丑，
是他让他们显得无能，
因此必须要让他付出代价，
来惩罚他不懂规矩。

再说那侍卫得了命令，
便着手组织人力建造塔楼。
可众人经过了白天的大战，
早已是伤痕累累疲惫不堪，
谁也不想再去建造什么塔楼。
而且没人会把侍卫放在眼中，
他们心慵意懒出工不出力。

那侍卫本来想汇报国王，
但转念一想这并非上策。
一是显得自己无能，
其次还会得罪众人，
再者，迫于威势下的应付差事，
和竭尽全力的效果截然不同。

于是他心念一转有了主意，
他对建造塔楼的众兵士说，
只要在三天内造出塔楼，
每个人就能得十两白银。

此言一出众人哗然，
十两银子等于半年兵饷。
大家的眼睛顿时精光四射，
奋发了前所未有的干劲，
争先恐后地伐木和搬运。

欢喜郎看到此景心中暗喜。
想不到这侍卫竟是帅才，
既有谋略又深谙人性，
还能为大局舍弃个人利益，
即便是千两白银也毫不吝惜。
于是他决定重点培养此人，
给他更广阔的舞台施展才能。

因为众人的齐心协力，
三天内竟真的建成了一座塔楼。
欢喜郎见状大喜过望，
重重奖赏了那个侍卫。
参加建造的劳工们也各有赏赐，
领到了赏银众人喜气洋洋。

欢喜郎命人进行了试验，
发现这移动塔楼很是实用，
就命令那侍卫照猫画虎，
数日间再建起三座塔楼。

准备就绪后欢喜郎决定事不宜迟，
即刻向蛮夷城发动攻击。

他先命人把塔楼推到了阵地前沿，
只见这塔楼高过城墙数丈，
再派出神箭手登上塔楼，
一支支飞箭射向蛮夷城，
城内顿时一阵阵鬼哭狼嚎。

欢喜郎看到塔楼的效力，
脸上浮起满意的笑容。
他指挥着军队乘机冲锋，
守城的士兵陷入慌乱之中。

眼看欢喜军已占据了主动，
攻陷城池只是时间问题，
突然听到一阵奇怪的呼呼声，
城头上顿时火焰四起。

原来蛮夷国也有智者谋士，
他们组织了火箭手对付塔楼。
他们射出一支支带火的箭镞，
一线线火蛇便游向塔楼。

更有那用于消防的喷水车，
现在灌进了黑油油的特殊燃料。
他们点燃了火焰压动阀门，
一条条火龙便腾上半空发出怒吼。

木制的塔楼瞬息间火光熏熏，
木头发出一声声爆裂的脆响。

巨大的火浪冲天而起，
欢喜郎救火如救头燃。

无奈战场上难找水源，
况且那油质燃料极度威猛，
裹住了塔楼熊熊燃烧，
弥漫出滚滚浓烈的黑烟。

眼见那塔楼已摇摇欲坠，
楼上的神箭手也命在旦夕。
他们被火焰烤得浑身刺痛，
也被黑烟呛得裂肺撕心。

守军的火龙仍在喷射，
塔楼已被烧成一只只火兽。
它们在烈火中挣扎，
也在浓烟中怒吼。
有许多弓箭手受不了苦痛，
纷纷从塔楼上一跃而下，
曳着火光好似那流星，
那场面活脱脱是火山地狱。

欢喜郎看到这等惨状，
心中直感到阵阵骇然。
却也只能眼睁睁看着塔楼倒下，
看着那些神箭手被烧成焦炭。

城上的守军见塔楼倒下，

发出了震耳欲聋的欢呼。
蛮夷军士气大振勇猛反击，
欢喜军无心恋战死伤重重。

蛮夷人激起了欢喜郎的仇恨，
他一向以足智多谋闻名天下，
其指挥的战事几乎全都是胜绩，
想不到却在这蛮夷之地栽了跟头。
他看到自家士兵的惨状，
更看到敌方守军的志得意满，
他恨不能拽出胸中的那腔烈火，
让它们也变成一条条火龙，
肆意播撒烈火的种子，
把那蛮夷城化为灰烬。
然而仅有怒气无济于事，
眼前的战况已无力回天。
于是欢喜郎只能撤回兵马，
待稍事休息后调整策略。
第二次进攻依然落败。

欢喜军连遭两次惨败，
每个人都低着头失魂落魄，
如同被拔了翎毛的公鸡，
再也抖不起当初的威风。
除了与威德军的几次对战之外，
很多年来他们罕有败绩。
这次出兵却屡屡败给蛮夷，
他们有成百上千个不适应。

这种不适应中除了仇恨，
还有一种不知所措的恐惧。
那箭矢和火龙成了噩梦，
在士兵心中留下了阴影。

欢喜郎也知道军心不振，
如今众将士斗志丧失意志消沉，
已无法组织第三次进攻。
身为国王他也灰心连连。

于是他下令再次进行休整，
顺便盘点剩余的粮草物资。
经过这两次惨烈的攻城，
数万人马已损耗五千。
剩下的多半也萎靡不振，
情绪低落好似日薄西山。

欢喜郎正在愁眉不展，
却见那侍卫又来进言。
虽然他的计策遭遇惨败，
但他的神色却波澜不惊。
欢喜郎见状暗暗称奇，
觉得此人深不可测。
凭他的能力早该脱颖而出，
为何会甘愿做一个侍卫？

那侍卫没等欢喜郎发问，
便在行礼后说出了自己的来意。

他叫一声："大王不必担忧,
第二战虽然暂时失利,
其实对方也赢得侥幸。
胜败本是兵家常事,
关键要洞察其中玄机。
塔楼的效力已得到确认,
只输在了没做好防火措施。
如果我们稍稍加以改进,
于木桩表面包上一层铁皮,
再备足救火之水,
那塔楼便如穿上铜皮铁甲,
任他火龙火箭都无可奈何。"

欢喜郎闻言眼前一亮,
大笑道这主意真是妙绝。
可他的脸色随即又变黯淡,
说眼下的士气极度低落,
就算有破城的妙计,
也难振士兵的昔日雄风。

要知道打仗只凭士气,
气足能孤军奋战以少胜多。
气衰就算占尽天时地利,
也难摘取该得的战果。

侍卫听闻仍是不慌不忙,
他说:"大王不必忧虑。
我听说附近有个神庙,

常常有百姓前去占卜。
据说那神灵相当灵验，
大王不妨也去测一测吉凶。"

欢喜郎闻言皱起眉头说道：
"你让我去求神拜佛？
打仗全凭人间韬略和实力，
怎能不问苍生而问鬼神？
自古玩弄神异的皇帝，
都没有好报不得善终。"

那侍卫闻言反而微笑道：
"眼下军队的士气低落，
正常的鼓励很难奏效，
必须用奇谋重振雄风。
您也只是去神庙做个样子，
无论那占卜是什么结果，
出来后都要宣布我方必胜。
士兵们都喜欢神异之事，
这是一种巨大的精神力量。
只要大王您善加利用，
第三战必然能攻克敌城。"

欢喜郎闻言瞪大了眼睛，
连连大赞这主意妙绝。
忽然他脸色一变抽出宝剑，
对着那侍卫厉声喝问：
"依阁下的心计与智谋，

怎能是区区一个侍卫？
要说那塔楼是误打误撞，
这连环的计策绝非偶然。
你到底是何方人士，
藏在我身边有何意图？"
侍卫变了变脸色，
又于瞬间恢复镇定。
他说："大王果然是明君，
能在细微之处洞悉真相。
我师尊的名号是不死仙人，
他和造化仙人师出同门。
不过他老人家不爱入世，
喜欢独自在僻静处清修。
我依止师尊已有十年，
学到一身通天彻地的本领。
但我不像师尊那样超然物外，
我有很高远的志向抱负。
只是那深山老林没个施展之处，
便想在世间辅佐明君。

"我先是观察了威德郎，
发现他凶狠残暴独断专横，
不听人劝一意孤行，
这样就没有我施展的空间。
于是我又来到贵国境内，
成为您麾下一名侍卫。
通过一段时间的观察，
我发现您颇有圣君气象，

一言一行都符合天道纲常。
因此才在那一晚出头，
希望成为我大展宏图的起点。"

欢喜郎闻言收回了宝剑，
说："阁下原来是世外高人。
恕我眼拙认不出真神，
这些年怠慢了贤良大才。
本王还有许多困惑未解，
想听听阁下的殊胜高见。"
说罢他向侍卫讨教问题，
想通过考问探明其根底。
他要评估此人的真实本领，
好让他实至名归大展拳脚。

然而这一番对话让他吃惊不小，
眼前这人长相无奇语言平淡，
却是天文地理无不精通。
尤其是用兵之道十分精通，
正谋奇谋阴谋皆了然于心。
既是经天纬地的大才，
也是乱世之中的枭雄。

于是欢喜郎让侍卫先退下，
他喜忧参半心事重重——
困厄之时天降奇才纵然是他的造化，
可眼前这人智谋超群城府颇深，
听其言观其行并非贪图名闻财色之人，

做自己的侍卫已三年之久，
如此甘于无闻到底所为何物？
就算他想取自己的脑袋，
怕也是如同探囊取物，
何须耗费这么多精力时间？

盯着窗外栖于枝头的一只灵鸟，
欢喜郎陷入了沉思。
他忌惮那侍卫却又不能不用他，
现如今，唯有找到他的弱点，
他才能给他拴上缰绳，
胸有成竹地驾驭他。

这当然是典型的帝王心理。
身为国王，他拥有无上的权力，
但那不安全感也远超常人。
他除了要任用能人干将，
还要防范对方的豺狼之心。
而这侍卫像影子般跟了自己三年，
却一直没有显露自己的才干，
这让他有些毛骨悚然。

考虑再三之后，
欢喜郎定下了任用方针，
给侍卫以足够的施展空间，
但必须找个对手制约他，
两人旗鼓相当又立场相左。
这样自己才能立于不败之地，

在左右权衡中稳控大局。

因此欢喜郎下达任命，
将他从普通侍卫连升三级，
让他以副将身份指挥大军。
但他的上面还有个将军，
那将军人品很好也德高望重。
战役指挥权可交给副将，
其他事却必须由将军把关。

欢喜郎按照那副将的建议，
动身前往神庙问卜。
祭司对他毕恭毕敬，
奉若上宾献上好水好茶，
其眼珠却滴溜溜来回打转，
不知道在想什么诡计，
他宛如一只狡猾的狐狸，
尽显阿谀。可他的声音
却分外谦卑——
"鄙庙年久失修，
设施简陋条件艰苦，
委屈了大王真是罪过。"
说罢用手指弹着茶杯，
似是无心又似乎有意。

欢喜郎怎会不知其意，
命侍卫呈上金锭三只，
说献给神灵略表敬意，

等此战告捷再行答谢。

祭司此时却打起了哑谜，
他故意不接欢喜郎话茬，
只是说大王福泽深厚，
所有的烦忧都不是烦忧。

欢喜郎觉得这话模棱两可，
索性捅破了话题直言问卜。
那祭司却说神不在庙里，
他无法预测其吉凶祸福。

这下欢喜郎明白了底细，
那祭司是一个贪财怕事的凡夫，
并没什么修为和品德，
神庙仅仅是其敛财的工具。
这件事上他也在耍滑头，
不想得罪任何一方。
欢喜郎不想和他多费唇舌，
找一个理由便起身告辞。

他来这儿也无所谓占卜结果，
只是要借神谕鼓舞士气。
既然走过一转目的就已达到，
回去照原定计划行事便可。
想到这里却又暗自好笑——
自己与祭司是一路货色，
都是借神灵的名义行私。

那鸟人无非是贪点金银，
自己贪的却是苍生万物。

那侍卫却看似愤愤不平，
说要让那祭司付出代价，
这样的假货充斥市场，
真货反而会无法生存。
还说他这样坑蒙拐骗，
染污了百姓对信仰的认知，
无数的善根都会被他毁掉，
得胜后定要将他兴师问罪。

欢喜郎闻言心头一松，
他终于发现了侍卫的缺点。
侍卫的气量不够豁达，
对反感的事物不能容忍，
似乎眼里揉不得半点沙子。
有了弱点就有了局限，
有了局限就好驾驭。
但欢喜郎却仍然不动声色，
其实他自己也厌恶祭司，
但他不会与小人缠斗。
那蚊子无论怎样哼哼，
大象的眼睛都只盯着森林，不会有它。

欢喜郎出了庙门便装出喜悦，
对一众部下说已获得神谕。
那神灵会派天兵相助，

下一战定会马到功成。
说罢拿出准备好的道具——
一张看似普通的白纸，
在众目睽睽下当场点燃，
只见火焰里显出了字迹，
赫然写着"欢喜军必胜"，
众将士见状都欢呼不已。

这其实只是个小把戏，
事先用药水写好了文字。
那药水无色无味又防燃，
一般用来写机密的信件。
欢喜郎灵机一动用到此处，
果然收获了预料中的效果。

那颓丧的气氛一扫而空，
一张张面孔重绽光彩。
大家都显得跃跃欲试，
一遍遍打磨锋利的战刀。
副将又造了很多抛石机，
瞄准了城里火龙营驻地。

这神谕极大地鼓舞了士气，
改良后的木塔很快建好。
欢喜郎命人在木柱上裹以铁皮，
又在铁皮上涂抹了防燃物质，
更在塔顶上预备清水和沙土，
再安排弓箭手爬上塔顶。

弓箭手引弓拉箭如神兵降临，
将密集的箭雨泼向城里。
顿时那蛮夷城中一片大乱，
人们鬼哭狼嚎四散逃命。
也有些守军顽强抵抗，
将火龙火箭射向塔楼。
却被那铁皮挡住了火势，
造成的损害微乎其微。
抛石机此刻也大显神威，
天空降下了无边的石雨，
将那火龙营砸成了平地，
上千的士兵顿时化成了肉泥。

欢喜郎见后患已平，
立刻发动第三次冲锋。
他舞着长剑身先士卒，
万千的士兵尾追其后。
塔上的箭手也奋勇积极，
一支支箭矢冲向敌营，
一座座木梯搭上城头，
一个个士兵跃过城墙，
一片片石雨继续降临，
一股股鲜血流向河里。

城下的巨木也开始撞门，
轰隆隆的声音有万钧之力。
那城门如同单薄的树叶，
随着那撞击一阵阵颤抖。

断裂的声音越来越响，
抖落的灰尘四散纷纷。
终于一声闷雷般的巨响，
撞开了城门炸出了欢呼。

欢喜军奋发了虎狼之势，
嗷嗷大吼着杀向城内。
那真是山崩海啸般的奔涌，
那真是泰山压顶般的气势。
欢喜军如隐忍许久的火山，
终于在瞬间尽情喷发。

敌军顿时慌乱四散而逃，
如同被洪水冲散的蚂蚁。
欢喜郎也被仇恨激荡，
追着那些敌人拼命砍杀。
他想到前两次的惨败，
手中的宝剑更搅动血雨。
他要一洗前耻，
将屈辱和恐惧尽数奉还。

他扬眉吐气恢复受挫自信，
他杀红了眼浑身激荡着魔性。
他带着士兵们长驱直入，
凡有所抗就地处决，
众将士也被这气势感染，
于是蛮夷城里血流成河。

倒下的敌人越来越多，
手中的宝剑越来越钝，
虽然他的手仍在挥舞，
心却莫名其妙地底气不足，开始无力。
他甚至感到了一种心虚，
那种心虚一旦出现，
就挖空了杀气的根基。
终于，欢喜郎滔滔的杀气渐渐消散。
他看着眼前的血腥弥天，
又愣在了原地呆呆出神。
他不知道自己在做什么，
也不知道自己接下来该怎么做。
他总是竭尽全力地赶路，
却到达一个自己也厌恶的终点。

心中又浮起巨大的问号，
又开始怀疑人生的意义。
梦想和现实总是背道而驰，
眼前的血腥是赤裸裸的讽刺。
他越是努力就越是祸害，
于是变成了不知所措的孩子。
他忽然想要知道，所谓的修行，
能否把他带到那想去的彼岸。

第五十二乐章

　　调教弟子也许是最不容易的事情，这世间，还有什么比人心更简单也更复杂？胜乐郎师徒三人见到了奶格玛，他们以各自的心灵之镜，获得了相应的光之照耀。

第 134 曲　疑心

武丁找到昔日好友，
为他牵来三匹良马。
于是，一队并不浩荡的队伍
浩浩荡荡地奔向了金刚座。

那一匹匹马儿好个神骏，
它们驮着师徒三人，
直踏飞云一日千里，
喜得胜乐郎迎风高呼连连赞叹。

这武丁为人诚恳处事极为稳妥，
像一个勤劳的多面手，
凡有事务总是冲在最前面。
他从不作秀也从不伪装，
他对胜乐郎有着无伪的信心，
师尊的每句他都奉为金口玉言。

因此胜乐郎喜欢差遣他，
也是给他积累资粮的机会。
那武丙却因此而心生妒忌，
觉得自己不被师尊器重。
曾经他们有着同样的起点，
而现在高下之别却仿若云泥。

虽然他精通医术也是特长，
却不如武丁这般精进。
再加上他的武功受损，
心里的落差更是巨大。
他时时看着武丁忙前忙后，
目光透出一种阴冷的味道。

胜乐郎当然明了武丙的心思，
但他对每个人调教的方式不同。
他也想让武丙能尽快进步，
可是心不改变很难真正提升。

于是他让武丙多祈请师尊，
去掉机心和作秀的成分。
要时时观照自己的起心动念，
看是否生起了贪嗔五毒。
只要发现有不好的成分，
要毫不犹豫清理删除。
胜乐郎告诉他，对待习气
要就地处决绝不含糊，
不能有商量的语气，
更不能有纵容的余地，
要视它为不共戴天的敌人。
因为它们，才轮回不止，
只有从基因里剔除纷杂的欲望，
才能完全融入智慧的光明。

那武丙对教诲连连点头，

看起来虚心受教好个真诚，
但他的心里并没有听懂，
转过头，那教诲就成了耳旁的风。

当一个人的心没有开窍时，
给他讲的道理就起不了作用。
他总是会回到原来的思路上，
用一贯的认知看待事物。

并且胜乐郎的教诲有一个特点——
他总是表情平静语气淡然，
就像是说着无关紧要的事。
这让武丙生出了轻慢，
他觉得胜乐郎讲的道理实在普通，
像个老婆婆那样絮叨家常。

那祈请做起来好个枯燥，
一句"奶格玛千诺"重复了又重复，
既没有神通也没有灵异，
似乎是想把人变成一台机器，
总是机械地运转着同一个程序：
"奶格玛千诺！奶格玛千诺！
奶格玛千诺……"

观察内心的习气更是无稽，
他不知道观心有何意义。
他希望能得到神奇的教授，
产生立竿见影的感应。

他想学到通天彻地的本领，
重新绽放那英雄的光芒。

胜乐郎把这些都看在眼里，
但他并不会反复提醒。
重要的话他最多说三遍，
能不能接受只好各随因缘。

这一日师徒行到一片草地，
三人停下来让马匹休息。
胜乐郎又让武丁安营扎寨，
勤劳的武丁飞快地忙碌。
他天生纯净没什么机心，
对师尊胜乐郎充满了净信。
浑身洋溢着一股蓬勃气息，
像春苗在太阳下欣欣向荣。

这一切都落入武丙眼帘，
他也想尽力地表现自己。
他把工具弄得叮当作响，
还偷偷观察胜乐郎的反应。
他希望自己的每一分付出，
能都引起胜乐郎的注目，
与其说做事不如说是表演，
夸张的动作只为博得掌声。

可是他武功受损气力不足，
更重要的是，凡事总带有目的，

因此无法专注于手中的事情，
自然不如武丁那样地踏实。

武丁做事是真的埋头苦干，
心中丝毫没有多余的想法。
因此每一个环节都十分扎实，
那扎营的铁钉也是又牢又深。

武丙看到了武丁的活计，
更感受到他那无伪的真心。
那钉子和态度都十分牢靠，
相形之下自己像个蠢材。
他的内心生起一阵阵嫉妒，
觉得那钉子也像在嘲讽自己。
他心中冒出了酸酸的怒火，
于是他眼珠一转计上心来。

再次朝板上钉钉的时候，
他叫过了武丁前来帮忙。
武丁一听，飞快地跑来，
满脸关切满心热情。
他知道武丙内功丧失需要相助，
因此事事都会对他照顾。
若有粗活重活也总是抢着干，
尽量让武丙节省体力休养身心。

只见那武丁扶住了钉子，
武丙开始飞快地敲打。

为了掩人耳目做好铺垫，
他总是敲得又稳又准。

然而有一次敲打时，武丙的右手
高高地举起又稳狠地落下，
却在快要接近钉子的时候，
那紧握的锤子突然砸偏，
不偏不倚地落在武丁的手上。

顿时一声惨叫血手模糊！
这一下也仿佛吓坏了武丙。
他夸张地惊叫夸张地关心，
他夸张地自责夸张地道歉，
反而让武丁心生不安，
还要反过来安慰武丙。

因为那武丁是风神的后代，
他有着与生俱来的极强自愈功能，
他能风过血止风过伤愈，
所有的伤害都只是一次疼痛。

武丙在那嫉妒的怒火下，
竟然忘记了武丁的身世。
等想起来他的自愈能力，
又感到一阵阵彻骨愤怒。

凭什么武丁就能样样都好？
凭什么武丁就能得到青睐？

凭什么偏偏让他成为师弟？
凭什么处处要压自己一头？

胜乐郎正在闭目打坐，
但他却对周遭明明朗朗。
他知道武丙隐藏的阴暗心事，
然而他不想出面点破，
只是轻轻地叹息一声。
他不想打碎武丁的单纯，
如果让他知道师兄的预谋，
反而会伤了那颗赤诚之心。
他也不愿意让武丙难堪，
真正的教化要慢慢熏染。

这一个夜晚到来的时候，
草原的风儿吹过天空。
满天的星星触手可及，
空气中充满了祥和宁静。

胜乐郎早早地回帐篷休息，
武丙却拉住武丁坐下来暄谈。
他问："师尊可曾给你传了法，
你修起来有没有什么感应？"

武丁心思单纯不疑有他，
说师尊只让多念"奶格玛千诺"，
还说最好的妙法就是祈请师尊，
一旦相应便能飞快地成就。

他念起来感觉好个舒服，
身体的感应也连绵不断。
或是看到光明的景象，
或是感受到师尊的加持，
或是身上一阵阵发热，
或是觉得世界如梦如幻。

那武丙闻言又是一阵心酸，
仿佛有灼热液体在腐蚀心肝。
既因为武丁的修法和自己一样，
也因为武丁的觉受如此明显。

反观自己并不觉得祈请师尊多么高深，
甚至还产生了种种轻慢，
因此没有严格认真地执行，
便不可能得到任何觉受。
虽然有时他也会勉强地念诵，
但又觉得自己像迟钝的木偶。
心木木然没有他期待的反应，
下意识中的怠慢便与日俱增。

可是那武丁明明有了感应，
他羡慕嫉妒恨啊好生难受。
他怀疑武丁得到了秘密窍诀，
又觉得也许是自己过于计较。
他仿佛看到了习气的影子，
但这觉悟很快又倏忽无踪。

他再一次堕入嫉妒的火坑，
便草草地结束了这次交谈。
这一晚武丙彻夜失眠，
他将自己丢进机心的大海。
仇恨的漩涡一次次将他裹挟，
他在漩涡里挣扎纠结，
又在漩涡里纠结挣扎，
他翻来覆去，在机心里打转。
他一会觉得武丁压过了自己，
一会觉得师尊不重视他。
他看不到成就的希望，
更看不到期待的未来。
他觉得胜乐郎也许是个骗子，
其实只是在利用他和武丁。

他见旁边的武丁却睡得极香，
沉稳的鼾声如夏虫呢喃。
武丙叹一口气转了个身，
今夜他注定一个人失眠。
他其实也羡慕心思单纯的人，
但他已经被江湖污染得太深。
那些尔虞我诈的算计阴谋，
那些你死我亡的险恶用心，
都让他的心变成了兔子耳朵，
时刻戒备防范着外界的危机。

他也知道要净信师尊，
可那怀疑的程序总是作祟。

他不敢完全地交出自己，
总怕赤诚真心被无情地打碎。
无论对方是不是真正的大德，
无论那显现是不是符合标准，
他总是会保留一个安全地带，
随时准备着抽身而退。

他唯恐自己上当受骗，
却又想找到心中的圣人。
他也想升华自己的人格，
但又倒不空成见的杯子。
他甚至连自己都不相信，
也怕错过了千古大德。
于是他陷入了纠结和痛苦，
更被那习气搅得烦躁不堪。

第二天早上武丁精神饱满，
武丙却无精打采黑着眼圈。
胜乐郎当然清楚怎么回事，
但是他并不点破这缘由。

师徒三人又收拾了行装，
翻身上马继续往前赶路。
胜乐郎一路上祈请师尊，
请师尊加持他如愿见面。
再求师尊传以妙法普度百姓，
让众生能在乱世中离苦得乐。
战乱频仍的时代生命易失，

必须用对机的妙法方可救度。

武丁也随着师尊一起祈请，
武丙的祈请却有口无心。
他在幻想着与奶格玛的见面，
心中再次充满了纠结与顾虑。
他希望能见到这位大成就者，
又害怕大成就者窥破他的内心。
因为他总觉得胜乐郎不如法，
吃喝拉撒还打喷嚏一如常人，
丝毫没有大成就者的威仪，
使他的信心总是犹犹豫豫。
如若奶格玛真的无所不能，
便会悉知悉见自己的这些怀疑。
若是被师尊洞穿了内心阴暗，
他害怕从此便无颜面对师尊。

他又希望奶格玛能完美无瑕，
让他一见之下就生起信心。
从此毫不怀疑地全心投入，
再也不要有锯子在心中拉扯。
同时他更有另一层担心，
害怕奶格玛也是普通女子。
万一没什么神奇绚烂的展现，
那会让他对信仰彻底失去信心。

于是他犹豫啊，纠结啊，
往前不敢往后也不能。

只好将自己的心编成了罗网，
紧紧裹住那脆弱的灵魂。

武丁看到武丙的脸色很不好看，
还当他武功受损影响心情，
于是一路上都在嘘寒问暖，
却更惹起武丙内心的烦闷。
他虽然知道武丁是简单的人，
此举纯粹是关心并无他意，
但他恐怕这种举动让师尊瞩目，
心里便冒出了无穷的反感。
他像一个争风吃醋的女子，
从心底里要和对方争个高低。

胜乐郎仿佛全然不知，
他一直都在祈请奶格玛。
随着目的地渐渐临近，
武丁的期待和激动已达到顶点，
他时不时会身不由己地涕泪交流，
武丙却更加烦躁不安，
内心像缠了一团荆棘乱麻。
他阴着脸色常常落在后面，
甚至在犹豫着要不要就此退出，
然而离开的决定始终难下。
最后他还是决定了留下——
既然已走到这里，索性看个究竟。
实在不行再抽身而退，
今后再也不信什么大德。

快马行走了诸多时日，
终于到达了金刚座前。
远远地看到了一个女子，
身形样貌都十分普通。
武丙只感到自己的内心，
咚的一下就沉入了渊底。

如果这就是传说中的奶格玛，
她的形象和威仪也不过如此，
莫非那传说是刻意编造，
好达到获取名闻利养的目的？
想到此武丙的脸色更加阴沉，
他远远地躲在后面静观情形。

武丁却飞快地翻身下马，
一边大哭着一边匍匐礼拜。
其情形仿佛游子见到母亲，
又像是找到生生世世的归宿。

那女子正是奶格玛本尊，
胜乐郎也下马顶礼膜拜。
武丙犹豫了一下随之跪拜，
尽管没信心但不能没礼貌，
形式上的功夫还是要圆满。
更何况他还存有一线希望，
万一奶格玛是具德的师尊，
他也想给对方留个好印象，

说不定能得到特殊的加持。

于是他一边带着怀疑，
一边带着机心和算计，
心事重重地缓缓跪下，
有形无实地跟着胜乐郎顶礼。

奶格玛端坐在菩提树下，
进入了甚深的金刚禅定。
她的神态看起来安详无比，
清凉的气息一晕晕回荡。
只是那衣着打扮都很普通，
虹光身也示现为凡人肉身。
盘坐在树下像一尊雕塑，
头上还蒙了细细的一层灰尘。

自从见到了奶格玛本尊，
武丙就启动了观察之眼，
细细地审视每一个细节，
把本尊从头顶看到脚底。
每一个姿势每一处衣着，
他都一一端详一一衡量，
更聚焦在禅定的面孔上，
试图从中看出某种端倪。

他像是在鉴定一件古董，
从各个角度判别着真假。
然而看来看去还是模糊，

像是真的但又不敢肯定。

武丁却一直在绕行顶礼，
走一步拜三拜再走一步。
他涕泪交流又浑身颤抖，
全身汗毛如触电般直竖。

纠结的人啊永远都在纠结，
坦荡的人啊一直都是坦荡。
武丙原本想见到了本尊，
就必然会得到一个结果。
却不料那结果依旧是模糊，
将他的心又打回了原处。

虔诚顶礼之后，
胜乐郎轻手轻脚走上前来，
在她耳旁轻轻敲一下引磬，
奶格玛这才安然出定。
她缓缓地睁开垂下的眼帘，
又轻轻掸了掸身上的灰尘。
她慈祥地看着胜乐郎们，
目光中带着融化一切的柔意。

胜乐郎上前单膝跪拜，
武丙武丁也跪在了面前。
只听胜乐郎尊一声师尊吉祥，
然后向师尊道明了来意。
他说："我这一来不为别事，

只因当下世界陷入战乱，
无数的生命转瞬即逝。
百姓难以系统地修学次第，
也不具备深厚的文化学养。
他们只是一群逃难的百姓，
犹如那蚍蜉爬进了磨盘，
任由世间的战争摧残迫害，
全然无法主宰自己的命运。
我不愿眼睁睁看他们受苦，
却没有简单易行的法门。
因此想求得妙法救度他们，
请师尊助我圆满这个心愿。"

奶格玛微笑说："善哉善哉，
你也有了弘法的因缘。"
然后又看了一眼那俩徒弟，
微笑的眼光中充满了赞许。

武丙和奶格玛对视之后，
顿时感到浑身一松，
所有的机心都不见了踪影。
心儿如同泡进空气之中，
妄念的天空顿时如拨云见日，
即使想生起念头也不能如愿。
那些怀疑和那些忐忑，
那些负罪和那些纠结，
都在本尊柔和的目光里，
化成了天上的缕缕青烟。

此刻他谈不上信与不信，
只感到身心一片明明朗朗。

他彻底远离了机心造作，
体会到绝思绝虑的轻松。
他甚至觉得无须遮掩缺点，
将自己赤裸裸暴露给本尊。
虽然没看到传说中的虹光身，
但武丙还是生起了净信。

第 135 曲　升华

自从接近圣地，
武丁就一直在流泪。
与奶格玛对视之后，
他虔诚的情感更是汹涌澎湃不能自已。
他泪流满面不停礼拜，
身体直直地砸向地面。
一种巨大的力量推动着他，
让他向眼前的圣者致以最高礼仪。

奶格玛微笑着摆摆手，
武丁才逐渐平复下来。
她又将目光转向胜乐郎，
珍珠般的话语缓缓流出——

"由于战乱老百姓很难专修，
你可以加持他们勤修迁识。
这是一种智慧的往生之法，
有信心者皆可修习。
如果做不到复杂的观修，
每日只要诵'奶格玛千诺'，
我也会赐予其智慧加持。
最有信心者可证得终极之果，
在死亡的瞬间融入真理本身；

次有信心者可证得智慧之身，
在死亡的子宫里孕育出报身载体；
信心最次者只要训练有素，
也能借助死亡修成智慧化身。

"有人也说往生法能不修成就。
这种说法固然有道理，
但往生法其实需要根基。
拙火幻身与光明是往生的门票，
凭票才能开启无分别俱生智，
进入那往生法的大门。

"因为那迁识的意思是迁移心识，
让心安住于祈祷，
才能往生到自己期待的净土。
没有定慧之力就会障碍重重，
身心能自主才可达成愿望。
要诀是让身体中央的脉道畅通，
心识之箭才能无障碍射出头顶。
那丹田之气便是你的箭弩，
切记消解执着要安心观想。
当你的灵魂融入智慧的净土，
你也就是得到了殊胜的解脱。

"你要用心去倾听那死神的提醒，
肉身有何觉受心也不会摇动。
更要观察那肉体的一切变化，
窥破万物无常，

将一颗执着之心放下。
如猎鹰般清醒地观照现象，
便可进入净光明境界体悟生命真相。
这便是彼岸乘客可下船，
目送那肉身如烟火进入最后的爆燃。

"即使听不到那提醒也不要紧，
你可在肉身陨落时，
用心力生起不变之幻身。
将灵魂托付于那个身子，
也可以得到你想要的往生。

"所以往生的方法多种多样，
要放下心来把自己托付给死神。
死神其实是另一个师尊，
他只是有些调皮喜欢穿黑色外衣。
不要被那黑色欺骗忘记了光明。
光明和黑暗本就是孪生兄弟。
无论依托那丹田之气
还是安心观察一切的变化，
你都可以得到往生融入那光明。
肉身或幻身也都一样，
母亲都是那宇宙最本初的真相。
这时你也就明白了这法门的珍贵，
它让有罪之人也可以进入天堂。
只要你信守承诺不背弃真理，
死神便会为你斩断一切牵挂。
这是最好的帮助你要珍惜，

若能时时铭记便是精进修行。

"当然还要勤修宝瓶气和拙火，
它们是肉身的秘密赐予。
让心气助燃大火烧去心灵垃圾，
灵魂飞升之路才能畅通无阻。
若是那箭矢飞到半路遇到阻碍，
它如何能射中你向往的靶心？
因此要保持中央脉道的畅通，
让灵魂之箭能升华成功。

"平时还要把自己观想成师尊，
她的生命密码是无我的慈悲。
你也要恒常铭记那利众大愿，
形神都如师尊才能让灵魂飞升。
还要用观想让肉体消融，
全神贯注地欣赏那中央脉道。
它有直红热中空四个特点，
下端的闭合处刚好在小腹之中。
顶端则连接头顶之门，
那端安坐着众生的依怙。
她的体内同样有红色脉道，
其末端与自己的中脉顶端相连。

"师尊心间有蓝色的种子字。
钩子般探入你脉道之中。
钩住你心中的咒字上提，
与师尊的种子字合二为一。

"当你的生命终结之时，
你也需要如此地观想，
你的字融入师尊心中，
你便会到达密严刹土。

"然而说起来容易实践却不易，
因为言语总是比行动简单。
如果你看不清苦乐的本质，
心中还有执着造成的障碍，
或是不能用猛厉拙火烧光习气，
你的中央脉道就必然会阻塞。
若是心识之箭无法顺利射出，
往生再美也只是善意的玩笑。

"所以最上等的往生就是觉悟，
从灵魂深处认清那生命真相。
还能守住觉悟境界熟练运用，
命终时专注接收那解脱信号。
器官依次失去作用时信号会出现，
这时你必须处于无执着的境界。
不执着生死不执着得失，
连往生或成就也不去执着。
淡然旁观一切犹如那局外人，
皮囊和身份只是暂时的居所。
没有活着没有死去也没有往生，
没有期待没有寻找也没有迁移。
你的心只是那平静水面，

静待那点水的蜻蜓留下涟漪。
涟漪消散的瞬间光明立显，
不用思维不用觉悟自然超脱。
真实的智慧是水流交汇，
真实的光明是百川入海，
真实的往生是无我融入，
真实的成就是没有二元对立。

"错过那光明则进入另一种往生，
虽然不究竟但也殊胜。
丢弃血肉皮囊换个永恒之身，
从此也可不再进入那喧嚣红尘。
死的气息会唤醒生命灵能，
切实把握可铸就传说中的天身。
但幻身的生起如鱼儿跃出水面，
成也败也都在转瞬之间。
所以平日里仍然要严格训练，
体系和层次都要遵循。
心的破执和熟练的观想，
是超越轮回最好的保障。
心存侥幸是愚夫的行为，
智者不会把命运交给业力。"

讲到此处奶格玛顿了一顿，
以便于胜乐郎消化教言。
一时间金刚座芬芳阵阵，
仿佛有无数的天女前来散花。
更有那吉祥的花儿迎风开放，

太阳也把云朵染成了红色。
一团团一簇簇好个绚烂，
宛如镶在天上的一颗颗宝石。
这殊胜的缘起最是吉祥，
胜乐郎已忘记了身在何方。
武丙武丁两人也是神醉，
浑然不知时间已过去半天。

奶格玛观因缘知道情况，
她对三人说："迁识法十分重要，
它和生死大事息息相关，
你们切勿当作等闲视之。
所有的修行都要面对死亡，
它是生命中的最后一场考试。
生前境界只是基础和记忆，
死时表现才能决定修行的结果。
你们回去之后定要勤学苦练，
早日成就好救度众生。"

说罢她又启动了智慧般若，
针对刚才的开示，
进行强调和补缺——

"上根者可在光明中往生，
那光明分为无为和有为，
虽然两者内容有细微不同，
但守持它们皆可证得法身。

"无为光明是自性光明，
是大道在个体生命中的呈现。
只要你能安住真心，
子光明便是它的别名。

"放松不散逸地安住真心，
静候大道母光明降临，
不用着意也无须思虑，
汇入大海是江河的本能。

"冥想光明如雪后的平原，
一片白茫茫很是清净。
你守住这安宁舒展身心，
在无念中守候那大道母光明。"

奶格玛讲到这里顿了一顿，
先让胜乐郎去慢慢消化。
然后慈祥地看着丙丁两人，
问："你们是如何与胜乐尊结缘？"

武丁只顾着激动忘了言辞，
支支吾吾地语无伦次。
武丙的心里却咯噔一下，
他想：奶格玛竟然不知道因缘？
随后这个念头又忽然消失，
另一个念头又涌上心来。
念头们像万花筒般变化无常，
在武丙的心里滚滚流过。

他下意识地想表现自己，
便眉飞色舞地讲了营救过程，
尤其是他的受伤和武功受损。

讲着讲着他也被自己感动，
想到当初不顾性命地营救，
哪怕将生命留在牢狱，
也不愿独自丢下胜乐郎。
后来因为武功受损的落差，
以及和胜乐郎相处后的观察，
轻慢和机心的习气忽然显露，
自己反而像变了一个人。

这时他也感到心潮涌动，
只想大哭着向本尊忏悔。
在那纯洁无瑕的加持力下，
他真实照见了自己的污垢。
这片刻的觉悟让他明白，
所有的怀疑都是自己的机心。

然而他还是放不下架子，
不像武丁那样淳朴自然。
他怕在本尊面前失态，
也觉得号啕大哭不合礼仪。
当时的人们普遍崇尚委婉，
不愿意流露内心的真情。
更不会表达鲜明的观点，
总觉得合群才是生活正行。

久而久之失去了表达能力，
一张张脸上都是相同的表情。
他们最善于掩饰自己的情绪，
哪怕反感到极致脸上也笑嘻嘻。
他们都下意识地遵循这种规则，
渐渐就变成了心灵程序。
偶尔有几个真心流露的人，
也会被众人鄙夷和排斥。
他们会说这人怪异有毛病，
用搅天的唾星把他淹没于众人。

奶格玛听完了武丙的讲述，
脸上露出慈祥的笑容。
点点头说："你们功德无量，
以是因缘才能亲见本尊。"

说罢她问质朴的武丁：
"你想求什么瑜伽？"
武丁的心中空白一片，
他好像对信仰无愿无求，
只想跟着胜乐郎做事，
把一生都交给伟大之人。
于是他讲出了心中愿望，
说不知哪种瑜伽适合自己，
全凭师尊的慈悲赐予。
只求能让他追随师尊，
生生世世做师尊的弟子。
奶格玛微笑说很好很好，

又把目光转向了武丙。
说："心事重重的可怜人啊，
你又想求哪种瑜伽？"

那武丙闻言浑身一震，
身上的汗毛根根竖起。
他知道奶格玛看穿了一切，
自己仿佛变成了透明人，
在她的眼中赤裸裸地暴露。

他飞快地思考眼下的抉择，
机心的程序下意识运行。
既然伪装已经没有意义，
他便索性卸下了所有面具，
直通通地说出了自己愿望，
他想得到无上的神通大能。
当然他也要出世间的智慧，
还想要世间的财富名声，
最好再有个美貌的伴侣，
能让他世出世间无不圆满。

奶格玛闻言依旧是微笑，
那慈祥的眼睛也依旧慈祥。
一晕晕清凉的加持传来，
她对武丙也说很好很好。

武丙就这样看着奶格玛，
忽然间觉得自己过于贪心。

那觉悟的智慧让他开始敏感，
能从另一个角度观察自心。
莫非这就是胜乐师尊说的观照，
时刻观察自己的起心动念？
这种感觉他从来没有过，
以前都是情绪和欲望的奴隶，
此刻仿佛变成了主人，
睁开眼看着妄念欺骗心灵，
再也不会被那些杂碎迷惑。
从此他有了清醒的觉知。

于是他卸下了所有的防备，
决定坦坦荡荡面对师尊。
他甚至想自己就是这样一个人，
完全地暴露才能得到对治。
且看师尊用哪种方法调理，
能把这恶劣的习气一扫而空。
这是一种挑衅般的真诚，
也只有武丙的心性才会产生。

奶格玛却仿佛毫无察觉，
她把武丁叫到了自己身边。
伸出手来放到他的头顶，
嘴里轻轻地吹去加持之气。
仿佛慈爱的母亲抚慰婴儿，
每一个动作都充满轻柔。

那是怎样的智慧之气啊，

它吹去了武丁的宿世业障，
它吹开了武丁的厚重心灵，
它吹来了法界中的智慧，
它吹进了传承里的摄持。

武丁浑身抖动大哭不已，
奶格玛微笑着轻声安慰，
说好了，好了，很好的。
随着那一声声呢喃般的轻语，
武丁的情绪也渐渐平静。
他抬起头来定定地看着师尊，
此刻他是满眼的泪满脸的感恩。
那是一种拨云见日的喜悦，
那是一种毫无造作的虔诚，
那是一种生死相托的誓约，
那是一种游子归乡的满足。
此外还有淡定与空明，
此外还有大乐和灵动，
此外还有敏锐的觉知，
此外还有柔软的大爱。
武丁深深地陶醉在其中，
将自己融入奶格玛的眼睛。
他尽情地融化啊融化啊，
直到把自己完全地消散一空。
于是他刹那间明白了空性，
对着奶格玛连磕几十个大头。

奶格玛此刻也十分喜悦，

她让武丁回去后继续祈请。
每日里只需要祈请和安住，
此外并不需要别的修法。

武丁神色郑重诺诺连声，
然后退到一旁进入了禅定。
武丙见状又生出嫉妒，
但他很快察觉到机心。
他已经不像之前那般无明，
任由垃圾裹住了心灵。
虽然那些习气依旧存在，
但他已能看得明明朗朗。

奶格玛又向武丙招了招手，
让他来到自己的身旁。
忽然本尊显出了愤怒相，
一声声咒语如同雷霆。

那武丙见状大为惊恐，
惊恐的瞬间念头消失。
除了明明朗朗的空白外，
心里再也没有别的东西。

随后那加持力席卷而来，
他浑身不由自主地大动。
仿佛被卷入大海的浪中，
随着那大力而澎湃汹涌。
他再也抑制不住内心的冲击，

一阵阵号哭着匍匐礼拜。
所有的包袱都抛到云外，
连他自己也被自己震惊。
直到那咒力渐渐地停歇，
他才从激荡中恢复了平静。
刚才的情形像做了一场梦，
武丙还在梦中回不过神。

奶格玛轻声地告诉武丙，
给他进行大威德金刚授权。
威德金刚擅长于事业成就，
可以世出世间广大名闻，
眷属如海恒常利益众生，
降妖除魔终生捍卫正法。
这妙法正适合他的根器，
定要尽快闭关好好修行。
今后若是生起了疑问，
便多做善事来滋养善根。
修行的退转只因福报不够，
只有用善行才能积累资粮。

武丙闻言心中略感一紧，
莫非自己会生出退转？
然而此刻他并没有多问，
只是牢牢记住了师尊教言，
然后对着奶格玛顶礼膜拜，
这时他已经没了任何隔阂。
那顶礼也是发自于真心，

他感受到一种轻松的虔诚。
是的，只有放下心中的包袱，
整个人才会变得无比轻盈。

奶格玛点点头说："很好很好，
你要记得这一刻的觉悟，
常常用智慧之镜观照念头，
发现每一个念头都是习气。
再用智慧之眼观照，
发现那些习气也是无常。
它们来时没有来处，
它们去时没有归路，
就连它们存在的当下，
也是空朗朗如水中月影。
虽然显现上存在现象，
然而本质上并没有根源。
你安住于这个状态保任，
智慧的光明便与日俱增。
去吧去吧可怜的孩子，
你也是一个上根之人。
有大福报也有大因缘，
有大力也有大能。
所有的贪心一旦转化，
便成利益众生的大愿大心。
不要再纠结于那些心事，
它们都是炎阳下的霜花。"

说罢奶格玛也对他摸顶，

一阵阵觉悟磁化了内心。
武丙只感到前所未有的清凉，
内心看世界如观掌纹。
他也情不自禁连连礼拜，
和那武丁没什么两样。
礼拜之后走到武丁身边，
坐下来默默地体会这种觉悟。

第五十三乐章

阴阳城沐浴在圣者的光明之中，充满了温馨喜悦。然而，那屠刀仍是尾随而来，那一道道血光，那心爱女子发出的凄厉之声，惊起了圣者的金刚之怒。对于巫师这样的黑暗存在，有一种慈悲，叫做杀度。

第 136 曲　长寿法

武丙和武丁都在保任，
那本尊的开示是心头的天籁，
不断地回荡啊，不断地萦绕。
它冲去了生生世世的陈年污迹，
洗涤出一个洁净无染的灵魂。
他们竭尽全力融入其中，
保任着刚刚见到的光明。
为了避免从那觉悟中抽离，
他们不再说话也不再有行动，
他们只是静静地打坐。
时间凝滞了，万物开始小憩，
整个世界也都融入一片沉寂。

奶格玛看着两人面露微笑，
然后又将胜乐郎叫来身边。
她问他，你做师尊这么久，
可曾有什么心得体会？
那表情仿佛戏谑，
又像是一种亲昵的玩笑。

胜乐郎恭恭敬敬合十顶礼，
他不会因玩笑就对师尊心生轻慢。
他始终都很谨慎严肃，

他让人觉得苦大仇深。
这样的人往往看似没有趣味，
却不知为何他吸引了众多女弟子。
她们都把他当成心中的太阳，
围在他身边吸收那光明。

胜乐郎不慌不忙毕恭毕敬：
"顶礼我的奶格玛师尊！
愿您生生世世都能摄受我，
愿我永远在您的清凉大海中，
彻底融化再也不会分离。

"师尊看似有无上的光环，
可那更是一份艰巨的责任。
他的心中已没有了私欲，
只是把自己切碎了抚育众生。

"奈何那众生总是颠倒，
师尊穷其一生也点亮不了几盏灯。
于是他说点灯的本身就是意义，
他仅仅是在履行这一世的约定。

"每一个成就师尊的心中，
都有众生对应的一朵莲花。
它们生生世世都在他的心里，
所以他常说一个都不能少。

"尽管师尊很是疲惫，

尽管师尊很是劳累，
尽管他要承受地狱般的炽热，
但他仍是义无反顾默默扛起。

"其实他已经不再是度众，
他仅仅是在践约。
他在践一个和灵魂的约定，
除此之外，一切皆是浮云。"

奶格玛听完连说："很好，
你已经明白了师尊的心。
将这颗心变成大海吧，
去融化和你有缘的坚冰。
现在再传你长寿之法，
这也是众生解脱的法门。
要知道成就需要时间的积累，
若是寿命不够便无法达成。
你当全神贯注仔细聆听，
我的语言本身也是授权。
当你把这些话印在了心里，
便获得了究竟无上的利益。"

胜乐郎感动得涕泪交流，
他匍匐在地上顶礼师尊。
然后安住在明空里承接法要，
那一刻天地万物都停住脚步。
他只听见奶格玛的声音徐徐传来，
如春风一般，一阵一阵。

她的声音漫过胜乐郎的心，
就如同在他心中安装程序。
每一个字都载着智慧的讯息，
就像那复印机复印到他的灵魂。

奶格玛再传以长寿之法——
"观想身体如透明的小鱼，
所有血脉都能一一看清。
那中脉能量通道如擎天之柱，
直立于体内连通头顶和私处。
左右中三脉皆有'嗡阿吽'三字，
发出红黄蓝三种彩光。
口诵'嗡阿吽'三字依次闪光，
三色光充满了透明的身体。
切记放光时要安住无执之境，
若有散乱要收敛光芒。
先将光芒收敛于'嗡阿吽'三字，
再随咒字汇合于生命基点。
基点与心间的师尊合一，
放出无量光明遍及虚空。
摄来五大精华和不死甘露，
如牛奶般涌入心间师尊心轮。
然后蔓延至体内各处，
像白色月光清洗行者身心。
同时持柔和宝瓶气控制气息，
让心安住在无执的定境。

"若是身患重病已回天乏术，

就不要煞费苦心延长寿命。
不如坦然静候死神的降临，
视死如归如义士赴刑场就义。
试问世上何曾有不死之人？
就算活了百年也终归有一死。
红尘已上演过太多的剧情，
长寿短命都仅仅是过程。
财富身份到头来毫无意义，
生命的长短也不过是记忆。
那记忆时时正在消逝，
眼前的一切如过眼云烟，
人生只是遗忘与记忆的搏击。
来来往往数不清多少轮回，
终于在此生得到解脱真理。
何不趁生命将尽看清那无常，
为何还要执着那破漏的空杯？

"你要珍惜时光圆满那修行，
这才是你值得着力的大事。
借死亡将自我彻底打碎，
用无执之心与死神相拥。
还要舍弃所有身外之物，
包括金钱宝物等诸多财富。
并放下此生的一切善恶，
用纯净内心迎接那新生。
更要虔诚供养和赞颂师尊，
要深切地体会师尊之恩。
让生命与师尊紧密相连吧，

在死的瞬间打碎小我枷锁，
或融入光明或达成升华，
从此将身心融入究竟真理。

"如果有过失仍然要忏悔，
还要坚决自律不再犯错。
要是太过虚弱难以禅修，
就追忆师恩勤修那虔信。
往生时可端坐也可狮子卧，
更要将自己观想成本尊。
肌肤和血肉仍然透明，
三脉和咒轮清晰可见。
同时观想师尊安坐头顶，
将所有红色精华收入脐间，
将所有白色精华收入喉轮，
气息和心识集中于心轮。
'嗡阿吽'三字涌入师尊心间，
或观想净土的庄严妙境。
切记，往生之果取决于临终的观想——
观想'吽'字可往生为化身，
观想师尊佛身能往生为报身，
无念无执则成就为法身。

"儿呀，长寿法属于奶格六法，
它的目的并不是让你长寿。
真正的奶格六法是以毒攻毒，
将灵魂毒素转化为解脱甘露——
贪欲可转化为乐空智慧，

憎恨可转化为精进之力，
愚痴可转化为无分别智，
修无分别智可达成究竟。

"勤修六法能让你身心获益，
但你不能贪着修行的体验。
若是不能认知自性光明，
贪乐和无念会影响你解脱。
不要留恋一切的空乐，
不要把方法和过程当成结果。
其目的是唤醒俱生智慧，
要学以致用成为本能。
智慧的本能才是解脱的保障，
方法和原理只是美好的妙想。

"如果有信心能契入真心，
仍然要按照上述观想修行。
但那三脉五轮和瓶气拙火，
都要观想成幻术甚至梦境。
还有那乐空觉受同样如此，
用它们验证你契入的光明。
久久训练便可破除执着，
以此智慧远离那中有幻境。

"愿你能严格训练好好实践，
在有生之年解除一切烦恼。
若能及时证得究竟解脱，
无论生命长短都是真正的寿星。"

奶格玛唱完了道歌之后，
胜乐郎顶礼感恩师尊。
他忽然觉得自己有了变化，
他已成为广袤无垠的苍穹
或是深邃无比的大海。

笔者写到此处亦生同感，
一波波大爱涌上心头，
那是轰鸣中的寂然，
那是静默中的震雷。
我从虚净的光明境中，
听到智慧女神们的歌声。
它像涨潮时的海水那样，
前赴后继，一波波浪涌，
涤荡着我的真心。
此时我正在地中海上，
大海之波在脚下激荡，
远方的天光开始显现，
一晕一晕将布满天空。

时光回到了千年之前，
那个金刚座下平凡的午后，
当奶格玛和师徒三人对话，
他们的周围也散发出一晕晕芬芳。
而这一刻两个生命已重合，
笔者已分不清自己与本尊。
一切都融进奇妙的空乐里，

还有那无尽的慈悲。

奶格玛传法后又闭目入定，
师徒三人告别了本尊。
武丁想对奶格玛顶礼膜拜，
胜乐郎一把拉住了他。
因为按照祖宗的说法，
与师尊的告别要悄无声息，
你不要礼拜也不要匍匐，
否则你们便再也无法相见。
所以，请收起那份对师尊
浓浓的爱和深深的敬吧。
不要张扬，低调内敛，
将它藏在心里只小心呵护。

返回时归心似箭，
他们一路驰骋快马加鞭，
武丙的习气又隐隐复燃。
虽然在本尊面前见到了光明，
可一旦远离那习气又来反扑。
这也是修行中常有的情况，
绝非仅靠加持就能一蹴而就。
他要不断地保任那觉悟火苗，
让它燃得旺一些，再旺一些，
小心翼翼地将它变成火把，
再将火把变成火堆，
直到最后燃起熊熊大火。到那时
无论多大的风浪也不能将它吹熄，

反而会风助火势，成为它燃烧的助缘。

此时的武丙还只是个火苗，
被那习气之风吹得摇摇晃晃。
胜乐郎告诫他不要说话，
回到目的地要立刻闭关。
与此同时，他也让武丁禁语，
不使二人之间有量子纠缠。
此刻的他们，只需安住在
各自的境界里祈请师尊，
保任那份来之不易的觉悟。

胜乐郎求得了迁识妙法，
一路上三人快马加鞭，
但沿途只要有落脚之时，
便会被当地百姓留滞。
人们都闻听胜乐郎的美名，
从四面八方拥了来依止。
他们扶老携幼拖家带口，
一双双眼睛充满了渴盼。

胜乐郎不忍让他们失望，
更不会对苦难视而不见。
圣人的心总是柔软善感，
那是一种感同身受的大爱。
百姓的痛苦与他一体，
百姓的泪水和他相连，
于是，身不由己的他

总是被因缘牵绊着脚步。

只见他财施法施无畏施，
犹如那太阳普照万物。
很快，他的身边便聚起很多信众，
他们如行星围绕着太阳。
那些人因为战乱而四处流亡。
他们是落叶也是浮萍，
总是身不由己地飘零。
他们身无居所心无依怙，
他们任由命运裹挟、抛散、
撕扯或是摧残。而他们
却毫无力量抗衡——
他们是有眼睛的瞎子，
有耳朵的聋子，是有声带
却吼不出哪怕一声的哑子。

他们像泥土中的蝼蚁，
他们被游勇散兵欺辱；
他们被强盗土匪奴役；
他们被疾病瘟疫吞噬；
他们在绝望中麻木，
又在麻木中绝望。
没人会关注他们的世界，
更没人去拯救他们的灵魂。
他们是真正的弃儿——
被天地抛弃、被自我抛弃。
他们是草——

任由罪恶之火让其灰飞烟灭。

而今，终于有一个圣贤之人，
看到了他们——
他为他们流下大悲的泪。
他停下他行走的脚步，开始救苦。
那福音犹如春风中的花香，
随着阳光的温暖四处飘散。
奄奄一息的灵魂开始苏醒，
他们抓住他的手，就像抓住了
最后一根救命的稻草。
诸多的百姓变成了信众，
成为胜乐郎坚定的追随者。
他们发愿生生世世追寻真理，
再也不愿像蝼蚁般地活着。
他们要尊严、要爱，
他们要活着的理由。

于是那阵容越来越大，
滚滚滔滔像无尽的江河，
他们的行程也越来越慢，
还引起了沿途官府的关注。
为了避免生出事端，
胜乐郎决定与百姓分批前行。
他留下了武丙武丁，
由他们带着百姓后行，
自己则快马加鞭赶往阴阳城。
众百姓见圣人要离自己而去，

汹涌而来拦住了马匹。
他们跪在马前落泪，
求圣人不要舍弃他们。

胜乐郎解释了他的意图，
说自己只是先行一步。
阴阳城里有人在等，
他将在那儿恭候众人。
又详细告知众人路线和自己的地点，
劝勉他们坚定信心与他相会。
又让武丙武丁好生照料，
要对百姓们善加教导。
众人这才让在路旁，
依依不舍地洒泪放行。

胜乐郎急速行进着，
他的赶路就是此行的目的。
一路上，他避开嘈杂躲开繁华——
渴了，有地下汩汩冒出的山泉水；
饿了，有树上随风而舞的山野果；
困了，就靠在马背上来一会假寐；
累了，就停在小路边眯着眼休憩。

胜乐郎归来的时候众人正在吃饭，
他们长幼有序队伍排得整齐，
轮流到那施粥处领取食物，
虽然饥肠辘辘但学会了有尊严。
他们不会再像一群哄抢的恶狗，

也不会再你推我搡地挤作一团。
在那充满了秩序和谦让的队伍里，
人性的光芒射向了法界虚空。
这是一群陷入苦难的神圣者，
这是一群衣衫褴褛的光明心。

忽然在那天边的远处，
影影绰绰出现一道剪影。
在晚霞和地平线交叉的缝隙里，
它晃晃悠悠越来越大。
渐渐地黑影近了，近了，
已经能听到那驾马的声音。
那声音十分清朗好个耳熟，
赫然是平民的圣人胜乐郎！

众人看到了胜乐郎归来，
他们发出齐声的欢呼。
一个个脸上洋溢着笑容，
仿佛迎着太阳绽放的葵花。
他们纷纷将他的行李取下，
簇拥着他走向帐篷。

帐篷里华曼正在教孩子们识字，
灰头土脸的他们天真而纯朴，
一双双眼睛里闪烁着星星的璀璨。
在华曼智慧和耐心的教导下，
一个个善良的火苗燃起了，
种在了一个个稚嫩的心里。

猛然抬头，华曼看到了他，
一个风尘仆仆的男人——
那个她朝思暮想的男人，
那个离开她就毫无音讯的男人，
那个她牵了手便生生死死
再也不想放手的男人——她怔住了。
于瞬间的空白刹那的沉默之后，
她遣散了孩子们让他们到室外玩耍。

再抬眼看他，她的眼里已充满盈盈的泪。
她把眼睛睁大，稀释着她的泪。
她仰起头，给他一个久违的笑。
然后她捋了捋耳边几缕飘散的头发，
上前接过胜乐郎的行囊，
轻轻拍打他身上的尘土，
透着一种贤妻良母的温馨。

胜乐郎也享受着华曼的照顾。
他含情脉脉，她情意绵绵。
他心领神会，她心有灵犀。
只是那笑容的背后有多沉重，
只是那等待的时光有多漫长，
只是那不尽的牵挂有多磨人，
只是那无边的思念有多憔悴……
华曼将这一切的一切，
都藏进心里绝口不提。

只见胜乐郎于不声不响中
从口袋里掏出一颗珍珠，
它硕大，圆润，璀璨。
胜乐郎告诉她这是师尊加持过的，
也是他特意送她的。
他知道她不爱金银，独喜珍珠，
他说她是他名副其实的珍珠，
而他是蚌。他孕育她滋养她，
也以折磨的方式成就她。而今
那曾经微不足道的沙粒、
饱受命运折磨的沙粒、
敢于直面成长之痛的沙粒，
终于成为一颗珍珠，熠熠生辉。

就在华曼接住珍珠的时候，
她的眼中也滚出两颗珍珠。
深深的思念，苦苦的牵挂，
长长的暗夜，切切的孤独，
甚至，刚刚故作的坚强，
所有种种都于瞬间瓦解。

只是她的眼里虽有泪，却并未哭泣。
她钩住胜乐郎的脖子告诉他，
他不在的日子里，她是充实的，
她从来没有像现在这样充实过。
她找到了活着的意义——
她愿生生世世地爱他，
爱他的众生；

她愿生生世世不离开他，
不离开他的众生。

从前的华曼只想要个人之爱，
只想和心爱的人两厢厮守，
而现在，她已深深地明白，
她爱的是太阳，就要让太阳去照耀，
这是她的幸福，她的荣耀，
是她快乐的源泉，升华的动力。
唯有融于众生之爱的大海，
她与他之间的爱，方能源源不竭，
方能永葆鲜活的激情，愈加深邃。

那珍珠啊虽是无上法宝，
更重要的是胜乐郎心中有她。
就凭这一份挂在心里的爱意，
她愿意肝脑涂地也在所不辞。

华曼终于没忍住流下了眼泪，
那泪珠圆圆的包裹着幸福。
帐篷外有很多百姓围观，
她不好意思一阵阵脸红，
像个小姑娘般露出羞涩的笑。

此时的华曼真的好美，
她的女儿心多么鲜活。
那是人间最美的景致，
能照亮漆黑的夜空呢。

胜乐郎感到很是欣慰。
他望着眼前的华曼有些恍惚，
仿佛他又回到了多年前的刹那，
初见那如明月般的女子。
而后来她的吃醋和不安，
她的纠结和蛮缠，
仿佛变成了幻影，
随着那记忆纷纷消散一空，
留下的，是愈发清凌的月光。

华曼告诉胜乐郎威德郎来过，
他答应保护阴阳城和百姓，
并且特别叮嘱她转告胜乐郎，
他随时欢迎他去教化国民。

威德郎怕胜乐郎心中有顾虑，
还特别强调没有任何附加条件，
也不会给胜乐郎安排政治任务，
只让他专注于自己的智慧传承。

他还说胜乐郎是奶格玛师尊的骄傲，
也是他威德郎心中的偶像。
他愿意以国王之尊屈居下位，
让全国百姓都信奉胜乐圣人。

转述完威德郎的留言，
华曼仰起小脸望着胜乐郎，

那神情有种宠物般的可爱，
这是惯被胜乐郎宠爱的神态。
她正望着他像是满怀期待，
又像是望着热恋的情郎满是崇拜。
她虽然不愿意招惹麻烦，
她虽然也向往避世的静好岁月，
但她知道，胜乐郎不只属于她，
从今后，她将全力支持他的任何决定。

胜乐郎闻言摇了摇头，
说虽然威德郎的诚意可嘉，
但他不愿意和政治走得太近。
这些承诺看起来十分诚恳，
一旦接触上就会慢慢变质。
他还是想在阴阳城里教化百姓，
在中立的地方光大师尊的传承。

华曼闻言长舒了一口气，
悬在半空的心也终于落地——
"无论你如何选择如何决定，
我都会豁出性命无条件支持。
再也不会跟你闹什么别扭，
我也想做一个伟大的女人。"

胜乐郎轻轻将华曼拥入怀中，
两颗心终于在这一刻相应。
修行的路上能得此伴侣，
胜乐郎直感到自己是上天的宠儿。

不几日武丙武丁他们也回到了阴阳城。
此时追随的百姓已多达千人。
看上去密密麻麻排山倒海，
阴阳城的老住户都心生恐惧，
他们怕这些外来人会生出祸乱。

胜乐郎叫来武丙武丁问询情况，
他说已在阴阳城找好关房，
他命二人好好闭关保任。
他还说武丁负责关房生活，
先让武丙专心致志修习妙法。

此言一出，两弟子都变了脸色。
那武丁虽然是心思纯净，
但也不由得感到些许失落。
他毕竟还没到圣人境界，
觉得自己沦为武丙的陪衬。
虽然他觉得武丙也很好，
但内心还是有些许怅然。
仿佛有一缕若有似无的烟雾，
萦绕在他的胸口气息不顺。
于是他的叩谢迟滞了片刻，
他感恩的表情也略带僵硬。

武丙一听飘飘欲仙，
定然是自己大有来头，
才让师尊如此重视。

忽然又一念警觉生起，
身为同门，他为武丁感到遗憾，
身为同门，他为从前感到惭愧。
于是他以更加诚恳的态度感染武丁。

他还想也不能太造作，
让武丁护关是师尊的决定，
这应该也是武丁调心的机会，
自己只要顺其自然即可安心。

武丁的心中虽然也失落，
但他并没有这么多机心。
他只是感到情绪的低落，
但很快因为对师尊的净信，
他决定义无反顾地放下自己，
就算是赴汤蹈火也在所不辞。
于是两个人各自怀着心事，
进入了位于阴阳城的关房。

第 137 曲　依怙

胜乐郎回到阴阳城后，
并未得到片刻的放松与歇息，
众百姓不日间便再次围住了他。
面对那无数炽热的目光，
胜乐郎已隐隐感到一股大势，
仿佛洪流一般裹挟了自己。
这不再是简单的收徒教化，
更有一种使命和责任。
这既是无穷无尽的麻烦，
也是他命中的大事因缘。
不知今后的形势又会怎样，
胜乐郎望着天空叹一口气。

此次归来时，
已经是秋季的深夜。
身上的单衣遮不住寒冷，
疲惫的脸上很是憔悴。
在生命之途中，
他总是在昼夜兼程，
只想早一点传播真理。
前贤说"朝闻道夕死可矣"，
他深知那无常之剑从不曾停止挥舞，
若是能多一个明白的灵魂，

这世间便会少一个愚痴的众生。
因此，他才始终在奔跑。
他与时间赛跑。
他已将生命燃烧成一团烈火，
供他人取暖。他还在尽其所能地
点亮他们，燃烧他们，
想让更多的人能够一起取暖。

众百姓正在草原上露营，
远望去只有一个个黑影。
众黑影和夜色融在一起，
透出一股清凉的静谧之气。
他们不再有你争我抢，
他们找到了灵魂依怙，
他们融进了法性海洋，
祥和之气笼罩那营地。
胜乐郎心中很是欣慰，
觉得那心血没白付出。

其实就算是没有任何效果，
他还是会义无反顾。
其实即使他的薪火不能相传，
他也依旧会义无反顾地点燃。
他的慈悲已成了他的本能，
早已超越了诸多的功利。
明知道救度也不离无常，
明知道众生会化为尸骨，
明知道那秘境只是个传说，

明知道一切只是场幻戏，
了义看哪有度者和被度，
一切都生于空性又归于空性，
不过是法性大海的一朵朵浪花，
泛出一些泡沫，
折射一些时间的幻光，
最终又归于大海，
本质上却是无来无去。

他很像那个在沙滩上堆城堡的孩子，
明知道无常的大浪能卷走一切，
他还是在玩那一个游戏，
他玩得忘我，玩得投入，
他知道既然选择了这种命运，
就不必再去追问有何意义。
他当然知道意义是什么，
是那一双双眼睛里，
被信仰点亮的一星圣光。

胜乐郎轻轻走近了他们，
像夜气那样悄无声息。
总怕打扰一个个美梦，
总怕给世界多一丝惊扰。
婴儿正在母亲怀中酣睡，
老人在梦中嚅动着嘴唇，
青年已放出了鼾声，
滋养着身边偎依的情侣。
这样安详而静谧的夜晚，

会让人忘了那恐怖的战乱。
你只想融入这安详的夜色,
享受信仰的缕缕温馨。

胜乐郎走向了华曼的帐篷,
它坐落在最安全的地方。
众百姓收集了千家的碎布,
为她缝制了一个家园。
它代表着他们对圣人的尊敬,
也是他们命运的图腾。
只要看到那顶帐篷的矗立,
饥寒的心就会感到温暖。

胜乐郎啊胜乐郎,
你可知道你不仅仅属于自己?
你是那游子心中的故土,
无论灵魂飘零到何处,
你都是他们最温暖的港湾。
你是酷暑中的清凉,
你是严冬中的暖意。
哪怕他们身上已经是衣不蔽体,
心中也始终有一团火焰,
火光能穿透亘古的暗夜。

胜乐郎走进了那顶帐篷,
华曼正在沉沉睡着。
看得出她也是十分疲惫,
脸上却露出幸福的微笑。

身边还睡着十几个孤儿，
他们的脸上写满了幸福。
虽然那单薄的篷布处处漏风，
却是人间最美的景致。

胜乐郎并没有叫醒华曼，
他想让她好好休息。
要处理这么多难民的事务，
每次想起他都会心疼。
她成了一个伟大的女人，
再也没有了情执纠缠。
她和那伟大的精神达成一体，
已成为智慧女神的化身。
感谢你，我命中的智慧女神，
感谢你在我生命中的相伴。
胜乐郎找了个角落和衣躺下，
很快也进入了沉沉梦乡。

就这样，他的生命燃烧着，
蓬勃着，也消耗着。
那一路的风霜雨雪化成了刀剑，
在他额头雕出一道道伤痕。
人们说那伤痕不是伤痕，
而是一道道盛满智慧的皱纹。
圣人并不是天神般的存在，
他也会有疲惫和衰老，
因为呕心沥血因为孜孜奉献，
他的衰老，比常人更快。

他心甘情愿地让众生
把他青春的容颜折旧；
也死心塌地地让时光
将他康健的身体磨损。
但他有一颗证悟了的真心，
无形无相又无处不在，
于是他成了精神的载体，
在无我的慈悲中撒播大爱。
夜空漫过来浓浓的雾气，
像给他盖上厚厚的毛毯。

等到胜乐郎醒来的时候，
身上已经盖了一层薄被。
华曼正在悄悄地忙碌，
做着他最爱吃的早餐。
胜乐郎静静地看着她的身影，
泪水不由得漫上了眼睛。
这是他的女人，
自从跟了自己，
她便开始经历诸多磨难。
这些年她消瘦了许多，
曾经明月般的容颜，
也渐渐显出岁月的痕迹。
她已不是那娇美的公主。
虽然她依旧美丽，
但这是独属胜乐郎心中别样的美。
它甚至无关乎青春，
无关乎身形和容貌。

即使被岁月蚕食了韶华，
她也始终无悔。
胜乐郎越看越觉得那身影很美。
这是他的女人，
一路上陪着他披荆斩棘，
却丝毫没有自己的所求。
胜乐郎觉得亏欠她太多，
心中生起了一阵愧爱交融的热流，
于是他走到她的身后，
用双臂环住那瘦弱的腰肢……

回到阴阳城后的几天里，
胜乐郎举办了一场隆重的法会。
人们纷纷顶礼这伟大的圣者，
整个营地都萦绕着信仰的气息。
那气息里有虔诚和清凉，
还有无我的慈悲与大爱。
人们都对奶格玛生起大信，
开始在苦难中勤修迁识。
他们于每日里精修四座，
七天之后，很多人梵穴已开。

胜乐郎插以吉祥之草，
教他们在日后也每日勤修一遍。
他还告诫他们，
若不到危机时不可往生，
要好好珍惜这人身之宝。
若遇大难方可先行此法，

遭杀戮之前也能先行往生。
而对于没有开顶之人，
则以修虔信瑜伽为主，
每日里多诵"奶格玛千诺"。
即使不幸遭遇命难，
也能因信得度达成解脱。

这时候气氛变得有些微妙：
开顶的信众都充满虔诚，
一个个露出兴奋的神色，
他们顿时觉得此生有了归宿，
漂泊的种子已落地生根。
他们虽不知来处，却了知去处，
他们对未知不再迷茫也不再恐惧，
他们时时念诵着本尊的心咒，
心中感到前所未有地踏实。

没开顶者却心生落寞，
在郁郁寡欢中开始消沉。
他们或是福报因缘不够，
或是对胜乐郎并不净信。
甚至有人还觉得无颜以对，
累世的习气让他们感到无力，
便于羞愧中离开了胜乐郎。
胜乐郎也没有挽留他们，
他只送上自己真诚的祝愿。
他尊重所有人的选择，
也明白各有各的命运。

修行是最公平的游戏，
无论你是富贵还是贫穷，
无论你是聪颖还是鲁钝，
都不要紧，
在心灵的竞技场上，
只需要你的信心勇气。
那些虔信者都开了顶，
怀疑者却没有效验。
除了有人愧然离去，
还有人对开顶者羡慕嫉妒恨，
甚至开始捣弄是非。
而胜乐郎只是强调戒律，
总是不愿舍弃任何一个。
他只管自己发光发热，
用内证的功德来慢慢调伏。
他明白每个人都有恶习，
就像那些生病的孩子，
需要圣者给予更多的关心，
再加以智慧的开示进行调理。

还有一批坚定的追随者，
虽然他们因业力暂时没有开顶，
但对师尊依旧抱有信心，
胜乐郎对他们更是悉心教导。

因为胜乐郎的功德无量，
追随的难民越来越多，

这些百姓的饮食起居，
以及种种的日常事务，
都需要进行规范化管理，
更需要呕心沥血地教化。
这使得工作量变得巨大，
远远超出了常人的心力。
他只能和华曼并肩扛起。
红尘之上，他们不仅仅
是行者与明妃。他们还是
生活中的伴侣，
奋斗中的知己。
他们行走世间，以世间的行为
践行着出世间的梦想。转眼之间，
那个娇滴脆弱的青翠女儿已成为
胜乐郎生命中共担风雨的坚强妇人。
他们一起痛饮幸福，
也一起啜饮苦难；
他们一起绿肥红瘦，
也一起担责扛任。

两人常忙到深夜才入睡，
经过那一两个时辰的休息，
又要起身为百姓操劳。
他们几乎是夜以继日，
却常常微笑着彼此鼓劲。
他们看着对方的黑眼圈，
还有那憔悴不堪的面色。
都想着让对方休息一会，

都想把重活往自己身上揽。
于是两个人谁也不愿休息，
却在那操劳中感到格外温馨。
那劳累越是来得猛烈，
这份感情也越是浪漫。
两个人常常深情地对视，
随即又心有灵犀地莞尔。
他们吃饭时会手拉着手，
还彼此开些调皮的玩笑。
那浓情蜜意丝毫不像成就者，
仿佛是两个年轻人的初恋。

在这种温馨而和谐的气氛下，
百姓们也纷纷受到了感染。
他们各自分工并且遵守纪律，
劳动的号子终日响彻营地。
男人们开始伐木、开挖地基，
他们想在这里建一个道场。
女人们缝缝补补洗衣做饭，
一勺勺热汤在人群中传递。
那热汤泛起一缕缕热气飘散，
向老天爷展示另一种希望。

在一个春风拂面的早上，
随着几声撕心裂肺的呼喊，
营地里诞生了一个新的生命。
那稚嫩的手脚新鲜红嫩，
躺在母亲的怀里蠕蠕而动，
一口口咂着甘美的乳汁。

这是天地间最美的画面哟，
连那条黄狗也息了吠声。

人们的脸上都洋溢着笑容，
粗糙的大手也好个温柔，
他们把婴儿来回地爱抚，
仿佛看到了新生活的希望。
然而那噩耗是潜伏的毒蛇，
总是出其不意发起攻击。
正当人们幸福地憧憬时，
晴空中忽然响起了霹雳。
胜乐郎见状紧皱了眉头——
真是一个不好的缘起。
华曼似乎也预感到什么，
她起身和胜乐郎十指紧扣。
那手心中传来一阵阵暖意，
还有风雨相伴的坚定。

也许那乌鸦是魔鬼的使者，
看到这祥和生活便嫉妒不已，
它那沙哑的叫声充满暴戾——
不能容忍！绝不姑息！
这分明是对黑暗势力的嘲弄。
人性之光刺痛了魔王眼睛，
那颗阴暗的内心在电闪雷鸣。
乌鸦的叫声里闪现出血腥，
于是它舞动怪骨嶙峋的双翅，
扇起一股股阴风，
向附近的欢喜军告密。

第 138 曲　屠场

那天的太阳有些怪异，
明明正是上午，却似滴血的残阳，
天边也飘来了肃杀之气。
虫蚁们往往比人类灵敏，
它们急急地钻进了泥土里，
又探出那惊慌失措的触角，
仔细搜寻着空气中的危机。

忽然人地一阵颤抖，
那是马蹄在敲击大地。
仿佛死神轰隆隆的战车，
扑向胜乐郎营造的净土。
远处的乌鸦被惊得四散而飞，
扑棱着翅膀逃向了天空。

罪恶的乌鸦啊，
这恶魔本是你们召来，
为何此刻又惊恐逃散？
难道你们也怕魔鬼的狰狞？
抑或，这是你们的另一种诅咒？
你们是否仍在妒火中
狂吼着那号子：
"毁灭啊，毁灭！

老子得不到，谁也别想得到！
大家一起完蛋吧！
死去！死去！死去！"
是这样吗？可悲的鸟儿。
在死亡的浩劫中，你们是否
还在嫉妒他人的幸福？

那闷雷般的声音越来越近，
战马的嘶鸣已刺穿了耳膜。
欢喜军排山倒海地杀来，
一个个目露凶光满脸兴奋。
大开杀戒是他们的节日派对，
他们周身激荡着狂野的气息。
杀戮的背后是如山的猎物，
比如强壮的骆驼和动人的女子。
饥饿的她们体态并不丰腴，
但花容失色让她们别有风韵。
士兵们远远地盯着她们，
像饥渴的狼群一样淌着涎液。
他们也曾经是淳朴的百姓，
但战火和杀戮改造了他们。
他们已忘了身为百姓时的疼痛，
心中只有攻城略地强取豪夺。
他们甚至越来越不像人类，
在欲火的灼烤下如兽般嚎叫，
双眼也像恶狼般放出精光，
乌云压顶般成群结队扑向营地。
他们的鞭子挥出战争的奏鸣曲，

那是人世间最邪恶恐怖的音乐。
它其实不能被称之为艺术，
只能算是罪恶脑波的肆意流露。

营地里顿时惊慌失措，
骚动中响起锅碗的声音。
多么熟悉的一幕，
这命运的噩梦总是重复。
如今这里刚有起色，
凶恶的虎狼便猛扑而来。
那净土仿佛乌有之邦，
在风中燃着微弱的理想火苗，
总是遭遇现实的暴雨。
多想质问一声苍天，
幸福的家园，究竟在何方？
人们如同火中的飞蛾，
也如待宰的羔羊，无能为力。
那催命的咒子已到耳边，
他们慌慌张张收拾行囊。
有人想保护自己的女人，
有人抛下一切逃向远处，
有人把贵重物品就地掩埋，
有人表情绝望跪下祈祷，
更有人想临阵投敌保住小命，
他们就是人们口中的叛徒。
他们的心灵像蒲公英般弱小，
业风一吹就会随波逐流。
他们貌似修行却不懂如何强大，

单纯寻求依靠并不能改变心灵。
还有一些人想借势而兴，
便暗暗地期待这盛宴降临。
他们是信仰群体里的渣滓，
暗地里妒忌着信仰的对象。
他们更眼馋那些女人和财富，
天生有着奸细的基因。
人性之光虽也能激起他们的情绪，
可一旦平静他们又被欲望占领。
他们忘了自己是战争的受害者，
竟然也想在战乱中分一杯羹。
他们甚至已经在琢磨措辞，
炮制胜乐郎的"滔天罪行"。
他们眼中没有圣人和君子，
加入这群体只为了生存。
圣人的慈悲对他们俨然是挤压，
他们怀恨在心早想伺机报复。
他们甚至想用道貌岸然的手段，
让胜乐郎一败涂地永不翻身。

他们平时虽然也谈信仰，
总是言之凿凿神圣庄严，
看起来比胜乐郎更有信仰，
但自私的本性从没有改变。
当凌厉的大风拂过命运，
他们便露出了丑陋的面容。
他们无时不在无处不在，
是人类群体中本有的螨虫。

这净土其实并不纯净，
百姓也分为三六九等。
有光明之处必有阴影，
因此要始终守护好心中的神圣。

也有人行起了迁识之法，
将修成的妙法付诸实践。
他们不想被命运折磨，
想去那净土里享受安乐。

此刻的营地里混乱一片，
众生百态都纷纷呈现。
这既是人间灾难的示现，
也是信仰之心的检验场。

无论平时发出怎样的大愿，
无论平时诵多少遍咒子，
无论观修有多么清晰稳固，
当性命攸关的飓风袭来，
所有的人性都暴露无遗。

胜乐郎闻讯赶来，
他一脸淡然从容不迫。
武丙武丁在左右护卫，
并大声呼喊想要稳定局面。

一见胜乐郎出现，

众人就像找到了主心骨。
他们迫切地拥向他寻求依怙，
有一种飞蛾对火的执着。
想起信仰的众人不再是散沙，
点点火苗也聚成了大火。
所有慌乱都变成记忆，
人们终于找回心的安宁。

有人看到武丙武丁的武器，
于是想起自己也能反抗。
这个刹那恐惧变成愤怒，
人们纷纷开始寻找棍棒。
以往总是逃亡任人宰割，
长期的妥协已阉割了血性。
如今才意识到另一种可能，
就像失忆的猛兽发现自己原也有爪牙。

终于有人喊出了口号，
一声声口号迅速蔓延。
他们要以牙还牙以眼还眼，
他们要以暴制暴血债血偿。
他们早就受够了压迫和奴役，
他们都愿意为自由而抗争。

顿时胜乐郎的避难所变成了火药桶，
百姓们热血沸腾视死如归，
只等圣贤之人一声怒吼，
便会抛头颅洒热血奋不顾身。

哪怕战死在敌人的屠刀下，
也好过窝窝囊囊被人欺凌。
就让他们做一回血性儿郎，
就让他们来一次痛快人生。

眼看滔天的大祸就要发生，
百姓们被激愤冲光了理性。
如果任由平民去反抗军队，
无异于拿着鸡蛋去碰石头。

胜乐郎呼吁百姓们要冷静，
勿以暴力抗恶要倡导和平。
哪怕面对残忍的屠夫，
也要坚守自己的信仰。
他说真正的修行不是杀戮，
更不能放纵怒火和仇恨。
真正的智慧是宽恕和忍辱，
对所有的境遇要全然接受。
人性的尊严是非暴力抗争，
用无分别的大爱来感化一切。
他将武丙武丁遣离身边，
让他们去安抚愤激的人群。

因为胜乐郎的威望和内证功德，
众百姓渐渐熄灭了怒火。
人们终于安静下来，
都用心体悟胜乐郎教诲。

每个人都在反思自己，
渐渐明白该如何践行信仰。

大德的感染力无形无相，
却春风化雨深入人心。
只见他们盘坐在大地上，
闭目观息开始了修习。
一个个正襟端坐好个庄严，
眼观鼻鼻观心无怨无争。

那欢喜军本来是气势嚣张，
一声声号叫一片片刀影。
冲到了面前却瞠目结舌，
眼前的情形世所罕见——
以往百姓总是奔逃四散，
仿佛那鸟兽听闻到枪声。
兵士们也肆意烧杀抢掠，
这已经成了固定的流程。

他们在劫掠中享受乐趣，
像在玩老鹰捉小鸡的游戏。
他们尽情地宣泄他们的欲望，
人性的丑恶释放得淋漓尽致。

这一次众百姓却不抗争，
仿佛祭坛上待宰的羔羊。
安详中透一股凛然之气，
看上去没有丝毫的畏惧。

那气势好似泰山矗立，
目光中透出一份决绝：
"你们可以把我们杀光，
休想把我们赶出家园。"
他们像一颗颗坚固的钢钉，
牢牢钉在了大地之上。
饶是这些军人多身经百战，
一时间也感到心灵震撼。
还有人对百姓生出敬意，
猛然间陷入了僵持局面。
胜乐郎站在百姓的前面，
脸上更有一种圣洁之光。

欢喜军的头领闻讯而至，
他倒要看看是何方神圣。
没想到近前他却翻身下马，
突然跪倒便是连连磕头。

胜乐郎发现那跪拜之人，
竟是那依止自己的行刑官。
他本是欢喜国有名的恶人，
却在狱中被胜乐郎感化。
他心生忏悔依止了三宝，
发愿生生世世护持师尊。
自从胜乐郎离开监狱，
他就和师尊失去了联系。
后来接到调令离开了监狱，

便在这边境之地做起了将军。

胜乐郎本已做好了打算，
带领百姓非暴力不合作。
他们要伸长脖子去迎接屠刀，
用淋漓鲜血浇奠自己的信仰。
没想到对方头领却当众下跪，
一时间两方人马都大惊失色。
一众兵士更是惊疑不定：
这平凡的胜乐郎有怎样的能为？

只见胜乐郎扶起了行刑官，
叫一声将军不必如此，
还说他没有别的意图，
只想还百姓一个安宁。

行刑官闻言羞愧不已，
他早就体会到胜乐郎的慈悲，
也明知道那劫掠违反人道，
但却为兵士裹挟身不由己。
若不让众兵士烧杀抢掠，
他们会满腹牢骚一盘散沙。
士兵们提着脑袋出生入死，
过了今朝不定有没有明日。
因为随时可能一命归阴，
他们都想着及时行乐，
一旦面对更弱的群体，
他们就会尽情宣泄肆意行凶。

但这次既然关乎师尊，
当然不能由他们胡来，
行刑官命令士兵放下武器，
眼前的危机立即烟消云散。

胜乐郎赞赏行刑官的行为，
替众百姓感念他的恩德。
行刑官本来想劫掠百姓，
如今反倒成了行善之人，
这转变让他好个尴尬，
于是他心虚地讪笑不已。

胜乐郎说知错能改善莫大焉，
那行刑官闻言长舒一气，
心中的愧疚消散一空，
他如释重负像回到故乡。
他安排众士兵先行撤回，
只留几个侍卫跟着自己，
他说自己离开师尊日久，
想多听听师尊的开示。

众百姓见状松了口气，
围住了胜乐郎齐声欢呼，
既有劫后余生的喜悦，
更有对胜乐郎狂热的崇拜。
伟大又慈悲的成就者啊，
能逢凶化吉遇难成祥。
百姓们开始高唱赞歌，

一个个对着胜乐郎不断礼拜。

胜乐郎顿时心生警觉，
他最怕百姓将他架在火上。
居心叵测者也躲在暗处，
阴阴地盯着他寻找时机。
他太清楚这种局面的后果，
那泥婆罗的教训犹在眼前。
掌权者最忌惮百姓抱团，
不允许他人的威望超过自己。
他们会用尽所有手段，
扼杀那些不稳定因素。
胜乐郎赶紧制止这疯狂的崇拜，
只让百姓感恩仁厚的将军。

这一下百姓们都变了脸色，
他们叽叽咕咕窃窃私语。
他们虽脱离了劫掠之苦，
但感恩强盗的头领，又是什么逻辑？
有人便怀疑胜乐郎的品德，
说他趋炎附势讨好权贵，
说他虽然道貌岸然，
却没有一点男人的骨气。

百姓是患得患失的群体，
总怕自己会受到蒙骗。
即便是举世公认的大德，
也无法使他们产生净信。

虽然他们也会有信心，
但是却经不起风吹雨打。
他们会时时启动评判的程序，
观胜乐郎行为是否如法，
更将生活经验带入了判断，
用不清净的眼睛审判师尊。
他们怎知道政治的险恶，
更不懂权力的游戏规则。
他们总是非白即黑，
从狭隘的角度来衡量一切。

他们看行刑官的眼光毫无敬意，
还对他充满了仇恨之火，
看胜乐郎的眼神也开始犹疑。
行刑官见状忍不住训斥，
说："你们真的瞎了那狗眼，
举世无双的大德也敢怀疑，
若不是他心怀慈悲，
此刻你们早已身首异处！"

只见他须发皆张横眉怒目，
那神情威势仿佛吃人老虎。
他本来是欢喜国中的恶徒，
凶狠的习气已经根深入骨。
即便被胜乐郎的慈悲所摄受，
也难改那一身草莽之气。
虽然他道理上明白要慈悲，
但他眼中的百姓终究如鸡鸭，

饿了就杀几只来滋补身体，
也不是多罪孽深重的事。
只是这次杀到了师尊头上，
他才产生了愧疚网开一面。
一介领兵的赳赳武夫，
又怎懂得说话的艺术？

百姓们见行刑官盛气凌人，
带着一种居高临下的优越感，
内心深处的伤疤便瞬间被揭开，
所有的屈辱和压迫都浮现于脑海，
仇恨的火焰再一次爆燃，
他们恨不得扑上去生食其肉。
忽然一块石头飞来，
重重地砸在了行刑官头上。
这一下点燃了炸药桶的雷管，
引爆了百姓的一次灾难。

只见几个士兵抽出刀子，
刀尖指向了愤怒的百姓。
百姓们也拿起棍棒横眉怒目，
纷纷喊起嘹亮的口号：
"打倒欢喜军！"
"打倒欢喜军！"
胜乐郎见此状连连叫苦，
刚刚平息的事态再现危机。
既叹那行刑官一介武夫不通人情，
又叹百姓们也是群盲没有理性。

这打倒欢喜军的口号一喊，
就等于在向欢喜国宣战。
这是绝对不能容忍的叛乱，
给了对方名正言顺的屠杀理由。

幸好在场的欢喜军只有寥寥几人，
胜乐郎便大声疾呼叫众人冷静。
可那呼声就像冰块掉进沸水，
再也产生不了多大效果。
积压已久的仇恨一旦被唤醒，
百姓就成了情绪的俘虏。
他们再也听不见师尊的呼唤，
忍辱也被抛到了远远的天边。
怒火卷起了山崩和海啸，
口号也搅起纷飞的沙石。
他们就像睁着眼睛的瞎子，
看不到致命的危机就要降临。

这一下可真是捅了马蜂窝，
有侍卫马上去向撤退的军队报信。
那些士兵还没有走出太远，
他们的心里正憋着一口闷气。
他们多想抱着抢来的女人快活，
却不得不顾及长官情面撤兵。
因此那暴乱既像羊群捋动虎须，
也像是天上忽然掉下了馅饼。
士兵们看似狂怒心中实则狂喜，
立刻调转马头冲向了百姓的阵营。

虽然众百姓壮怀激烈奋力反抗，
但棍棒怎是大刀的敌手？
欢喜军呼啸来去犹如旋风，
无数道寒光织成了密密的罗网。
于是，那群本该逃过一劫的百姓，
终于因为愚痴而命丧草原。

只见那战马踏烂了尸体，
只见那屠刀砍断了脖子，
只见那头颅堆成了高山，
只见那鲜血染红了大地。

漫天的血雨冲去了百姓的斗志，
他们纷纷呈现出绵羊的本性。
刚才还义愤填膺要打倒对方，
现在却鬼哭狼嚎四散逃窜。
他们犹如秋风中的落叶片片下坠，
也像破洞的皮球漏光了满腔怒气。
再看那马背上的敌人只觉得恐怖，
心里剩下的只有逃生本能。
奈何瘫软的双腿快不过马蹄，
瘦弱的臂膀挡不住刀枪，
百姓用尽全身的力气逃走，
最终还是成了屠场中的鸭鹅。
一时间哭的哭喊的喊好个凄惨，
逃的逃散的散混乱无比。
更有那身首分离的恐怖，

更有那皮开肉绽的刺目，
更有那一声声撕心裂肺的惨叫，
更有那一摊摊的死不瞑目……

胜乐郎发出了仰天长叹：
"百姓们啊你们可曾醒悟，
这就是群情激愤的后果。
当你们变成了情绪的奴隶，
便会招来惨绝人寰的屠杀。
再不要做那没有理智的群盲，
再不要成为匹夫之勇的祭品，
再不要跟随着冲动肆意妄为，
再不要将心中怒火烧向世界。
要保持冷静独立思考，
要透过现象看到本质。
要听从圣贤之人的教化，
要通过信仰来控制情绪。"

胜乐郎在杀戮中大声疾呼，
他一边奔走一边痛哭。
只感到浑身充满刺骨之痛，
那一柄柄刀斧都好像砍中了自己。
因为他有一体同悲的大爱啊，
那百姓的鲜血仿佛火山岩浆，
赤裸裸地浇在他柔软的心上。

只见他拉动着一只只手臂，
只见他搀扶起一具具尸体，

只见他发出撕心裂肺的祈求，
只见他试图用螳臂阻挡车轮。
可他仿佛海啸中的小船，
已无力控制那失控的局面。
杯水救不了蔓延的火势，
螳臂挡不住滚滚的车轮，
若不是武丙武丁拼死护卫，
连他自己也会被砍去头颅。

那些士兵们杀红了双眼，
浑身激荡着魔性杀气冲天。
他们可不管什么圣人草民，
一概毫不手软地痛快砍杀。
他们要给这些暴民以教训，
竟然敢冒犯老子们的尊严。
若不把这些弱鸡收拾干净，
还不知道马王爷有三只眼。

那武丙武丁见情况不妙，
强行抱住了胜乐郎后背。
拉的拉拽的拽齐心协力，
终于将他拽离了血腥漩涡。
胜乐郎满脸泪水嘶声大吼，
他挣扎着要重返战场，
他多想从屠刀下多救几人，
他多想与百姓们同生共死。

这时忽然听到一声哭喊，

那声音清脆好个熟悉。
原来是华曼在战场中哭叫，
她被一个士兵掳上了马背，
因为不肯就范正被敌人暴打。
拳头如暴风骤雨落在她头上，
她浓密的黑发已凌乱不堪，
她秀丽的面容早惨不忍睹，
一条条红蛇正从她嘴角游出……

胜乐郎见状气血上涌，
仿佛有无数的炮弹从心头发射，
射入了大脑将他炸得粉碎，
也炸出一声雷霆般的暴喝。
他于瞬间生起本尊天身，
诵出能摧灭一切的诛杀咒语。
那声波携洪荒之力扑向敌人，
它如飓风掀起海啸般吞没一切，
它如闪电带着霹雳让山崩地裂。

那震耳欲聋的声音传向虚空，
三界十方无不纷纷颤动。
只见那晴空打起一个霹雳，
天空中顿时降下冰雹，
一颗颗裹着尖利的呼啸，
劈头盖脸砸向了欢喜军。
那些军人被砸得脑浆四溢，
战马也纷纷被砸塌了骨殖。
就连一些百姓也没能幸免，

瞬间和敌人集体阵亡。

咔嚓!
又是一阵电闪雷鸣,
滚滚的乌云遮住了天空。
倾盆大雨瞬间泼了下来,
冲刷着无边的人间罪恶。
之后又是一阵狂风呼啸,
风卷黄沙天地苍茫,
那沙砾在人们身上撕开一道道口子,
也把无数的兵器卷向了天空。

不知过了多久,
仿佛那是一个世纪的年轮,
天地间总算是安静了下来。
战场上已经是干戈寥落。
只见尸横遍野血如汪洋,
人们身首混乱敌我不分,
只剩下那些残破的旗帜,
于凄风冷雨中悲伤地呜咽……

天地寂寥,天地孤独。
胜乐郎在无边的空旷中伫立,
他空旷的衣袖里有风精灵在跳舞。
透过薄薄的布缕,
她们幸灾乐祸地看着眼前的屠宰场。
没有人能体会胜乐郎那颗
如亘古荒漠一般苍凉的心。

此刻，两行泪水从他眼角流出，
和了地上的血污渗入大地。
他看到了他生命中的那个女人，
她孱弱的身上，一把刀正在叫嚣，
它招摇地占领了她饱满的胸脯……

"华曼！我心爱的女人！
我生生世世不离不弃的女人！"
胜乐郎只感到浑身一阵酥麻，
仿佛被雷电击中了灵魂。
眼前的一切都虚虚蒙蒙，
他恍恍惚惚像堕入了梦魇。
他很想一个箭步奔向她，抱起她，
可他又害怕，
他不敢面对那残酷的结果。
他的双脚已经不听使唤，
两腿也仿佛脱离了意识，
他整个的世界都在倒塌啊，
终于，他跪在了那里呆若木鸡。
全世界都在这一刻静默，
连风声也凝固成了浓浆。
胜乐郎的心沉入了冰窟，
那里可以让它躲避痛苦。

当他把心冷冻起来的时候，
世上的一切便穿不透那麻木。
只是眼中明明看到女人的身影，
正笑盈盈地朝他走来。

她只是轻轻地挥了挥手，
便挥出胜乐郎滔天的号哭。
那哭声冲出了草原传向法界，
一阵阵秋风旋起撕裂的悲伤。
悲伤中还有如如不动的明白，
那明白仿佛是龙卷风的中心，
亮晶晶地映照着一切，
仿佛所有的事物都与它无关。

内心却仍觉得愧对百姓，
他抹泪持咒为百姓们祈福——
"我的师尊奶格玛呀，
我真是不吉祥种子。
这么多百姓追随我而来，
我却无法保全其性命。
祈请您好好加持他们，
让人类能离苦得乐，
让他们远离战乱之苦，
让吉祥之光永照世间，
让永恒的幸福降临人世。"

奶格玛正在光明中打坐，
听到胜乐郎的祈请心声，
她也不由得流下悲悯的泪水，
明知道所有的苦各有因缘，
恶种子必有恶的果实，
而善果也需要善的种子，
每一种命运都是选择，

每个人都在自作自受。
表面看来诸事偶然，
其实仍不离大道规律，
因果法则是宇宙的规则，
人力很难对抗天意。
那诸多的战乱也是劫难，
每一场劫难都不离人心。
她同样明白世上的一切都是戏，
那剧本已经写好，
那剧情正在上演，
每个人都是自己的导演，
都在承受着自己选择的结果。
但她还是将吉祥之光洒向受难者，
将那些有缘者着意庇护。

胜乐郎也诵着《奶格吉祥经》，
一遍又一遍，
一遍又一遍，
让吉祥之光照耀尘世，
愿吉祥永驻！

整整一夜，他不曾停息。
他争分夺秒播撒着吉祥的种子。
直到第二天红日初升，
他举办了一场盛大的超度法会。

奶格玛出现在法会上空，
笑盈盈地看着哭泣的胜乐郎。

她说："胜乐郎啊我的孩子，
你可彻底窥破了人间虚幻？
你可彻底放下了所有执着？
无论是爱情还是亲情，
无论是罪恶还是良善，
无论是军人还是百姓，
无论是短暂还是永恒，
都如同这脚下的战场，
一阵风雨之后便归于无常。
你可曾把握住那明空之心，
而不被外境扰乱了觉悟？

"胜乐郎啊我的孩子，
我和你没有片刻的分离。
你所有的喜怒哀乐我都知道，
因为你就是我我就是你。
那些受难者我帮你度化，
那些灾难我替你消解。
那华曼即便难逃命难，
也会以另一种形式，
成为智慧女神陪伴在你的身边。

"儿啊儿啊你要时刻牢记，
虽然这世上有诸多的显现，
但它们都归于法性的海洋。
虽然没有分别但还是要行善，
只是不要被善恶束缚了手脚。
去吧去吧我的孩子，
接下来还有更多的剧情。

你的一生只是法界的载体，
除此之外并没什么胜乐郎。"

奶格玛说完后便消失于明空，
留下胜乐郎独自面对那战场。
眼前的草原已经空空如也，
似乎从没有发生过任何灾难。
秋风依旧打着旋儿吹过，
草丛里的虫子们快乐地迎合。

胜乐郎觉得刚才分明是个梦境，
可那梦境和现实又有何区别？
明知道一切都会很快过去，
他也早已经消融了所有执着，
可心中依旧是充满了惆怅，
他还在想念那个爱吃醋的女人。

他想她的撒娇和胡搅蛮缠，
他想她的勤劳和温柔体贴，
他想她的坚贞和风雨相伴，
他想她的一切和一切的一切。

于是他开启了那双智慧之眼，
看到她已经飞上了天空。
她变成了智慧女神的化身，
正在朝他顽皮地笑呢。
她看着他，眼眸之中依旧是无尽的温柔。
在明空之境中她来到他的身边，
为他拭去脸上残留的泪痕。

第 139 曲　偷袭

武丙的医术实在高明，
经过他的全力救治，
华曼竟然没有断气，
她的胸口始终有热气，
气息像那风中的游丝。
对于华曼何时醒转，
武丙给不出准确的答案。
他说生还不是没有可能，
但三分靠人力七分靠天命。
胜乐郎闻言半晌无话，
却坦然地接受了命运的安排。

经过这一次惨烈的战争，
胜乐郎打破了最后一丝执着。
他不再是一味愚善的老好人，
必要时也会金刚怒目。

他想起毒蛇与佛陀的故事。
毒蛇受到佛陀的教化开始修行，
再也没有攻击过人类。
它一直躲在山洞里闭关，
却不料遇到了几个好奇的顽童。
一开始他们还对它心怀恐惧，

渐渐地发现它与别的毒蛇不同。
它总是盘坐在那里，不管天晴天阴，
都对路人视而不见。
于是，他们开始用竹竿试探它，挑逗它，
那动作一步步升级越来越过分。
毒蛇心中虽然有本能性的发作，
但因为已发愿不再伤害别人，
所以最终还是默默地忍受了一切，
恪守对佛陀和自己的诺言。
顽童却不管毒蛇的高贵，
他们看到它始终软绵绵毫无威胁，
便越发地肆无忌惮。
他们四处寻找石子砸它，
毒蛇缩起脖子，他们就砸它的尾巴；
毒蛇藏起尾巴，他们又攻击它的头部。
当它连遁逃都无力时，
他们就用竹竿将它像旗帜一般挑起，
装腔作势地恫吓路过的行人。
毒蛇被他们折磨得奄奄一息，
用悲哀的目光祈求他们放过自己，
他们却当什么都没看见，
将无知的笑声传得更远。

日子就这样一天天过去，
顽童一直没有厌倦这个游戏。
毒蛇眼看就要一命呜呼，
佛陀却终于现身开示弟子。
他说："好孩子我随喜你的守信，

但你如果再遇到这样的情况，
一定要亮出自己的毒牙。
当他们发现你也有还手之力时，
就不会再对你肆意折磨。
只是你一定要记住，
即使你用毒牙恐吓他们，
也仍然要怀有慈悲之心。"
毒蛇感恩师尊的教诲，
等到顽童们又一次出现时，
它果然亮出一对又尖又长的毒牙。
毒牙闪着阴森的光，
吐芯的嗖嗖声也分外恐怖。
顽童们看到这软柿子突然一反常态，
都惊惧不已慌忙逃窜，
从此再也不敢来山洞里打扰它修行。

明白这道理时胜乐郎一阵哀伤，
如果他早一些放开手脚，
心爱的女人也不会受伤。
虽然她时不时带来麻烦，
但自己却始终很怀念她，
她会吃醋会撒娇更会胡搅蛮缠，
那鲜活的生命充满着人间味道。

再说胜乐郎这一次雷霆之怒，
导致数百士兵和百姓伤亡，
消息不胫而走，传到了巫师那里，
他拍着桌子兴奋至极——

"真是天助我也!
这胜乐郎已经触犯了国家法令,
煽动百姓作乱那已是杀头之罪。
何况他行诛法伤害了无辜,
从此便失去了圣人的美名。
这一次他定然会身败名裂,
便是将他斩首示众他也无话可说。"

事不宜迟巫师点兵点将,
带着武士和傀儡前往剿杀。
他想乘机将胜乐郎置于死地,
还想获得替天行道的美名。
虽然他还心有所惧,
但也要拼尽全力搏上一回。
他已不在乎能否当上国师,
在他散播黑暗的道路上,
那个叫胜乐郎的行者,
早已成为他的死敌。
这一次务必要一举成功,
以免纵虎归山遗患无穷。

来的路上他就想好了计划,
他要乘其不备突然袭击,
给他戴上聚众造反的帽子,
当众行刑让他身首异处,
更要揭露他骗子的行径,
让他在信仰的领域威信扫地。

他仿佛看到了仇人血流满地，
那身首分离的场景好个刺激。
他的内心鼓荡起兴奋的火苗，
每一个细胞都产生了醉意。
他向虚空中发出呵呵的怪叫，
召来了美女蛇尽情耍乐。
那一条条蛇妖攀上人身，
巫师在高潮中歇斯底里。

这一日巫师的傀儡来报，
胜乐郎就在前方的草地。
他准备今晚在野外露营，
可以趁他熟睡时一举擒获。
巫师闻言两眼放出精光，
转了转眼球想出一条毒计。
他要先斩后奏先杀后判，
他绝不能大意失去先机，
他要迅雷般取下他的首级。
那些武士和傀儡连称遵命，
他们是高效的杀人武器。
最好笑的是那些傀儡，
他们虽有人形却只是纸人，
竟也像凡人般充满贪欲。
可见巫师赋予他们的不仅仅是生命，
也有五毒俱全的心灵和习性。

这天的夜晚似乎来得极慢，
巫师盼得望眼欲穿。

那紧张和兴奋变成了煎熬，
似在焦虑中苦熬着时间。
他忽而拿起酒杯倒满美酒，
忽而操起宝刀舞几个刀花，
忽而想作一首诗词抒发豪气，
忽而心神不定来回踱步。

再说那胜乐郎有无碍神通，
他早就知晓了巫师的心事。
巫师刚一启程他便了然于心，
只因万事万物皆是他的化身。
只是这一次他想不再躲避，
他下决心将巫师斩草除根，
再把他的神识超度到净土。
他不想让他继续留在世间，
兴风作浪为祸四方。

自从胜乐郎放开了手脚，
智慧的境界已没有局限。
他不再只是一味地忍让妥协，
菩萨心肠也可以用霹雳手段。
何况那巫师是自己送上门来，
就让他先尝尝杀度的滋味。

每次想到仍在昏迷的华曼，
他内心深处仍会疼痛。
他安住明空观察那疼痛，
也成了一种修行的方式。

他常在梦中见到那女子，
她的音容笑貌一如从前。
醒来后望着身边空空荡荡，
他就会不由得泪流满面。

胜乐郎忽然产生了大嗔，
他真切地体会到智慧的愤怒。
那怒火遇到了明空更加炽热，
总想把罪恶的世界化为飞烟。
他知道这是智慧的显现，
并没被仇恨的情绪裹挟。
他只想做一回真正的自己，
不再是那个供台上的偶像。
他已经不愿去分辨是非对错，
只要因缘许可便广行杀度。

这注定是一个不平静的夜晚，
月亮早早地被乌云遮去脸面。
四周的风声如同鬼怪呜咽，
传递着令人毛骨悚然的气息。
在这漆黑如墨的夜色里，
隐隐地出现了几个身影。
他们有狸猫的敏捷豺狼的凶恶，
他们还有老鼠的鬼鬼祟祟。
那是巫师和他的傀儡武士，
他们在夜幕中悄悄接近了营地。

胜乐郎的帐篷好个扎眼，

顶上那盏马灯的光芒刺破黑暗。
远远地听到了里面的鼾声，
巫师的灵魂因兴奋而躁动。
他一步一步接近了帐篷，
想要猝不及防地砍下对方的头颅。
随着那顶帐篷越来越近，
巫师极力屏住自己的呼吸，
却无法捂息自己的心跳，
心跳声像欢快擂动的战鼓。

终于到了能刺刀见红的距离，
杀手们团团围住了胜乐郎帐篷。
只见那巫师的眼神先是一聚，
猛然又爆出万丈杀气。
他冷静又利落地做出一个手势，
无数长矛瞬间激射而出。
紧接着又一阵疾风暴雨，
暗器飞镖同时狂舞，
它们像飞奔的流星，
哗啦啦朝胜乐郎席卷而去。
饶是那胜乐郎有通天本领，
在这样的攻击下也绝难逃生。
然而那身影并没有渗出血迹，
刺出的长矛也纷纷落空。
软绵绵轻飘飘不像是肉体，
仔细看竟然是一个稻草人。

见此状众杀手连叫不好，

恐怕中了那胜乐郎的诡计。
巫师见势不妙也拔腿飞奔，
但胜乐郎的反攻已来到眼前。
只见四周顿时火光冲天，
那大火发出劈啪爆裂之响，
一缕缕火焰扑向了傀儡。
风助火势火龙张开了血盆大口，
犹如猛虎下山般势不可挡。
那火苗刚触碰傀儡的身体，
他们便立刻化作了一股轻烟，
在一阵阵猛烈的风势下，
飘飘荡荡地飞向远方。

那巫师急忙调动武士反击，
他知道那火焰是三昧真火，
对付修行人和灵体有绝大效力，
对普通人却没什么威胁。
他已经看到了胜乐郎的身影，
他正在火帐的另一端持咒诵经。
随着那咒声火帐不断地缩小，
他已经感到扑面而来的炽热。

武士们也发现了胜乐郎的所在，
纷纷大吼着扑上去欲将他砍杀。
却不料忽然冒出两个身影，
闪展腾挪武艺十分高强。
原来是武丙武丁现身火帐，
保护着胜乐郎不被袭击。

几个回合武士们便招架不住，
落花流水般送了性命。
武丙此前武功尽失，
但胜乐郎教他去修拙火，
他勇猛精进证得四喜四空，
没想到竟产生了奇迹，
忽然间恢复了失去的武功，
力大无比更甚于过去。

胜乐郎的咒声一声比一声更紧，
那火焰一阵阵逼近了巫师。
巫师被烈火灼烧得连声惨叫，
却苦于四周都是真火突围不了。
他像一只困兽，
用凄厉的声音唤来更多武士，
他们发狂般扑向了胜乐郎三人。
那武丙武丁的武艺虽然高强，
但双拳难敌四手寡不敌众。
胜乐郎对危险却浑然不觉，
专注中持咒生起金刚大力，
不断将三昧真火逼向巫师。
眼见那巫师要化作灰烬，
武丙武丁也快支撑不住。

就在这千钧一发之际，
武甲和武乙忽然现身。
虽然他们口说自己要离开，
但其实一直在暗中相随。

他们各自施展看家本领，
护住了胜乐郎犹如天神。
他们的眼神充满了生死情义，
四人并肩绽放出异样的光彩。
这一刻所有的语言都显苍白，
他们彼此已心意相通，
不需要任何的交流和承诺，
自然会齐心协力同仇敌忾。

巫师见状发出绝望的怒号，
声音犹如破锣与铁铲的来回摩擦。
他本是阿修罗道的魔王，
其魔眼一睁便已看穿了真相——
那甲乙丙丁并不是什么豪客，
他们其实是四大天王的化身。
那人类的形体只是一种掩饰，
就像魔王也需要巫师的身份。
巫师大骂："四天王实在无理，
人间事自有人间处理，
你们四个蹚什么浑水？"

武甲说："你本是阿修罗王，
为何也来人间逞能？
明明你是那巫师之相，
却偏偏要承载修罗之心。
我们也会以人间之身，
来替天行道铲除邪恶。"

又听到胜乐郎声如雷震，
催动真火发起最后攻击。
只见巫师扭曲了狰狞面孔，
在烈火中发出凄厉的惨叫。
他的整个身体都在颤抖，
他的欲望更催发了火势。
突然他的头颅于刹那间爆裂，
露出了魔王本来的真容。
他青筋密布瞪着铜铃大眼，
獠牙上沾着血迹好个恐怖。
他在三昧真火中发出嘶号，
声音浸透来自地狱的惨烈。
四个武士都被震得乱了心神，
他们纷纷口喷鲜血栽倒在地。

胜乐郎也感到心慌意乱，
那凄厉的吼叫犹如长矛，
一根根扎在他的心上。
他心中竟然生出了幻觉，
看到华曼在地狱里受苦。
眼看那三昧真火已到了关键，
胜乐郎大吼一声师尊加持！
随后将自己观成了威德金刚手握神兵，
扑入烈火中与巫师殊死搏斗。

这一战打得是天昏地暗，
火光中只见那能量海啸山呼。
威德金刚三十二支神兵威猛无比，

魔王的骨刺和爪牙也异常锋利。
两个人你来我往交战数回合，
山崩地裂中仍然难分高下。

忽然间半空中响起炸雷，
巨大的霹雳击向了魔王。
胜乐郎抓住时机投出了降魔杵，
钉进了那颗罪恶的脑袋。

魔王惨叫着挣扎几下，
在烈火中化作了一摊血浆。
胜乐郎也收起天身倒在地上，
这一战仿佛耗尽了他的元气。

胜乐郎知道这不是结局，
世界绝不会因此而清净。
被诛灭的只是巫师的躯体，
那邪恶的种子却无处不在。
只要人性的欲望存在，
只要罪恶的文化不绝，
只要心灵的程序不变，
到处都是孕育巫师的温床。

胜乐郎杀度完巫师，
见甲乙丙丁也身负重伤，
遂扶起了四人施以重礼，
说慢待了四位天尊。
四人中武甲的伤势最轻，

他勉强拱手对胜乐郎回敬，
然后露出僵硬的笑容，
说："别听那巫师的信口雌黄，
我们其实遵卢伊巴师命而来。
我们是他的四柱弟子，
随师尊隐修已有多年。
师尊在圆寂前留下遗命，
让我等护持您弘法利生。
那四大天王是我们的本尊，
相应后我们会得到大力。
我们想多观察大事因缘，
才隐去了真正的身份，
一路上见您救度难民，
被您的大德行为折服，
遂在暗中一路保护。
刚才我们四人合起了命能，
才有了那半空的雷霆一击，
却也因此而大伤了元气。"
说罢他露出了黯然之色，
另外三个人也沉默不语。
胜乐郎闻言对他们肃然起敬，
发自肺腑地感激四位师兄。
他说："承蒙卢伊巴师尊顾念，
我此行也是为了光大其传承。
他也是我出世间的父亲，
我不忍看他的法脉就此凋零。
四位师兄你们虽然功力受损，
但修行上却还有很大的潜能。

只因为那修行并不是飞檐走壁，
证得见性智慧才是其关键。
智慧与身体是两个轨道，
我愿意传递光明的证量。
不知四位师兄是否还有信心，
跟随我修那超越的法门？"

四个武士闻言喜出望外，
跪在地上连连叩头。
他们对胜乐郎十分崇拜，
更因为是同根同门有无上信心。
于是他们供养了自己身心，
发愿生生世世护持师尊。
这一来师徒间结下誓约，
胜乐郎便为其开示了心性。

第五十四乐章

扩张中的国王，享受着渐入佳境的征服快感，却不料终于走入了那尴尬之地。当圣者高大的身影出现在晨曦中时，他似乎看到了他想要的光明……

第 140 曲　戚国

除威德国欢喜国等大国之外，
还有许多卫星小国，
各小国都依附于几个大国，
渐渐形成了几个阵营。

再说那欢喜郎攻入蛮夷国后，
因一时泄愤而疯狂屠城。
其血腥手段招来了仇恨和不满，
也带来了无穷无尽的后患。
欢喜郎打算以蛮夷国为后方，
对周边诸国发起进攻，
便与大军一同驻留在蛮夷国内，
顺便处理政权更替带来的种种混乱。
但他们在蛮夷国的日子并不好过，
尤其是士兵们时时会受到零星伏击。
虽然伤亡不算惨重却非常凶险，
指不定何时就会从暗处飞来利箭，
箭尖上涂抹的致命毒药述说着仇恨，
让众兵士不由得感到不寒而栗。
他们不敢单独行动也不敢高声喧哗，
像是兔子般时刻活在警惕之中。
这就是强权暴力和血腥的副作用，
从此人心惶惶不得安宁。

伫立在城楼上，欢喜郎望向远方——
多好的一座城池！却因为
自己的屠城而满目疮痍。
而此刻，全城草木皆兵，笼罩在
那一触即发的紧张气氛中，
只见士兵三步一岗五步一哨，
都紧握着手中的长矛。
百姓的脸上也写满了仇恨，
他们迫于暴力暂时不敢反抗。
他们的心中有巨大的愤怒涌动，
那屈辱和血性也在孕育暴乱。

欢喜郎因此明白了人心的重要，
暴力绝不是高明的手段。
相比在肉体上征服敌人，
远不如从精神上怀柔他们。
眼下这蛮夷国境内风声鹤唳，
让他始终紧绷着警惕的弓弦。
时间久了他感到有些身心俱疲，
自然而然想到了大德胜乐郎。

而胜乐郎却让他既爱又恨，
他对他的感情始终错纵复杂万般纠结，
有时候恨不能将他碎尸万段，
有时候又想跪在他面前。
他身上那种独一无二的清凉，
总能吹去自己心头的热恼。

只是他不识时务不知好歹，
一再挑战着自己的权威……
无穷的思绪涌向心间，
犹如那棉花糖撕扯不断，
渐渐地将欢喜郎拖入烦恼深渊。

听说圣者从来不思考问题，
他们总是说绝思又绝虑，
守住一个如如不动的本体，
便能随缘任运生起诸多妙用。
欢喜郎对这种境界好个向往，
但他自己却常常为烦恼纠结。
虽然他理上也很是明白，
但画出的烧饼解不了饥饿。
明知道只有放下才能解脱，
却总是甩不掉心头的疑虑。
心中已积攒太多的垃圾，
总在障蔽智慧的显发。
它们有一个共同的名字，
人称五毒，
便是那贪嗔痴慢疑。

他总在信仰的世界里患得患失，
权衡着自己的得与失、付出与回报，
他不相信世上真有那心灵高尚者，
能让他毫不怀疑地交付灵魂。
虽然他也感受到了慈悲证量，
却始终无法融入那光明。

这也是所有富贵者的通病，
过多的社会经验造成了障难。
他只能像一个泡温泉的游客，
疲惫的时候去那清凉里洗去尘劳，
但也只是蜻蜓点水浅尝辄止，
而不能完全解缚身心，
然后再回到尘世里摸爬滚打，
沾一身尘土后再循环往复。

他从来没想过升华自己，
他只是将信仰当成了工具。
他只要扯出一个念头，
思绪就成了滔滔的江水。
他像是落入蛛网的蚊虫，
无力挣出那欲望之网。
他又定下了新的征服目标，
下一个将是威德郎盟国。
他要步步为营，削弱敌国势力，
最终实现一统天下的大梦。
但看着那越来越大的版图，
欢喜郎再也感觉不到喜悦。
他像个玩腻了积木的孩子，
迫切想找一种永恒的快乐。

他望向遥远的天际，
那里有浮云正飘向更远处。
他捋了捋额间的碎发叩问自己——
永恒的快乐到底在哪里？

为何他的心中总充满虚无？
究竟怎样才能填补这空虚？

此时忽然有后方士兵来报，
一队人马遭到威德军袭击。
同时还送来了巫师此前的一封信，
说胜乐郎已被人劫狱，目前
有了相当的群众基础，
有诸多的追随者跟他修行。
问能否派兵将其剿灭，
免得夜长梦多滋生事端。

欢喜郎看后默不作声，
他不想背上更大的恶名。
不仅如此，他的心中还暗生喜悦，
那胜乐郎终于摆脱了苦刑。
虽然这种方式违反章法，
但毕竟也算是一个台阶。
他太清楚胜乐郎的品德，
他绝不会求饶苟活，
更不会煽动百姓聚众作乱。

他对那巫师也了若指掌，
他知道他充满了嫉妒和贪婪，
一直觊觎那国师的位置。
于是他决定顺其自然，
对巫师的提议不置可否。
眼下他还有重要的事情，

他要先清扫其他势力。
他能从千丝万缕的关系中，
找准关键点并制订出计划。
他决定此次进攻戚国。
戚国在欢喜国腹背之地，
多年来一直是如鲠在喉。
这次他想一鼓作气拔了这颗钉子。

于是他制订了周全的计划，
先在蛮夷国里大肆搜刮——
当然要注意风纪影响，
不能出现打砸抢暴行。
他准备巧立名目征敛民财，
比如发行国债或征收赋税，
用文明的方式聚敛物资，
运到欢喜国中作为储备。
他将蛮夷国当成了奶牛，
筹集着欢喜国需要的粮草物资。

欢喜郎一边筹备粮草，
一边让士兵在原地休整。
本来他还想征召一些兵员，
那些蛮夷青年都十分强悍，
在战场上有种不怕死的精神，
实在是上好的精锐劲旅，
可是他疑心这些人的忠诚，
会不会临阵倒戈来对付自己，
因为他刚刚屠杀了他们的亲人。

于是他只好放弃了这个打算，
同时也再一次后悔自己的冲动，
他默默地提醒自己，
在以后的战役中不能再屠城，
要尽力怀柔，收拢人心。

随着那战争的逐步深入，
他越发感觉骑虎难下。
只要踏出了一步便步步深陷，
不知何时才能走出泥潭。
如果将来还能再遇到胜乐郎，
他真想请他开示一番。

欢喜郎时常分裂成两种人格，
一个是圣者厌倦现在的自己，
一个是国王拥有着雄心壮志。
两种人格常常在内心里打架，
谁也无法彻底消灭对方。
于是他的纠结影响了神智，
做出的决定总是匪夷所思。

这天欢喜军队刚停下休整，
他一声令下便要急行军，
他命令部队两日内赶到戚国边境，
还说"若有拖延定斩不饶"。
这下军营里顿时炸开了锅——
这催命的决定是要命的咒子，
兵士们边打理行囊边悄声骂娘。

无休止的战争，无休止的疲惫，
他们的身心都已经透支。
杀起人来，他们是疯狂的魔鬼；
被人砍时，他们又是待宰的羔羊。
在杀与被杀的命运面前，
他们早已不是儿子，
不是丈夫亦不是父亲，他们
只是欢喜国王提线下的木偶！

就连欢喜郎也不能理解自己，
他感觉自己的心里
分明住着另一个人。
是他，在操纵着自己——
他明明想倡导和平，
却发起了一场又一场的战争；
他明明向往胜乐郎的超拔境界，
却牢牢抓着国王的皇冠不放，
并不断地为它增加砝码。
欢喜郎想尽快结束这场战争，
不管是成功还是失败，
他想放过自己，再也不必为此纠结。

于是蛮夷国内鸡飞狗跳，
士兵拖着疲惫的身躯集结。
指挥官再来做战前动员，
他们用激昂的语调煽动那血性。
随着那一声声高亢的口号，
士兵的脸上又有了亢奋的神色。

他们恢复了对国王的崇拜，
甘愿把自己扔进劫火。
欢喜郎在前面一马当先，
士兵们紧跟在后狼烟滚滚。
千军万马汇成了钢铁洪流，
如那下山猛虎扑向了戚国。
一路上有不少士兵成了掉队的孤雁，
他们实在跟不上急行的大军。
这样的强度已超出了极限，
但因为惧怕那拖延定斩的王令，
他们强打着精神向前奔命。
跑着跑着，忽然眼前一黑，
倒在了地上就此送了小命。

欢喜郎见此状于心不忍，
但发出的王令一言九鼎，
于是他让出了自己的战马，
将所有的马匹组成车队，
拉上那些精疲力竭的士兵，
喊着激昂的口号继续前进。
士兵们见国王如此举动，
顿时士气大振犹如飓风。
欢喜郎与士兵同甘共苦，
给他们注入了强大的动力。
他们要用自己的年轻生命，
来报答国王的抚恤恩情。
随着上下一心的长途奔袭，
欢喜军果然创造了奇迹。

于第二天的傍晚到达了戚国，
在边境上摆开了战斗的架势。

那戚王正在王宫里吟诗作对，
他爱好文艺风雅有趣，
他的书房里尽是书画琴棋，
他还常常召集文官来饮酒赏花。
忽然有侍卫慌慌张张来报，
说那欢喜军已兵临城下，
气势汹汹来者不善，
要对戚国发动战争。
戚王洒了手中的美酒，
他脸色煞白如末日降临。
他赶紧传呼兵部大臣，
一起登上城墙查看敌情。

只见那欢喜大军密密麻麻，
绵延不断数十里之长。
若不是那条生死河的天险，
恐怕现在已攻破城门。
众官员见状皆面如土色，
犹如寒蝉一般战战兢兢。
几十年来，戚国风调雨顺民安国泰，
没有战争也没有内乱，
众官员已习惯了安逸稳定，
只想醉生梦死畅享太平。
他们早已消磨了血性斗志，
犹如那猛虎的爪牙被磨平。

他们有心劝戚王投降，
却不敢贸贸然先开口，
一个个眼球咕噜噜打转，
都想等别人先提出意见。
没想到戚王平时懒散放逸，
沉浸在诗词的小情调中，
此时却迸发了豪情壮志，
要跟那欢喜军决一死战。

原来戚王本是行伍出身，
当年也是那一方枭雄。
凭一口宝刀打遍了群雄，
没遇到敌手才当上国王。
几十年风调雨顺的太平生活，
让他放下了宝刀执起了狼毫，
卸下了铠甲端起了酒杯。
但他心中的猛虎依旧警醒，
英雄虽老却豪气犹存。
只见他站在城墙上怒吼：
"欢喜小儿来得正好！
孤王正好用你来开光这宝刀，
看看昔日英雄是老了没老！"

众将士见国王这般模样，
好似突然间换了一个人。
他不再是多情的文艺种子，
而成了一个无畏的威猛将军。
他们虽然闻听国王的事迹，

但由于年代太久早已模糊。
此一刻见老国王英姿勃发，
也都生起了血性豪情。

戚王观察了战场形势，
回到了王宫开始部署。
戚国大军凭借天险而守，
在生死河上游占尽了先机。
这也是当年刻意的规划，
精通军事的他未雨绸缪，
亲自选址亲自监工，
做到了固若金汤易守难攻。
戚王遂下令三军将士齐心协力，
将欢喜军拒于国门之外。

再说欢喜军驻扎在戚国对岸，
他们一番急行军已疲惫不堪，
加上缺乏战船便只能就地休整，
将士们也算有了喘息之机。
欢喜郎仔细观察战场格局，
他知道敌人占尽地利人和。
他所能利用的只有天时，
以及出其不意的奇谋计策。
只是天气转寒粮草无多，
支撑不了太久的僵持消耗。
而那戚国国王威名尚在，
欢喜郎更不敢轻举妄动。
与此同时戚王也正在加固江防城防，

看上去到处都是兵器的寒光。
更有那一声声杀敌的怒吼，
隔着生死河向欢喜军挑衅。

欢喜郎心想戚王果然一代枭雄，
虽然几十年赋闲却毫无退转。
这江防的阵势布置得森严无比，
还懂得用那激将法引自己上钩。
他的好胜心也被激起，
想看看那龙争虎斗谁最风流。
他评估了当下的各方态势，
发现戚国士兵缺乏训练，
毕竟是几十年马放南山，
豪情一过其攻击力必然减弱，
那便是进攻的绝好时机。
于是欢喜郎传下命令，
让士兵晚上迅速集结吼声阵阵。
戚兵以为欢喜军要渡河，
立即严阵以待如临大敌。
没想到欢喜军吼完便回营地休息，
一连数日欢喜军上演"狼来了"的故事，
他们只打雷不下雨，虚张着声势。
几次三番，戚兵不由得松懈了防备。

戚王对这一切了然于胸，
他知道这是欢喜郎的诡计。
只是这种虚招真真假假，
说不定哪次对方就会挥出重拳。

他只能让士兵们加强戒备，
自己继续寻找破敌的方法。

这一晚阴云密布大雨倾盆，
轰隆隆的雷声充满了天空。
欢喜军没有像往常般吼叫，
戚国军营也没有灯火通明。
这场大雨仿佛密集的针线，
将两边的世界缝在了一起。
双方的营地都悄无声息，
仿佛被暴雨浇熄了激情。
这样的天气最适合睡觉，
躲在那营房里摊开身躯，
听着外面的狂风暴雨，
享受大自然鸣奏的交响乐曲，
别提有多舒坦。

但这个凄冷的夜里，
却涌动着无穷的杀气，
它们滚滚而来四处蔓延，
它们比暴风雨更加猛烈，
在黑暗中发出阴险的笑声。
只见那欢喜军正悄悄集合，
一阵阵脚步声轻微而密集。
士兵们打着熟悉的哑语，
开始了训练有素的夜袭。
他们的眼神毒辣而兴奋，
如同那阴影中捕食的猎豹，

他们抖擞全部的精神调整姿势，
准备给对手致命一击。

戚国的军队同样杀气腾腾，
他们在老国王的亲自率领下，
匆匆结集也意欲偷袭。
虽然他们动作生疏发出些声响，
但很快被那暴雨之声遮蔽。
于是出现了戏剧性的场面：
双方都绕开了主干河流，
各自在隐秘地点偷渡。
欢喜郎在船上踌躇满志，
老国王在船上志在必得。
暴雨成为彼此最好的掩护。
因为都想把握有利的天时，
两个军事家想出同样的计谋。

只见那暴雨越发瓢泼，
仿佛龙王发出一声声怒吼。
生死河中翻起了滔天大浪，
好一出人间剧情的开场，
它预示着这剧情的起伏跌宕。

欢喜军终于到达了戚国城下，
戚军也登上了欢喜国阵营。
两岸几乎同时喊起了杀声，
那声音瞬间盖过了暴雨雷鸣。
欢喜军亮出了兵刃扑向敌人，

一个个视死如归仿若猛兽。
他们本就是久经沙场的精锐，
更有那无畏的赤胆忠心。
这一战都鼓起万分的勇气，
立誓要踏平戚国的国都。
不料对方却不堪一击，
让他们轻易破城而入。
守城的将士魂不附体，
争先恐后着缴械投降。

欢喜郎感觉这十分怪异，
老国王也同样一头雾水。
他的军队也长驱直入，
并没有遇到传说中的铁军。
双方都像张满的弓弦，
却射中一个母猪的尿脬。
等再回头看自家的营地，
两个国王顿时恍然大悟。

欢喜郎叫一声"天助我也"，
老国王喊一句"大事不妙"。
这阴差阳错的计谋撞车，
让双方的处境顿时逆转。
欢喜郎攻下城池占据天险，
更有那国中充足的物资。
老国王却带着随行的兵马，
落汤鸡般在荒野中露宿。

这真是富有戏剧性的战斗，
老国王恼羞成怒捶胸顿足。
他明知粮草不多士气低落，
仍然发动了猛烈反攻，
却是以卵击石伤亡惨重。

眼看自己陷入弹尽粮绝，
戚王捻断了三百根胡须。
想不到英雄一世却被造化捉弄，
临到老落了个国破人亡。
戚王老泪纵横仰天长叹：
"罢罢罢，我就做一个了断，
免得落入了敌手遭受折磨。"
于是那老国王欲拔剑自刎，
却被侍卫拼死相救。

那随行的军师也出言劝道：
"虽然我们的处境十分艰难，
但也可能柳暗花明绝处逢生。
久闻那欢喜郎文治武功才能超绝，
更有一副包容天下的胸怀。
微臣愿意代表戚国君民，
去面见欢喜郎陈述利害。
如果我们能加入欢喜阵营，
或许能免去那灭国之灾。"

老国王闻言沉默不语，
过了许久才缓缓开口。

说："我们本是威德郎盟国，
这样做岂非背信弃义？"
还说他宁愿沦为孤魂野鬼，
也不愿被天下人羞辱耻笑。

那军师的表情更加恭顺，
说："大王您果然有英雄气魄，
只是那威德郎毫无诚信，
我们被困多时也不见他发兵相救。
大王您神武睿智心明眼亮，
当看出这种盟友不堪信任。
何况数十万军民危在旦夕，
一旦玉碎便要生灵涂炭。
此一刻人为刀俎我为鱼肉，
大王您切勿再拘泥那虚名。"

老国王闻此言不再说话，
摆摆手让军师先行退下。
他平生最看重道德信义，
一时间陷入了两难纠结。
他权衡利弊再三思量，
终于决定为百姓而放下自我。
于是那军师作为戚国使者，
去面见欢喜郎陈述了请求。
他说戚王愿意从此归顺欢喜国，
只求能保全百姓的性命。

欢喜郎闻奏报心中大喜，

表面上却不动声色。
他让军师先在驿站等候消息，
容自己与群臣商议后再行告知。

他吸取了在蛮夷国得到的教训，
入城后并没有烧杀抢掠，
还处处约束士兵安抚居民，
给了戚国百姓最大的尊重。
对王宫的物资尽数封存，
对宫女嫔妃也没有染指。
他只想瓦解威德郎联盟，
并不想荼害百姓妄造杀业。

此时他已稳操胜券，
正在想如何劝降戚王。
他知道老国王一世英名看重信义，
如果贸然劝降可能适得其反，
激起戚王的决绝斗志，
跟自己拼死一战两败俱伤。
而此时戚王派来了求降使者，
仿若正瞌睡时送来了枕头。
先是阴差阳错攻下城池，
又顺水推舟瓦解了敌人，
还增加一个强有力的盟友，
欢喜郎有些喜出望外。

身边的谋士却劝他三思，
怕敌人的投降会有反复，

难保不是通过那诈降来骗取信任，
一旦入城便过河拆桥。
欢喜郎却不以为然。
他相信那戚王的威名信义，
不过也还是要多加防范。
他告诉了使者接受投降，
只是要委屈戚王先行入城，
等欢喜军撤离再让戚兵返城。

使者当然明白欢喜郎心思，
其实他的顾虑也不无道理。
两国军队若是在同一处相遇，
难保不会擦枪走火多生事端。
于是他向欢喜郎行礼先行告退，
将这番话汇报给了戚王。
戚王获悉也是沉默良久，
他知道孤身入境危险重重，
若是那欢喜郎阴险歹毒，
胁迫了自己便可号令全国。
可除了以身涉险并无他法，
于是临行前他留下了圣旨一道：
假如自己被欢喜郎胁迫，
全国军民就立刻展开殊死斗争。

随后老国王回到了都城，
一路上的景象令他感慨不已。
自己不过才离开几日，
却像是经历了朝代变迁。
可百姓们似乎没什么反应，

既没有反抗也没有效忠。
他们依旧过着平静的日子，
并不在乎国家换没换主人。

这让老国王心生落寞，
自己一心想保全百姓，
可他们的生活却一如往常，
并不在乎国王的生死安危。
那些口口声声效忠的官员，
也没有展现刚烈的气节。
他们依旧是满脸的阿谀，
对着那欢喜郎送上媚颜。

于是他看清了世间真相，
国王的名分只是个谎言。
无论是谁去掌管那天下，
在百姓心中都没有区别。
千万不要自我感觉良好，
被那些效忠的口号欺骗。
一旦那王位换过了主人，
万岁声又会涌向新的君王。

但失望之余他又有些欣慰——
欢喜郎并没有烧杀抢掠，
反而处处维护他的家园。
这让戚王对他生起好感，
觉得投靠欢喜国未尝不是好事。
于是他便和欢喜郎定下契约，
心甘情愿地做了欢喜国的盟友。

第 141 曲　撤军

欢喜郎连取三国的巨大战果背后，
是全体将士精神和体力的空前消耗。
所以在签订结盟条约之后，
他便率兵到戚国城外八十里处休整。
此举动果然大获好评，
体现出王者之师的气象。

此时的他志得意满豪情万丈，
戚国的归顺让他惊喜不已，
他们几乎没费什么大力，
便收获了一个铁杆盟友。
由此，他更坚信了怀柔理念，
远比那刀枪棍棒更有效果。

他已经找到了成功的窍门，
那就是恩威并施刚柔并济，
一手杀戮，一手笼络，
他将这一智慧妙用得圆融无比，
先以重拳威胁取得胜利，
再用怀柔仁善安抚人心，
于是那些国家纷纷归顺，
欢喜国的盟国也与日俱增。

当他攻破计划中的最后一个小国，
粮草物资等储备也非常雄厚时，
他开始思考到底是继续进攻阴阳城，
还是回到大本营欢喜国。
望着眼前的肥沃大地，
他再次陷入沉思——
两条路都有它的道理，
选择哪一条都将有得有失。
最终他顺从了赌徒心理，
想要一鼓作气来个大满贯，
也想在中立之地建立自己的据点。
于是他传令全军做好准备，
收拾好行囊便挥师前往阴阳城。

他当然不会坦陈自己的目的，
即使面对自家兵士，
他也有一番更高尚的说辞：
威德军竟然在中立之地驻兵，
此举坏了规矩人人得以声讨。
他此番就要调动正义之师，
将图谋不轨的贼人一举歼灭。
此外他还发出了对外声明，
给自己的野心涂上了正义的色彩。
他不但想扩张版图还要建立影响，
在此事的处理上必须拿捏好分寸，
否则就会身败名裂臭名昭著，
那圣君的美誉也将永远与他无缘。
完成这一切的准备功夫之后，

他的嘴角扬起了一丝不易察觉的微笑，
他相信没人知道他明修栈道暗度陈仓，
至少他没有给别人留下抨击的口实。

欢喜军出征阴阳城的消息不胫而走，
威德郎听闻后不由得连连喊冤。
自己并无侵占中立之地的企图，
城外驻军只为履行对幻化郎的承诺。
没想到一番好意竟让他落人口实，
真个是有苦难言百口莫辩。

这边厢欢喜军已经踏上征途，
经过数日休整他们已恢复体力。
如今他们兴致高昂如猛虎下山，
一个个都想建立更高的军功。
他们既想以此赢取上级的赏识，
也想攒下那军功章来耀祖光宗。
于是那王者之师便一路挺进，
朝着阴阳城疾速赶去。

有趣的是众兵士全无战斗压力，
轻松得就像集体休假去猎杀野鸡——
这毫不严肃的态度背后，
其实有一个极其严肃的背景，
那阴阳城本是弹丸之地，
既没有守军也没有城防，
虽有威德郎派出的军队驻守，
却也不过是两个方阵。

欢喜军浩浩荡荡数万之众，
对付敌人简直是牛刀杀鸡。

不几日便到达了阴阳城外，
与那威德军展开了战斗。
局面果然如欢喜郎所料，
几个回合敌人便落花流水。

欢喜郎借势与阴阳城长老谈判，
要求对方在政治上支持自己，
言罢还冷着脸暗示道，
长老若是不从，一场血光之灾
恐怕将在所难免。

打个耳光再喂甜枣是他的惯用伎俩，
过去这手段总是屡试不爽。
踌躇满志的他仿佛看到长老在点头，
还看到阴阳城百姓对他高呼万岁。
他沉浸在胜利的幻想之中，
为即将到来的喜讯而陶醉不已，
不承想耳边却传来拒绝的声音，
那声音不大但如泰山般坚定。
他顿时心中一震，
对眼前那长老好一阵端详。

那长老是一位修行人，
有着极其坚定的信仰。
那信仰也叫行为准则，

是有所为有所不为刚正不阿。
他似乎望着欢喜郎又像在望远方，
声音缥缥缈缈却字字铿锵。
他说："我知道你欢喜郎兵力强大，
若是你真想让这里弥漫血腥，
我等绝对没有挡你的大能。
但死亡在我们眼里只是回家，
就算屠杀也不能让我们改变立场。
阴阳城自古便是中立之地，
无论军事抑或政治都是如此。"

他顿了一下继续说道：
"你要占城就尽管来占，
你要杀人就尽管来杀，
但天下人定会记住这段历史，
你欢喜郎也定然会臭名远扬。"
说罢他闭上眼睛开始诵经。

这一下欢喜郎骑虎难下，
大军待在城外进退不得。
往前一步徒增骂名，
往后一步自取其辱。
在坚如磐石的信仰者那里，
政治手段不过是一股水，
它可以溅起刹那寂灭的水花，
却拿石头毫无办法。

就在此时胜乐郎忽然出现，

他也带着百姓赶到阴阳城。
他远远看到了欢喜军，
正围住了城门气势汹汹。
于是他叹一声冤家路窄，
又悲一声各有因缘。
他看到了欢喜郎的紫气，
也在那军营上空飘荡。
他随即停下了脚步安顿事宜。
他让百姓们在原地扎寨，
自己带一些弟子前往军营。

那些弟子连呼不可不可，
说师尊本是欢喜国逃犯，
此时去规劝是自投罗网，
哪有绵羊自己去找豺狼。
胜乐郎却生出大悲之心，
他说："我不入地狱谁入地狱，
你不见那军人围住了城池，
一个闪失便会生灵涂炭。
修行人早已将生死看破，
肉身无非是一具酸臭的皮囊，
重要的是那颗人心和行为，
以及留给世界怎样的影响。
我们要用自己的行为，
来践行那伟大的信仰。
没有行为就没有一切，
空谈真理就是自欺欺人。"

言谈间胜乐郎双目含悲，
众弟子都被这种气场感染。
他们心中也生出了伟大的情感，
都愿意跟随师尊前往规劝。
哪怕前方有万丈深渊，
哪怕此次前去会一命呜呼，
哪怕欢喜郎是吃人的恶虎，
自己也愿意陪着师尊殉葬。

于是他们自动请缨，
组成了一支队伍随师尊出发。
一路上他们持着本尊心咒，
荡出阵阵令人酥麻的慈悲之波。
但见那慈波所及之处，
无不草木惊心人皆落泪。

不多时他们便到达欢喜军大营，
此时欢喜郎正坐在帐外愁眉不展。
他不经意望向远方旷野，
忽然看到一队行者正走向自己。
那为首的高大身影他无比熟悉，
赫然是从监狱逃脱的胜乐郎。
这一下欢喜郎大惊失色，
进而又感到大喜过望。
他当然知道他们的目的，
这正好是自己下坡的台阶。

他早已不想打那阴阳城，

只是被城中长老将住了军。
若是能有一个体面的借口，
便可以撤回军队返回欢喜国。
只是胜乐郎乃是钦犯，
再加上越狱罪加一等。
此时他过来自投罗网，
是纵是擒，让自己一筹莫展。
擒拿他，非己所愿；
放了他，又甚是不安。
众多的将士都在注目，
稍有差池便难以服众。

更因为那胜乐郎的气场，
已经远远地传向了军营。
仿佛那母亲对游子的呼唤，
又像是世尊对世人的感召。
许多士兵都放下了武器，
不由自主向大德顶礼。
这一幕深深地刺痛了欢喜郎
——这个顽固不化的硬汉！
——这个让他又爱又恨的国师！

他自己也感受到那种证量，
让他的内心一阵阵柔软。
只是他不能容忍士兵的顶礼，
更不能容忍他们产生信仰。
他们只能效忠于自己，
否则就会成为散沙国将不国。

欢喜郎的心里真是五味杂陈，
眼见胜乐郎的队伍越来越近，
身为国王的他，
一时竟不知该如何是好。

当一脸平静的胜乐郎，
率众弟子坦坦荡荡走进军营时，
欢喜郎仍躲在帐篷里不肯露面。
他让文书传来了一张纸条，
说半夜三更换一个地方见面。
胜乐郎当然知道欢喜郎的心思，
他微微一笑便原路返回。
一路上欢喜士兵都投来敬意，
他们都被那种慈悲之波涤荡着心灵。

欢喜郎在帐篷里好个纠结，
他竟然失去了国王的淡定。
他有些轻视自己了，
这般德行哪像个国王？
他可以胸怀天下气吞山河，
可以直面妖魔挥剑自如，
可以在任何困境中不怖不畏，
可为何在胜乐郎面前如此失措，
就像个做错事的顽童？
左思思右想想实在没个应对之法，
只好延迟与胜乐郎的见面时间。
他需要多一点时间梳理自己，
才能面对那让人又爱又恨的圣人。

半夜三更，世界死一般静。
他独自前往那接头地点。
一身夜行衣再加上矫健的身形，
他看上去像一个十足的侠客。

来到那见面地点时，
胜乐郎已经在那里等候了，
他微笑着问道：
"欢喜郎国王别来无恙？"
这句话顿时让欢喜郎泪水喷涌，
他再也抑制不住内心的激动，
跪在了胜乐郎面前忏悔——
"大德请原谅我，
那形势实在是身不由己。
其实我早就想将您释放，
只是苦于没个恰当理由。
此一刻见到您真是高兴，
希望您能永远健康吉祥。"

胜乐郎轻轻扶起了欢喜郎，
说："你也是无奈又何罪之有。
奶格玛师尊的智慧照耀着众生，
我们都是奶格玛师尊的弟子。"
说罢他默默地诵起了咒语，
用百字明为欢喜郎消除业障。
这一路的杀伐造恶太多，
欢喜郎的气场已粗浊不堪。

欢喜郎只感到一阵阵清凉，
从胜乐郎的身上传向自己——
一如初次见面的时候。
所有的焦躁与劳累全都洗去，
心中只剩下一片坦然安详。
他畅游在智慧大海里好个舒畅，
忘却了今夕何夕又身在何方。

过了片刻胜乐郎的咒声停下，
欢喜郎也仿佛沐浴了一场。
所有的痛苦都已经忘却，
所有的纠结在此刻消解。
他说他知道国师会见的目的，
那退兵阴阳城不过是小事一桩，
真正的大事，是他的事。
说罢，他扑通一声，
跪下就开始磕头，
一个，两个，三个……
那情景像母鸡啄食，却分外庄严，
他已不在乎九五之尊，
只为表达心中的敬仰。

其实，这并非出乎意料的一幕。
这是命运之神早已彩排好的一幕。
欢喜郎一直倾慕着胜乐郎——
他清凉慈悲的气场，
他博识深厚的学养，

他超拔无碍的智慧，
都让他心生向往。
尤其在经过那连番不断的波折之后，
他早已厌倦了尘世的牵绊。
于是他向胜乐郎求一安心之法，
能让他在劳累之中忙里偷闲。

胜乐郎轻轻扶起了他。
大德仍是那张平静如水的脸——
"你终于可以迷途知返。
我只能代师尊先传些观修。
等到你的心性和机缘都成熟，
自然会见到奶格玛师尊。"

欢喜郎闻言大喜过望，
当即对着胜乐郎连连叩头。
又转身面朝那天上的月亮，
连磕十几个头献给师尊奶格玛。

这一夜胜乐郎给欢喜郎授权，
一波波加持让他进入了传承。
从此欢喜郎也成为奶格弟子，
开始观修那根本的虔信瑜伽。

第二日天蒙蒙亮，
欢喜郎便下令撤军。
他说他本来想对阴阳城用兵，
但大德胜乐郎一再规劝，

再说他已肃清威德国势力，
所以退兵尊重阴阳城的中立。
他还说了一个亦真亦幻的梦境，
梦中有一个慈悲而智慧的行者告诉他，
长生天会赐予他最终的胜利。

第五十五乐章

他已成为九天玄石的傀儡，他怂恿国王购买毫无人性的死士，他甚至起了自立为王的野心。恶疾如不测的阴风，顿时刮起，他再一次出发去精灵国求援。然而，他其实还有另一个目的……

第 142 曲　死士

免于战火的阴阳城
成了欢喜郎的福地，
为他提升了仁君的威望。
百姓们颂扬着他的厚德仁心，
军队的士气也更加高涨。
欢喜郎觉得很是开心，
这一场奔波总算没白忙活。

他进攻阴阳城原为泄愤，
跟长老谈判时便已后悔。他知道
进攻中立之城会成为众矢之的，
但箭已在弦上他不得不发。
幸好那胜乐郎善解人意，
他的到来一解他的两难之急，
他便顺坡下驴放弃了屠城。
同时，大德的证境再次感染了他，
他发现他是真正的修行人。
于是，胜乐郎成了欢喜郎的贵人，
将他引入了传承的大海。
从此他有了灵魂的依怙，
也有了观修的具体方法。
那虔信瑜伽修起来好个殊胜，
一阵阵加持从顶门而入，

荡啊荡啊就荡进了心底，
所有的烦恼都化作云烟。
更有那清凉的智慧之波，
为欢喜郎消去了许多执着。

于是欢喜郎不再追究往事，
索性成全胜乐郎的一番美名。
虽然胜乐郎有诸多的追随者，
但也不过都是些老弱病残，
他认定那些难民不足为患，
就放下心让他们去自娱自乐。
他想，每个人的灾难都是自己造成，
此番宽容，就当为自己消除业障。

欢喜郎这手处理好生漂亮，
看得出他在政治上已非常成熟，
他不再只是杀伐征战，
他也学会了攻心为上。
免遭涂炭的阴阳城百姓，
也对胜乐郎充满了感激之情。
他们不再狭隘地排斥他，
而是敞开了心胸欢迎他。
曾经的不愉快已经过去，
流言和蜚语都成了历史。
那无我的大悲之心有目共睹，
胜乐郎的慈悲已无人再质疑。
若不是无我的圣人，
怎会舍生忘死救人？

若不是证悟的大德，
怎会尽心竭力，
救助流离失所的难民？

只是原来的师兄并不随喜，
胜乐郎尚未入城便凝聚了人心，
自己争名夺利却没有结果，
他胜乐郎凭什么就成了大德？
于是他们再一次煽风点火，
让诋毁的火花四处乱溅，
却不料险恶之心被百姓识破。
是的，他们曾经愚痴，
但他们也有雪亮的眼睛，
他们看到了胜乐郎的行为，
更看到那些难民眼中的圣光。
他们也愿意成为其中的一员，
他们怎能容忍他人对偶像的伤害？
于是，他们毫不留情地
将造谣之人暴打，驱逐。

于是胜乐郎在阴阳城广播法雨，
振兴了卢伊巴传下的法脉。
更以深厚的文化底蕴为基础，
根据时代进行了开拓创新。
他一反传统经典的深奥艰涩，
用简单通俗的语言直指心性。
从此他成了公认的大德。

这时候威德郎仍在招兵买马，
他和密集郎前往奴国，
想购买死士筹建敢死队。
那死士经过了残酷的选拔，
不惧死亡勇猛无比。
只是他们残忍至极毫无人道，
每次取胜都会杀光抢尽。
如宝剑纵使锋利却有双刃，
稍有不慎使用不当便伤及自身。
以是之故威德郎犹豫不决，
但实在无法抗衡欢喜郎的虎狼之师，
他的威德国需要这样的利器。

其实，威德郎经过了观修洗礼，
心性也开始慢慢变化。
他时不时便生起悲悯情怀，
不但对百姓们不再横征暴敛，
还推出了一些惠民政策，
这些皆是出自他的信仰之心。
以前他总是将万物当成工具，
所有的子民都要为国家服务。
那时，天下即是他的野心，
他总想吞并邻国来一统天下。
而现在，他却开始慈悲，
他渐渐视百姓为亲人，
他渐渐视国土为家园。
他的政策不再只是形式，
他深入民户走访乡亲，

他将法度落实到每一户乡民。
他的仁慈得到了更多支持，
百姓也把他当成了亲人。

因此购买死士的决策，
一直让他犹豫不决。
那国库已近枯竭，而那些死士
是猛兽，也是强盗，
所过之处无不赤地千里。
所有的生灵都被杀死，
所有的财富全被抢光。
更有那惨无人道的暴行，
招来国际社会的纷纷谴责。

密集郎此时却似走火入魔，
他劝说威德郎买下死士。
只因他已经被宝石异化，
也想建立一番丰功伟绩。
他常常于不自知中，
发出魔鬼般的阴笑，
那心中的欲望之魔如同鬼魅，
跟定了密集郎发出恶波。

于是密集郎成了傀儡，
每一个心念都只为功勋。
一个个心念酿造大危机，
又将吞噬无数的生命。

瞧，密集郎又发出蛊惑的声音，
他说戚国倒戈影响太大，
若是无强大力量加入联盟，
其他盟友的立场也会动摇。

这些话戳到了威德郎死穴，
他不由得倒抽一口冷气，
他最怕政治上孤立无援。
欢喜郎的势力如同那雪球，
越滚越大势不可挡，
如果自己的盟友纷纷倒戈，
亡国之祸必不远矣。
他的心里一阵惧怕，
于是狠了狠心决定购买死士。

可是那国库银两所剩无几，
连年的征伐早已外强中干。
密集郎自然有增加财源的妙计，
只是他提出一个小小要求：
如果自己办成了这件事情，
就将他封为那护国大将军。

这官职掌握兵马实权，
可谓是一人之下万人之上。
密集郎此时提出这等要求，
显然是想乘人之危逼威德郎就范。
一股怒气腾然升到威德郎头顶，
激出了他不怒自威的帝王威严。

他板起面孔沉吟不语，
双目射出寒光刺向密集郎。
密集郎被那君王气场所震慑，
从鬼迷心窍中醒觉过来，
于是他尴尬地讪讪而笑，
向尊敬的国王陛下连声许诺，
说自己定当俯首为牛全力以赴，
赴汤蹈火也在所不辞。
这番表白却为时已晚，
威德郎已看清了他的嘴脸。
此人不识抬举不识时务，
身为臣子，竟然敢在特殊时期
公然跟国王谈条件，
真是是可忍孰不可忍。

密集郎不敢再造次，
于是悄悄地动用了宝石。
他一遍遍对宝石许愿，
希望无数财富向威德国涌来，
让威德国能繁荣富强。

果然很快有好消息传来——
威德国境内发现一个金矿，
那里的黄金储备无比充沛，
足以买下所有的死士军人。

威德郎闻讯喜出望外，
立刻对密集郎将军重重封赏——

虽然没有封他做护国大将军，
却给了他令人羡慕的重权。

自从买来死士整编成军，
威德国的实力成倍增长。
兄弟国家虽然非议不断，
但也忌惮死士的拼命精神，
他们不再敢招惹威德郎，
更不敢动那背叛的心思。
一时间世界又恢复了平衡，
威德欢喜两国势均力敌。

这时候威德郎兴致勃勃，
他迫不及待要展示利器。
仿若好奇的孩子想试试新玩具，
也像虚荣的女人想展示新衣。
另外他也想见识一下死士的威力，
虽然人们都说那死士如巨甲神兵，
但终归只是一种传闻，
所有传闻都比不上真实的体验。
再者那死士也必须找地方发泄力量，
他们就像嗜血的恶犬或藏獒，
如果主人不及时给它们肉吃，
它们就会掉过头来把主人给吃掉。

于是威德郎开始谋划战事。
在对象的选择上他没有丝毫犹豫，
几乎立刻就下定决心向戚国发兵。

他最恨的就是盟国的背叛，
他最怕的也是盟国的背叛。
可恶的戚王既然胆敢违背盟约，
他就敢向戚国发动死士大军。
但他并不单纯是在泄愤，
也不单纯是在试兵，
他最主要的目的其实是杀鸡儆猴——
他要通过最残酷的惩罚，
告诉那些有可能背叛的盟国，
甚至昭告天下所有不忠诚的人：
背叛者必然遭到背叛！
背叛者必然不得善终！

然而密集郎此时却来劝阻，
他认为攻打戚国时机未到，
因为欢喜郎势必会出兵相助，
到时戚国大军会合欢喜军一起反攻，
死士部队很难说一定能打赢。
死士的力量只是传闻未经证实，
现在就与他们正面冲突并不是好事。
威德郎知道密集郎说得有理，
便静静地坐着等他继续往下说。

密集郎故作神秘地转了一下眼珠，
眼中有恶狼般的寒光一闪而过。
那是杀人不见血的凶光，
却在这个曾经平和的书生眼中闪现，
威德郎不由得打了个冷战，

觉得眼前人好个陌生。

密集郎沉浸在权谋带来的快感中，
并没有注意到威德郎的表情变化。
他说与其正面冲突不如釜底抽薪，
只要暗中为各国的叛军提供帮助，
各国就会后门着火，
欢喜郎也不得不疲于救火。
这时我们就做那螳螂背后的黄雀，
派出死士将几方势力一并歼灭。

威德郎越听越是眉头紧皱，
他想不到人的转变竟会如此彻底。
当初这书生舍生取义倡导和平，
几乎因此被处决在断头台上，
如今他是否还会想起过去的自己？
他是否还为灵魂保留了一方净土？
威德郎看着眼前这个陌生的人，
他是那么毒辣，那么工于心计，
他散发出的暴戾之气让人作呕。
这样的人怎堪重用？
当然，威德郎一贯唯才是举，
他对品行并不是真的那么在乎，
但他明白一个道理——
阴险狡诈的人没有原则和底线，
他们的眼中只有利益，
他们就像一群闻香止步的饿狗，
随时有可能吞了自己。

那密集郎不懂威德郎的心思，
仍在口若悬河地表达着自己。
平心而论，他的政治能力已越发成熟，
更何况还有欲望宝石的加持，
他的身上已经显出了枭雄的色彩。
但也正是因为这个理由，
威德郎才会对他更是戒备。

威德郎甚至想对他明升暗查，
他相信这密集郎定有小辫子一大把。
到时，他就能卸磨杀驴鸟尽弓藏，
除去这个心头大患。

这就是政治权谋的游戏，
过于聪明会惹来戒备和怀疑。
一旦让君王产生忌惮之心，
便离那黄泉之路不会太远。
密集郎不是不懂得规则，
只是他被欲望煽动身不由己。
那些计谋在心里蜂拥一团，
让他情不自抑地脱口而出。
每次他都会后悔锋芒太过，
但下一次照样会难以抑制。
仿佛体内住着一个恶魔，
借他的嘴巴来操纵世界。

但忌惮归忌惮，戒备归戒备，

威德郎还是采用了密集郎的建议。
他立即派人联络各国叛军，
并为其提供了装备资金，
同时开始兼并周围小国。
他加紧操练士兵的武艺，
他研究发明作战的器械，
他绞尽脑汁为消灭欢喜郎积蓄实力。

而那些死士们果然勇猛，
所向之处皆是攻无不克。
欢喜郎的盟国纷纷感到恐惧，
有些更主动归降了威德郎。
即便是没有归降的国家，
也暗中派人向威德郎示好。
这时，一切伪装都自动脱落，
露出藏在背后的怯弱和丑陋。
掌权者无论如何鼓吹礼义廉耻，
也只是在糊弄百姓稳固统治，
一旦到了生死存亡之际，
他们就会将礼义廉耻当成垃圾。

这世界从来是弱肉强食，
谁的拳头硬谁就说了算。
于是威德郎一时间实力大增，
引起了欢喜郎的恐慌。

每当出现新的情况，
就会有士兵上报给欢喜郎。

每次收到的最新战报，
都会让欢喜郎坐立难安。
他以为威德郎是强弩之末，
没想到对方的反扑会如此凶猛。
他对死士士兵也没有概念，
没想到他们会攻无不克。
这一切的"没想到"都是失误，
战局中一旦失误便会损失版图。
正是那版图大小的此消彼长，
让欢喜郎陷入了巨大的恐慌。

虽然已厌倦了这种游戏，
但身为国王，欢喜郎真的身不由己。
他得为他的子民着想，
他得为打下江山的先父着想，
他得为他脚下这片沃土着想。

于是国家成了他的缰绳，
而他，是一头敬业的驴。
只要轻轻一拉绳他必乖乖就范。
虽然他也时时修虔信瑜伽，
但微弱的智慧难敌羁绊之力。

他又派出了兵马出征，
四处袭击威德郎盟国。
他想向他们表明态度：
自己才是这世界真正的王。
虽然那结果有胜有败，

但总好过眼睁睁坐等衰落。

就在欢喜郎四处动武之时，
威德郎却没有救援周边盟友。
那些盟友纷纷抱怨，
更有盟友投靠了敌人。
威德郎虽然发出了恐吓，
但依旧派不出一兵一卒。

那世界格局仿佛一架天平，
在欢喜威德两国之间摇摆。
忽而你占上风灭了五国，
忽而他发威势攻下六城。
在这种你来我往的拉锯下，
飞扬出无数生灵涂炭的锯末。

威德郎对盟友坐视不理，
背后却有难言的隐衷。
他的军中出现了怪病，
已使一部分军力受损。
他严令禁止走漏风声，
他怕欢喜郎乘机进攻。

患病者开始只是伤风，
流鼻涕淌眼泪疯狂咳嗽。
渐渐地开始胡言乱语，
接下来就会神志不清，
严重者会引发其他疾病，

军医却查不出任何病因。

一时间流言蜚语纷纷四起，
说威德军遭到了天神报复。
那些死士的暴行太过残忍，
无数的冤魂厉鬼前来索命。

于是士兵们更加恐慌不安，
患病的士兵胡言乱语，
瞪直了眼睛如厉鬼附体。
没患病的士兵噤若寒蝉，
终日躲在寺庙里烧香拜佛，
祈求长生天能多多护佑，
让自己不被那恶鬼缠身。

这引起了威德郎的焦虑，
甚至他也怀疑那并非流言。
自从死士们加入了战斗，
那血腥的噩梦就从未断绝。
每个夜晚都看到很多尸体，
挥舞着残肢断臂前来索命。
那鲜血淋漓的画面好个恐怖，
饶是威德郎早已身经百战，
也惊得浑身汗毛根根竖起。

他十分后悔购买了死士，
然而这时却已骑虎难下。
那些死士们如同恶狼疯狗，

见到威德郎都会龇出獠牙。
走在死士们的营地里时，
总有一阵阵冷风直冲脖颈。
仿佛随时会扑来一只人兽，
对着他的喉咙就是一顿狂咬。

于是他只好一边加强防范，
一边供给死士们好酒好肉。
他有一种被胁迫的感觉，
只求这些怪物能不生事端。

眼下还有那更大的麻烦——
士兵们的恶疾已经蔓延，
四处求医问药都不见成效，
流言漫天到处人心惶惶。
于是威德郎决定前去慰问，
虽然他也怕传染那恶疾，
但国家的兴亡更是要紧。
于是他叫过了几个随从，
陪自己前往军队视察疫情。
却不料那些随从支支吾吾，
一个个脸上都是便秘的神色。
尤其是以密集郎为首的文官，
更是言辞闪烁百般推托。

威德郎见状发出冷哼，
叫道："不怕死的都跟我去！"
刹那间几个忠心耿耿的侍卫出列，

牢牢跟定了前往疫区的威德郎。

威德郎仔细打量这些侍卫，
都是同在战场十几年的弟兄。
他们出生入死身经百战，
早已将性命托给了自己。
他的眼眶湿润了。他走过去，
挨个拍拍他们的肩膀，
那种君臣间的肝胆相照，
成了威德王宫最温馨的一幕。

密集郎见状脸色尴尬，
他并非贪生怕死之辈，
只是不在意士兵们的感受，
觉得不值得冒险去探病，
不愿为几个士兵葬送性命。
他的心里始终在衡量比较，
每一件事都有对应的砝码。
蝇头小利不值得豁出性命，
大富大贵则另当别论。

这让威德郎对他更加鄙视，
他发现密集郎早已不似当初。
也许那权力会让一个人变质，
这样的人已经不能大用。
于是他更坚定了自己的想法，
决定找个机会罢免这无耻之人。
他冷冷地望了密集郎一眼，

然后带着侍卫前往疫区。
他们大步流星视死如归，
这样的人才称得上英雄。
密集郎挪了挪脚步又回到原地，
站在那文官群里脸色发白。

威德郎前去军营慰问，
见到一个个士兵胡言乱语。
他们的神志早已经失常，
一见威德郎便破口大骂。
骂他是卑鄙无耻的昏君，
竟然动用那死士屠杀百姓。
还说自己要替天行道，
灭了威德郎为百姓报仇。
爆燃的怒火烧亮了瞳孔，
那直勾勾的眼神也好生恐怖。
他们的身心都在传达一个讯息：
他们要把威德郎碎尸万段！
威德郎不由得毛骨悚然，
梦中的情景又浮现眼前。
这些士兵都像是地狱里的恶鬼，
降临人间只为索仇人性命。

回宫之后威德郎大口喘气，
仿佛刚刚经历了一场噩梦。
他虽然有心废除死士大军，
但又感到自己已进退两难。
一旦没有死士军队的威胁，

其他国家必然会奋起反噬。
他左思右想伤透了脑筋，
觉得自己似乎已无路可走。
他后悔自己不该听信谗言，
但事到如今只有承受恶果。

通过暴力夺取成功固然迅捷，
但这种成功有着致命的弊病。
所以施暴者总是心虚，
而且越是暴虐就越是心虚。
他们都知道强大总会过去，
残暴之力和残暴之心总会引起反弹。
于是他们只能不断寻求新的力量，
这成了他们摆脱不了的梦魇。

没几日传来恐怖的噩耗，
那天随行的侍卫都感染恶疾。
他们直接进入了发疯的阶段，
一个个倒在地上抽搐不已。
只有威德郎一人安然无恙，
他想来想去百思不得其解。
忽然摸到口袋中的空行石碎片，
他才恍然大悟明白了治病关键。

据说那空行宝石百毒不侵，
恐怕是这石头保护了自己。
于是他叫来部下用空行石泡水，
然后把甘露灌进病人的口中。

喝下甘露的侍卫果然有了好转，
但也仅仅是减轻了症状。
病根未除恶病便难愈，
空行石的杯水之润，
救不了爆燃的车薪。

眼看患病者越来越多，
空行石甘露远远满足不了需求。
威德郎明白必须将病根斩断，
否则疫情就不可能得到控制。
他已确信那病根是冤魂厉鬼，
于是请来大术士进行超度。

那术士的能耐威德郎无从得知，
他只知道此人远近闻名要价也高。
看样子倒是满面胡须莫测高深，
十足一副绝世高手的姿态。
其身边的随从也是个个精干，
想必各有其看家本领。
他们要价果然很高，
一开口便是万两黄金，
而且他们不接受讲价，
合则交易不合就走人。
威德郎咬了咬牙应允了要求，
心中却暗自有了另一种打算——
若他们真能治病当然万事大吉，
若是那法术无效就斩了这神棍。

术士见国王点头便开始说话，
他说威德国被恶魔之气缠绕，
需要开坛作法，
借宇宙大力来清除。
于是他用木头搭出祭坛，
又点上七七四十九盏油灯。
那油灯之火必须长明不灭，
威德郎便派了士兵专门看护。
诸种准备一一齐全之后，
那术士进入祭坛挥剑作法。

不多久祭坛内阴风四起，
一道道灵符被吹向了油灯。
灯火接触到灵符瞬间爆燃，
迅速地笼罩了周围的天地。
众兵士赶忙朝火中倒水，
但那水被火头一舔就成了青烟。
漫天火光中发出一声声哭喊，
却不知道声音源头到底是何人。
火头又扑向术士将他当场烧死，
他还没呼救便成了灰白的骷髅。
随从们一个个面如土色，
再也看不出一点高手的样子。
然而威德郎已忘记惩罚骗子，
他也沉浸在恐惧中毛骨悚然。

法事的失败进一步动摇了军心，
威德军营里时时鬼哭狼嚎。

士兵们已经无心再去操练，
都抱着成堆纸钱祭拜冤魂。
这真是天下最滑稽的一幕，
刽子手终于向受害者道歉。
早知道今日又何必当初，
战场上施暴终究会引来恶果。

此病仍在四下里扩散，
各地的百姓也深受其害。
然而别国并没有乘人之危，
可见人类还是有自己的底线。
威德郎一边祈请本尊，
一边重金求高明之人。
奶格玛本尊还没有现身，
那密集郎又出现在眼前。
只见他转动着发黄的眼球，
说自己愿意去向非人求救。

因为欲望和野心的膨胀，
他的样貌已发生了变化。
他不再是那清秀的读书郎，
而成了眼角上吊的九尾狐。
他的眼睛像两口深深的涝池，
那池水浑浊散发着臭气，
欲望的垃圾在其中发酵。

他此番前来其实有别的目的——
他看出了威德郎对他防范，

虽然威德郎没有明确的表现，
但气场的变化已暴露无遗。
他说灵界定然有更高级的术士，
也必定会有治病的妙药灵丹。
这固然是在陈述一种事实和可能，
但他的请愿却并非为了众生。
他只想乘机接近灵界高层，
然后和对方沟通打好关系。
一旦日后跟威德郎翻脸，
他就借助灵界力量建立国家。
这个如意算盘打得很大，
因此他要从长计议小心筑基。

想到自己将与威德欢喜三分天下，
密集郎的嘴角溢出了一丝阴笑。
他旋即又收敛起那得意之光，
但闪烁的眼神却仍透露着秘密。

威德郎却没发现他的小心思，
不知道是身陷麻烦无暇顾及，
还是无可奈何有意忽略，
总之他再次接受了建议。
对这个师兄威德郎百般失望，
却不得不承认他是个能人，
他总能想出别人想不到的方法，
可惜德行不够让人遗憾。

于是他备好厚礼交给密集郎，

请他代表自己前往灵界，
面见灵界高人寻求人道援助，
解除威德国当下的燃眉之急。
但他又知道密集郎心中并无诚信，
所以派出了四个大内侍卫，
名义上是给将军配备了贴身保镖，
其实是对他进行全天候贴身监督。
密集郎听罢当然不爽，
他知道威德郎是信不过自己。
不管对方把话说得多么好听，
都是在掩盖你知我知的那条裂痕。
只是国王的担心也有道理，
自己此行确实意图不轨，
他打算向精灵王发出请求，
让对方协助他建立王国。
于是他暗地里生起杀心，
决定找机会杀掉那四人。

但表面上他依旧叩首感恩，
将那地板撞得声声作响。
若是过去的他见到此般景象，
不知会有怎样的感想？

随后他去国库领回了宝物，
并将那宝物悄悄分成几份。
一份是给精灵王的见面礼，
一份自己私藏备用。
自从有了建国立业的野心，

他开始有计划地敛取财富。
建立国家需要庞大的资本,
空有智谋武力很难成功。

第 143 曲　杀心

出发前，密集郎忽然心念一动，
想起了那个贫穷的老术士。
他知道老术士熟悉灵界，
于是想在出行前拜访一下他，
问一些灵界的近况和禁忌，
尽量做好充分准备让此行能顺利。

月光下的木屋显得格外凄清，
里面仍住着老术士一家三口。
"咚咚咚，咚咚"，
这富有韵律节奏的敲门声，
是他们约定的暗号。
第一次见面之后，
密集郎又来找过老术士几次。
最初只是为了给他一点帮助，
后来两人的关系却慢慢变了。
也许是密集郎一次次送来金钱
勾起了老术士的贪心，
也许是老术士终于露出了真实面目。

随着一声吱呀，开启的木门背后
露出老术士沧桑而空洞的脸。
他轻轻招一下手，

让密集郎进入自己的房间。

密集郎开门见山说明来意，
老术士说此去十分凶险，
那灵界也被法界的邪气冲乱生态，
已经不像过去那般太平。
说罢他缓缓打开一个黑色木箱，
一股浓郁的药味弥漫开来。
只见那木箱中有一件绣着骷髅的披风，
还有净身咒、拘魂咒、起雨起雷等各种符咒。
老术士拿起披风说道，
这宝物能防毒气，
穿上它便可百毒不侵。
如今灵界布满凶险的毒雾，
定要披上这法宝片刻不离身。

密集郎接过披风细细端详，
只觉它透着一股恐怖的阴气，
仿佛有无数邪魔隐藏其中，
一看就不是什么吉祥的宝物。
密集郎心想，这老术士果然不是善类，
但他表面上却没有露出任何端倪。
他语气平静地说道：
"我在你书中见过黑魔法的辟毒，
知道你下了狠力，苦炼七七四十九天
才做成这件披风，为此
甚至有几百人命丧黄泉。
不过，若是此次它能助我成就大愿，

那些勇士也就算得上是死得其所。
到了我大事得成的那一天，
必会将他们供入神坛，
让千千万万百姓子民
将他们当成图腾膜拜。
而你，则必定成为一代国师。"

话音刚落，术士的妻子便向他们走来。
那妇人老了很多，
满头银发身形佝偻。
但她脸上仍堆满了笑，
说不清是真心还是假意。
密集郎掏出几张银票递给她，
说："来得匆忙不曾备下礼物，
权且用这些散碎银两略表心意，
留给令郎做治病的费用，
如果不够再随时联系我。"
老婆子感动得直掉浊泪，
她说密集将军真是大好人，
过了那么久还在牵挂孩子的病情，
每次来都留下银两不曾空手。

说罢她似乎想起了什么，
起身出屋，看样子是去拿东西。
回来时她手里端着一个木盒，
盒中放着一粒黑色丹丸。
老婆子郑重地解释说，
那是成就大德加持过的甘露丸，

她要送给将军以示感恩。她说
得了甘露，定能吉祥永伴。

密集郎收下了这个木盒，
一边对老婆婆连连感谢，
一边叹道那术士隐藏得太深，
连妻子也不知道他的底细。

怀揣骷髅披风的密集郎
就像得到了必胜的法宝，
他意气风发地告别老术士，
踏上了新的旅途。
他的心中充满成功的幻想，
甚至已开始思考国家的体制。
自己到底要建立一个怎样的国家，
诸多细节还未想得透彻。

看着密集郎逐渐缩小的背影，
老术士露出一丝诡异的笑容。
其实那威德国的邪气跟他有关，
他当然也能够将其解除。
但他不会把这件事告诉别人，
这个秘密将永远地不为人知。

想来那密集郎也真是好笑，
看他穷困潦倒，就认定他可以收买。
实际上他看中的不是银票和国师之位，
更不是那无量无数的美女。

他有更大的能力和更大的野心，
他布下的陷阱正一个接一个开启。

经过数日的劳碌奔波，
密集郎与随从来到边界城。
不知道这里发生过何事，
生猛的城池如今像空城般死寂。
那茂密的原始森林已枯萎，
那奔涌不息的河流也干涸，
城中一片萧条人烟稀少，
只有一些守城士兵在来回走动，
但也是萎靡不振似乎耗尽了命能。

密集郎懂得边界城的语言，
便询问了其中一个卫兵。
这才知道边界城也弥漫了恶魔之气，
陷入恐慌的百姓们只好四处迁移。
他们宁愿去精灵国碰碰运气，
也不愿用生命供养这魔瘴之气。
但因为沿途充满凶险又缺衣少食，
很多人没走多远就命丧荒野。

这个消息让密集郎心中窃喜，
因为他准备了五个防毒面具，
其中有四个已经被动过手脚，
失去了防毒功能又不易被察觉。
只要遇到这种充满毒气的环境，
那四个拦路虎又肯戴上面具，

自己就能神不知鬼不觉地杀人，
然后大刀阔斧地施展拳脚。

他完全忘记了曾经的情谊，
也忘掉了并肩作战的画面。
他的心里只有野心和利益，
他的眼中只有自己的贪欲。
威德郎正是看出了这一点，
才会下决心将他从身边调离，
而他却没有一点点反思，
仍不择手段地追逐利益。
这跟那玄石当然脱不了关系，
那宝石启动了他内心的魔性，
但若是他心中有坚定的信仰，
欲望又怎能泯灭人性？

密集郎的心中没有任何纠结，
他全心全意地设计着说辞——
那四人是奉命来监视他的，
本来就对他存有戒备和怀疑，
若是他的说辞或表情出现漏洞，
四人就有可能会拒绝他的建议。
若论武功自己根本没有胜算，
错过这个机会计划就会落空。
因此他尽可能地调整表情，
装出真诚的声音开始游说——
"只有精灵王能够净化邪气，
我们必须去那精灵国走上一趟。

边界城固然凶险也只能前行，
真理和正义之路永远不会平坦。
你看路边那么多残缺的尸骸，
他们都是正义和希望的卫士。
我们此行即使会步他们后尘，
也必须义无反顾地迈出脚步。
不过我早已料到此行的凶险，
因此向高人借来了防毒面具，
它可以隔离外界的毒气，
让我们可以暂时保证安全。"
说罢他递出面具交给四人，
四人并没有怀疑伸手接下。

戴上面具后四人摆出迎战阵形，
他们围成一圈将密集郎护在中间，
一路上始终亦步亦趋保持队形，
就这样慢慢地接近了精灵国境。

只见沿途果然被邪气笼罩，
无数的毒蛇相互缠绕不断扭动，
远远看去就像汹涌的河流。
那眼镜王蛇们也弓着身子，
嘶嘶地吐着分叉的蛇芯，
致命的毒液应声而至。
无数的蝎子从天而降，
无数的蜈蚣在空中飞窜，
毒蟾蜍们更是瞪圆了发绿的双眼，
将那一缕缕飞涎奋力吐出。

精灵国越近邪气也越浓，
到处都是白骨露于野，
到处都有蚊虫蝇蚁在肆虐。
眼前路成了阴间的生死路，
渺渺冥冥，恍恍惚惚。
更让人感到可怖的是，
目之所及，一切都裹了薄雾，
雾气飘荡在空气中宛如冤魂。
耳边也不断传来呜咽，
无数的幻觉在心头滋生。
忽而是四处飘荡的幽灵，
忽而是张牙舞爪的恶鬼，
忽而是幽幽哭泣的女魂，
但那清秀的面孔转眼又变成夜叉。

侍卫们身经百战见过惨状无数，
这样的阴森氛围却是前所未见。
他们不怕惨死的尸体也不怕死去，
却受不了这种若即若离的危机。
尤其是这里有一种刺骨的阴寒，
那氛围已不像是人间景象。
若生与死的交界能体现于物质，
他们定会认为自己已到黄泉。
空气中有一种东西在蠢蠢欲动，
种种不知名的声音也在折磨心灵。
意识被恐惧和焦虑一点点吞噬，
他们只能感觉到身体的冰冷。

"啊！"突然一声惊叫迸出，
有个侍卫被吓得后退了一步，
另一个侍卫猛地握住他的手臂，
又缩回手握拳按胸猛力喘息。
他边喘气边倒退几步倒在地上，
剧烈抽搐了一会儿便不再动弹。
密集郎上前摇了摇他没有动静，
便小心翼翼地揭开他的面具。
只见他面色青紫舌头伸出老长，
显然已经死于中毒后的窒息。
密集郎放下面具刚说了声"他"，
突然也发出惨叫抽搐着倒下。

其他三人愣住半晌，
不明白死亡为何会突然降临。
厚厚的铠甲挡住了毒蛇毒虫，
精密的面具过滤了有毒的邪气，
可那两人明明是中毒而死，
这到底是怎么回事？
但他们没有考虑太久，
其中两人回过神后拔腿就逃。
被惊醒的第三人虽也想逃，
却觉得职责所在不能扔下将军，
况且将军不一定没救，
这样回去如何向国王交代？
然而，就在他拉住将军的手臂，
想背着将军一起逃跑时，

死神却发出了一声刺耳的笑，
将勾魂索甩入了他的生命。

窒息！要命的窒息！
他的头在晕眩，整个世界都在晃动，
他拉着密集郎的手强撑着走了几步，
终于支撑不住栽倒在地。
阴风一阵阵吹过这片森林，
却没有发出穿林之声，
因为树木都已枯萎，叶子都已落尽。
第二个死去的侍卫躺在树下，
他僵硬的尸体如被弃的木桩。

不一会，"死僵"的密集郎突然动了一下，
他翻过身平躺在地上，
发出了阴冷而得意的笑——
原来他并没有中毒，更没有身亡。
他心思缜密做事常留有后手，
为了避免有人大难不死回到威德国，
向威德国王禀告森林里发生的一切，
他才演了刚才那场假死的戏。
这样不但能洗清自己的嫌疑，
还可以支开侍卫单独行动。
若是对精灵王的游说失败，
他不得不回去威德国复命，
也可以解释说自己福大命大，
在奄奄一息之际被精灵王营救，
可惜精灵王不肯出面清除邪气。

他赌威德郎不会找精灵王查证，
也打消了在威德国大展拳脚的念头。

他知道此处不宜久留，
只躺了一会儿就想坐起。
这时他才发现，
一只手正紧紧拉着自己，
那只手的主人却已死去。

他握住那只冰冷的手，
用力将它从自己的手臂上扯开。
有一个刹那，他感觉到心酸，
一股热流涌到了他的眼眶边缘。
只差一点点，它就会化为滚烫的甘露雨，
洗刷密集郎满心的罪恶和欲望，
可它停住了，渐渐地干涸。

在那个有点感伤的瞬间，
密集郎想起了一些往昔的画面。
当他的心还没有被宝石控制时，
他也曾把眼前两人当成兄弟。
不知从何时起，两人在他眼中成了工具。
该用时带在身边，用旧了就扔掉。
密集郎没有想到，看到两人的尸体，
自己仍然会感到愧疚和不安。
他对自己说道，没关系，
这两人都是密集王国的基石，
历史上那些成大事者，哪个拘过小节？

又有谁的功业，不是用累累白骨来奠基？

于是，那愧疚的火苗一下就灭了，
另一个念头占据了他的心——
终于能单独跟精灵王见面了！
他想象着自己如何慷慨陈词，
精灵王如何面带欣赏的笑意
接受他的请求。
啊，他的人生终于要达到巅峰了！
他好想登高四顾振臂一挥，
来一曲豪放的密集郎之歌！
欲望的声音在他脑海中狂呼，
快来呀，快来呀，我的密集国王。

于是他三步并作两步，
大步流星地赶往精灵国。
只是那邪气越来越重，
防毒面具已经支撑不住。
他只好掏出骷髅披风，
紧紧地裹在自己身上。
阴寒之气瞬间遍布全身，
密集郎不由得打了一个冷战。

原来那披风是以毒攻毒，
虽然能挡住外面的邪气，
但也会用阴寒伤害主人。
密集郎强忍着刺骨的寒意往前行走，
没走几步就倒在了地上陷入昏迷。

迷糊中他来到了一处圣地，
那里有成堆的金银与珠宝，
还有无数的女子赤身裸体，
围住他大献殷勤。
那嗲声嗲气的声音让他迷醉，
于是他来者不拒左拥右抱。
一口口美酒进入肚里，
一声声"心肝"发自心底。
密集郎身心舒畅快活无比，
不由得怀疑自己到了天堂。
突然间一股腥臭袭来，
原来那怀中美女变成了夜叉，
那樱桃小嘴变成了血盆大口，
就连那杯中美酒也成了脓液。
密集郎大惊失色连声惨叫，
却突然眼前一黑又陷入昏迷。

不知过了多久，
密集郎终于恢复了意识。
他听到几声苍老的咳嗽，
想扭头向声音的源头望去，
才发现自己动弹不得。
乏力，浑身力气被抽干的乏力！
疲惫，精血被耗尽的疲惫！
他恍恍惚惚不知道身在何处，
只看到一个模糊的人影，
像是在为自己灌药。

他还隐隐约约地看到，
那灌药人似乎是一个精灵。

酸苦的药液沿着食道往下流，
胃里像是有一团火焰在燃烧。
身体却一点点恢复了力气，
视力和意识似乎也在恢复。
他长长地舒了口气，
又想活动一下僵麻的身躯，
却忽然想起了自己的披风——
身上，没有！
随身的包袱里，也没有！
他疯子一样冲着精灵大吼大叫，
回应他的却是无尽的沉默。
他正欲加大发怒的力度，
却发现那精灵是个没嘴的葫芦。
他只好收起快要冲口而出的威胁，
自己从床上跳起去寻找披风。

他左找找右翻翻，
又是翻箱又是倒柜，
但所有的地方都没有。
他心急如焚地冲出屋外，
才发现这里真的是精灵国。
自己好像又进了驿站，
来往的精灵都对他视而不见。

他拦住过路的精灵一个个询问，

却没有一人知道他想要的答案。
万丈怒火一下子冲上头顶，
失去理智的他暴跳如雷大肆谩骂——
"卑鄙无耻的小偷！
趁火打劫的强盗！
乘人之危算什么英雄！
有本事站出来让老子看看！
……"

任凭他如何咋呼，
精灵们都没有动怒，
精灵们只是怔怔地望着他，
像在投入地看一场猴戏。

终于累了。终于骂不动了。
他却突然恢复了理智。
他有些诧异自己的反应，
人家明明是自己的救命恩人，
自己为何要做那白眼狼？
此刻他发现了两个自己——
一个有着理性智慧，却被压抑；
一个是潜藏的恶魔，却主宰了自己。

他也忽然发现了自己的异常——
那欲望的火，在焚烧他，
那罪恶的野心，在膨胀他。
他已经不是最初的自己了，
他丢失了最初的向往，
他离信仰和真理越来越远，

几乎已找不到回去的路。
这让他感到非常恐惧，
仿佛前方有一个无底深渊。
正张开了大口在等他践约。

他不知道这是宝石的影响，
也不知道恶魔已将影子附在他体内。
那影子扇动着一缕缕欲望的火苗，
他变成了魔王手掌里的木偶。
整个人类其实都是如此，
人们都藏着自己的"宝石"，
都以为得到了至宝小心翼翼收藏，
却不知道那是厄运的根源。
从此欲望滋生贪婪渐长，
信仰和大爱渐渐失去领地。
于是整个人间都受到魔王的摆布，
可恶魔的宿主们却并不自知。

只有在忽然清醒的刹那，
他才会意识到自己的危险。
可越来越多的行为身不由己，
他只能一步步继续下去，
否则过往的罪恶就会成为炸弹，
把他炸个碎骨粉身。

突然，远方有一个人影向他走来。
越来越近，那张熟悉的面孔渐渐清晰——
"哦，我的幻化郎兄弟！"

一股暖流从密集郎心底涌起，
他就像见到亲人般温暖。
然而这温馨只维持了一瞬，
那惯性思维又开始运转——
"真是冤家路窄狭路相逢，
难道这次他又和我是同一个目的？
我千辛万苦送走那四个拦路虎，
无非是想在精灵王面前畅所欲言。
如今看来，恐怕计划又要泡汤。"
想到此密集郎心中一阵烦躁，
忍不住恨恨地瞪了幻化郎一眼。

人的心思真是奇怪，
刚才还是胜似手足的师兄，
一见面就有热泪在心中翻涌；
转眼间却成了碍手碍脚的讨厌鬼，
恨不能让他马上消失。
两种角度和心态无缝连接，
其转换密码就是一己私欲。
这出世间的兄弟都是如此，
更何况红尘世界的众人？

看那幻化郎大概也是如此，
他的表情也完成了瞬间转换。
待得他走到密集郎面前时，
满脸温情已经被警觉所代替。
他也知道密集郎的心思，
但他选择了不去揭穿。

两人大眼瞪小眼讪笑了一下，
便开始了形式化的寒暄。

他们更想探听对方的目的，
确认是不是又跟自己撞车。
但聊着聊着心中又涌起暖意，
毕竟是曾经生死与共的人，
虽然因为利益冲突变得咫尺天涯，
但深厚的感情仍一息尚存。

这时那精灵王派来了侍卫，
传两人一起上朝觐见。
果然跟上次是同样的安排，
却不知接下来会有怎样的剧情。

两兄弟各有自己的小心思，
此时更是互相猜测忐忑难安。
为了尽早结束这种变相折磨，
他们索性约定上朝前互通心意。
与精灵王交涉前若能达成共识，
两人在朝廷上就不会陷入被动。

于是密集郎想出个主意——
两人都把自己的目的写在纸上，
共同协商见到精灵王时的说辞。
只要白纸黑字有证有据，
双方就不用担心对方会反悔。

幻化郎闻言连声称好，
当即打开行囊寻找纸笔。
他的行囊看似不大，
却装了许多稀奇古怪的东西。
最显眼的是一件绣了骷髅的披风，
它做工极好样式也独特，
一看就知道并非寻常之物。
密集郎心中一动凑前细看——
果然是自己那件无端遗失的披风！

他一下子火冒三丈，
抓住幻化郎的手臂高声喊道：
"原来你才是偷我披风的贼！
你快点交代还有何事隐瞒！
你我明明是刚刚见面，
我那保命的披风，
怎会出现在你的行囊之中！"

幻化郎闻言十分不解，
他说："这披风是我捡来的，
当时它正挂在树上无人问津，
我便把它放入了囊中，
怎么它成了你的东西？
你莫不是见它珍贵起了贪心，
想找个借口将它夺走？
我可不吃你这一套，
除非你能说出它的细节，
否则我绝不会把它给你。"

这当然难不倒密集郎，
只见他滔滔不绝说个没完，
从样式到细节，从做工到历史，
无一不说得清清楚楚详细至极，
仿佛那披风是他亲手缝制。

幻化郎闻言只好交出披风，
只见他动作极慢分明不舍，
末了还补上一句：
"想不到真是你的狗屁物件，
亏我还替你拿了那么远……
这次我帮你找回宝物，
你打算怎么谢我？"

密集郎闻言哈哈大笑，
说："你这是报恩我为何要谢你？
要不是我在暗河中捞出玄石，
你怎么可能拥有那样的稀世宝物？"
他边说边抢过披风，
揣到自己怀中好个得意。

幻化郎讪讪一笑不再说话，
他已找到了笔墨纸砚，
开始编他此行的目的。
密集郎见状又来嘲笑，
说他就像个行走的杂货铺，
幻化郎却只管写字不予理会。

斗嘴是他和密集郎的相处方式，
正是在这一来一往中，
他们不知不觉建立了情谊。
即使这时又发生利益冲突，
那情分带来的亲切感还在，
它让幻化郎感到温暖，
却也让他感到莫名的怅然。
他只想静静地品味这种感觉，
不想用言语去惊扰
两颗心暂时的相会。

不一会两人都写完了自白书，
只是他们都口是心非言不由衷——
一人明明想和精灵王结盟，
共同对抗欢喜和威德建立新国，
却写下了利众的大愿；
另一人明明被名利的犬马奴役，
想利用九天玄石和精灵的力量，
做一人之下万人之上的国师，
却大义凛然地说要拯救苍生。
相同的欲望，相同的心态，
大公的背后都是无尽的大私。

于是他们的脸上青白一阵，
又尴尬地咳嗽了几声，
然后彼此都没再说话。
半晌后密集郎打破这窘境，
说："想不到我们都这么伟大，

冒死为那百姓苍生前来请命。"
幻化郎讪笑着说道："是啊是啊,
我们的目的竟如此一致,
真是破天荒的头一遭。"

其实他们都知道这只是借口,
并不是彼此此行的真实目的。
但他们都需要一块遮羞布,
来隐藏自己见不得人的私欲。
所以两人都没有揭穿彼此,
反而打破隔阂勾肩搭背,
装出一副惺惺相惜的样子。

说来也真是命运弄人,
过去幻化郎一心只想清修,
不想卷入政治带来的麻烦,
因此无论威德郎如何邀约,
他都不肯留在威德国做那国师。
后来受到胜乐郎的影响也想利众,
才改变避世态度去精灵国请命。
不承想另一种剧情就此开启,
得到九天玄石的他走上了岔路。

那宝石帮他实现了一些愿望,
但也给他的修行带来了障碍。
欲望之魔时时在他心中作怪,
若不是之前有修证的基础,
他也会像密集郎那样失去理智,

甚至走火入魔不能自控。
如今他已不关心和平与否，
帮助百姓只为了做一个人间的国师，
然后调用九天玄石的能量，
在威德国广传智慧教导。

这念想形式上看也算利众，
跟密集郎的愿望不太一样，
但本质上却是另一种野心，
跟密集郎并没有什么不同。
只是密集郎的梦做得更大，
想要三分天下成为新王，
他却只想光宗耀祖当上国师，
归根结底还是被欲望之魔蛊惑。

但既然两人已说出了目的，
接下来的任务就是串通说辞，
目的是在精灵王面前赢得主动，
尽可能让彼此都实现愿望。

只是他们仍旧貌合神离，
心里暗藏着不同的烦恼。
幻化郎想借机赢得威德郎认可，
当然害怕密集郎抢走那功劳。
密集郎本想提出建国的野心，
却因为幻化郎在场无法陈述，
那近在咫尺的梦想被生生打碎，
他心中的愤怒自然如火山喷涌。

然而就算他们都嫌对方碍事，
甚至在心中已咒骂对方千回，
表面上他们还是和睦的兄弟，
有说有笑向精灵国王宫走去。
那虚伪早已远离了信仰内涵，
它源于功利贪婪对心的污染。
此时他们定然都忘记了信仰，
就连奶格玛师尊或许都不再想起。
若是他们心中还有敬畏的太阳，
此时就会看到自己心里的阴影。
可见心想事成有时未必是好事，
反而会助长自己的贪欲。

第 144 曲　再访

终于等到了面见精灵国王，
兄弟俩一前一后来到大殿。
庄严而肃穆的大殿里，
国王的声音不冷不热：
"今日前来又有何事？
上一次我答应出兵援助，
可你们却没了下文。
莫不是将那合约当成儿戏，
戏耍我弱小的一国之君？"

密集郎见状满脸笑容，
他将礼物呈送到国王面前，
说："正是因为重视合作，
才不敢滥用您给予的特权。
我们要确保一场正义的战争，
再来召唤精灵兵替天行道。"

精灵王闻言也展开了笑颜，
说："难怪你们离开便没了消息，
也难怪我的心中另作猜测，
将二位当作不靠谱之人。"

误会一旦解开氛围也截然不同，

精灵国王一一问询了他们的经历。
密集郎说了自己遭遇的凶险,
幻化郎也说了这段时间的见闻。
精灵国王面带微笑静静聆听,
显然心中已再无芥蒂。
幻化郎心想这大概是宝物的作用,
于是心中泛起一点酸意。
他早已学会投其所好,
也很想赢得精灵王青睐,
从而得到更多帮助,
可惜他没有黄金白银和珍珠玛瑙,
他的背后没有国库的支撑。

但他灵机一动想起师尊——
奶格玛师尊在法界非常出名,
六道众生都知道她是究竟的佛陀,
如果自己报出师尊名号,
精灵王定然会对他另眼相看。
于是他当即自报家门,
说自己是奶格玛的弟子,
已跟随奶格玛师尊修学多年。
为了强调自己跟师尊的关系,
他甚至谎称自己已得到师尊真传,
还说奶格玛师尊常常谈到精灵王,
并称赞国王是救苦救难的大菩萨。
而他们之所以会来精灵国求助,
便是因为师尊对精灵王的认可。

精灵王一听果然惊喜万分，
因为奶格玛大名人尽皆知，
即使在灵界也不例外。
能得到奶格玛的认可，
他感觉到无上的荣幸。

于是精灵王连忙命人赐座，
国王会见使者的外交场面，
成了老朋友的亲热聊天。
他们从国际形势聊到国内政策，
从历史眼光聊到当下现状，
他们热火朝天地聊，
他们推心置腹地聊，
他们无所不谈地聊，
他们肝胆相照地聊——
此时，精灵王不再是居高临下的国王，
而是保护他们的大哥，
或是与他们心心相印的朋友。

密集郎见状很不服气，
他想说出自己也是奶格玛的弟子，
也在很久前领受了师尊教法，
但他没有修证胜不过幻化郎，
因此话到嘴边还是说不出口。
只有在这样的时候，
他才会意识到不实修的错误，
感到心虚和懊悔，
这何尝不是一种悲哀？

既然无法得到更高的青睐，
密集郎就决定在请愿上占得先机。
于是他立刻对精灵王说出此行目的，
恳请精灵王拯救威德国众生，
将害人的恶魔之气清除干净，
帮威德国恢复那片朗朗晴空。

他知道谁先请愿这功劳就归谁，
迟一步开口就会变成附和。
因此他在心中暗暗发笑，
笑那幻化郎真是分不清主次。
就算他得到精灵王青睐又能如何？
在威德郎面前自己仍是最大功臣。
但他忽略了一个事实：
威德郎一直认可他的能为和功劳，
和他疏远是因为他唯利是图。
若是他不能升华自己，
就算建立了天大的功劳又有何用？
即使威德郎勉强将他留在身边，
也改变不了那被嫌弃的命运。
何况他已经起了异心，
这心念就像罪恶的火种，
只要遇到合适的环境，
就会把那善缘烧得一干二净。

精灵王当然不明白其中原委，
他只是哈哈大笑一口应允。

还说这只是小事没有多难，
两位英雄不用挂在心上。
邪魔恶鬼都惧怕他的魔杖，
世上还没有他精灵王的对手。
幻化郎与密集郎连连感谢，
邀请国王与自己一同前往。
国王却爽朗一笑摇摇头拒绝，
说精灵们不需要用脚走路。
他们心中一旦有念头生起，
大脑将军的使令便即刻发出，
十万八千里一念即至，
不用像凡人那样奔波劳碌。
说不定二位回到威德国时，
那里的百姓都已经痊愈。

密集郎闻言露出尴尬的笑，
他知道单独见面已是无望，
便暗暗叹道计划不如变化，
不管筹划得多么天衣无缝，
也总有意外发生破坏初衷。
他突然想起那些枉死的随从，
心里顿时产生了一种复杂情绪，
说不清是无奈还是懊悔，
只觉得心中一片晦暗。

幻化郎的讪笑中也充满尴尬，
他本想争取更大的功劳，
却被精明的精灵王一口拒绝。

但他不好再嚷嚷些什么,
只能再次向精灵王致谢。
接受了国王的款待之后,
他们便整理行装踏上归途。